HORROR & THRILLER
BAND 158

Entdecke die Festa-Community

www.facebook.com/FestaVerlag

www.twitter.com/FestaVerlag

festaverlag

Festa Verlag

Forum: www.horrorundthriller.de

www.Festa-Action.de

www.Festa-Extrem.de

www.Festa-Sammler.de

Wenn Lesen zur Mutprobe wird …

www.Festa-Verlag.de

JEFF STRAND

GEISTERHAUS

Aus dem Amerikanischen von Michael Krug

FESTA

Die amerikanische Originalausgabe *Sick House* erschien 2018.

1. Auflage März 2021

Titelbild: Arndt Drechsler-Zakrzewski

ISBN 978-3-86552-908-4
eBook 978-3-86552-909-1

PROLOG

Gina Atherton würde niemals einem Lebewesen etwas zuleide tun. Was in ihren Augen jedoch nicht bedeutete, dass sie nicht nach dem Tod mit den Knochen von Lebewesen herumspielen konnte.

Sie hatte auf dem Tisch im Esszimmer erst mehrere Lagen Zeitungspapier und danach ihre Sammlung von Skeletten ausgebreitet. Zwei Katzen, ein kleiner Hund, ein Eichhörnchen, eine Ratte und eine Schlange sowie ein Rehschädel. Die Gebeine der Ratte, der Schlange und des Rehs hatte sie von einem Tierpräparator gekauft. Die Katzen und das Eichhörnchen hatte sie größtenteils unversehrt am Straßenrand gefunden, mit nach Hause genommen und den Rest die Natur erledigen lassen. Woher sie den Hund hatte, wusste sie nicht mehr.

Der vergnügliche Teil stand an. Buntes Durcheinandermischen. Vielleicht würde sie eine Schlange mit einem Rattenkopf anfertigen. Oder einen Hund mit einem Eichhörnchenkopf. Oder einen Rehkopf mit acht Katzenbeinen.

So viele Möglichkeiten.

Wenn die Kreationen fertig wären, würde Gina sie im Blumengarten vergraben. Sie lächelte, als sie sich ausmalte, wie man sie irgendwann fand, sei es, kurz nachdem sie weggezogen wäre, oder erst Jahre nach ihrem Tod.

Gina war Realistin. Sie wusste, dass die nächsten Bewohner dieses Hauses höchstwahrscheinlich nicht rufen würden: *O mein Gott! Ein Rehkopf mit Katzenbeinen! Was für eine unglaubliche wissenschaftliche Entdeckung!* Sie fand es befriedigend genug, dass man sich fragen würde, welche gestörte Person solche Knochen vergraben würde.

Ihr gefiel der Gedanke, dass man wohl ihre geistige Gesundheit infrage stellen würde.

Ihre Schwester würde dem nichts abgewinnen können. Ihre Schwester konnte es nicht leiden, wenn sie sich verrückt aufführte. Aber Gina musste ihr ja nichts von den Knochen erzählen, oder?

Es belustigte sie, sich vorzustellen, dass jemand im Bett lag, an die Decke starrte und dachte: *Hier hat eine Verrückte gelebt.* Vielleicht würde man sich darüber sorgen, dass sie das Haus womöglich nie verlassen hatte. Natürlich keine rational begründete Sorge, sondern eine unterschwellig nagende, die man irgendwie einfach nicht abschütteln konnte …

Obwohl sie wusste, dass sie dadurch vermutlich ein schlechter Mensch war, entzückte es sie noch mehr, sich auszumalen, wie ein Kind von seinen Eltern getröstet werden musste.

»Ist die Frau noch da, die diese Knochen vergraben hat?«

»Natürlich nicht, Liebes.«

»Versteckt sie sich unter meinem Bett?«

»Tut sie nicht, das weißt du.«

»Was, wenn sie in meinem Schrank ist?«

»Ist sie nicht. Versprochen. Bitte schlaf jetzt. Es ist spät und du hast morgen Schule.«

»Aber ich hab Angst.«

Gina betrachtete die über den Tisch verstreuten Knochen und klatschte schadenfreudig in die Hände. So unheimlich viele Möglichkeiten.

1

»Gardner! Schwingen Sie Ihren Arsch her!«

Boyd Gardner schaute von der Tischkreissäge auf. Mr. Prace war kein Boss, der mit seinen Mitarbeitern nach der Arbeit ein Bier trinken ging, aber auch keiner, der seine Autorität missbrauchte. Wenn er von der anderen Seite der Werkstatt herüberbrüllte, musste es um etwas Ernstes gehen.

Boyd legte das Brett beiseite, das er noch nicht zugeschnitten hatte, und nahm die Schutzbrille ab. Die anderen Jungs in der Werkstatt bedachten ihn mit Blicken, aus denen Verschiedenes sprach: Mitgefühl, Verwirrung und – zumeist – Erleichterung darüber, dass nicht sie angebrüllt wurden.

Mr. Prace gestikulierte wild. »In mein verficktes Büro! Sofort!«

Es kam zwar vor, dass der Mann fluchte, allerdings ausgesprochen selten. Und mit Sicherheit hatte er *noch nie* das Wort »verf…« vor allen gebrüllt. Als Boyd an den anderen Arbeitsplätzen vorbeieilte, hoffte er geradezu verzweifelt, dass es sich um ein Missverständnis handeln würde.

Mr. Prace verschwand in sein Büro und Boyd folgte ihm. Ein Mann, den Boyd nicht kannte, stand neben

Mr. Prace' Schreibtisch. Er trug ein Hemd mit Krawatte und sah definitiv so aus, als könnte er von der Personalabteilung sein. Boyd wurde ein wenig mulmig im Magen.

»Handschuhe ausziehen«, befahl Mr. Prace. »Zeigen Sie gefälligst ein wenig Respekt.«

»Tut mir leid, Sir«, entschuldigte sich Boyd und zog die Arbeitshandschuhe aus. Normalerweise wurde in diesem Umfeld nicht mit »Sir« um sich geworfen, doch im Augenblick schien es ihm angebracht zu sein.

»Nehmen Sie Platz.«

Boyd setzte sich auf einen der zwei Stühle vor Mr. Prace' kleinem, wackeligem, schäbigem Schreibtisch. Da sie im Betrieb Möbel herstellten, war Boyd nie sicher gewesen, ob der Schreibtisch eine absichtliche oder versehentliche Ironie darstellte.

Mr. Prace blieb stehen. Von dem anderen Mann im Raum nahm er keine Notiz. »Boyd, manchmal holt uns ein, was wir in der Vergangenheit getan haben. Ich möchte, dass Sie an eine Unterhaltung zurückdenken, die Sie vor drei Monaten geführt haben.«

Boyd hatte keine Ahnung, wovon der Mann redete. »Ich bin nicht sicher, was Sie meinen, Sir.«

»Sie können aufhören, mich ›Sir‹ zu nennen. Arschkriechen ändert nichts. Wo waren Sie vor drei Monaten?«

Boyd zuckte mit den Schultern. »Kann mich nicht erinnern.«

Ich darf meinen Job nicht verlieren. Ich darf meinen Job nicht verlieren. Ich bin so was von total im Arsch, wenn ich meinen Job verliere.

Er arbeitete seit vier Jahren hier. Was immer er angestellt hatte, bestimmt würde er mit einer scharfen

Ermahnung davonkommen, oder? Vor allem da er keine Ahnung hatte, worum es sich handeln könnte. Er hatte keinerlei Fehlzeiten mehr, seit die Ärzte seiner Tochter Paige beste Gesundheit bescheinigt hatten, und das lag mittlerweile ein Jahr zurück. Er kam nie zu spät. Und mit Sicherheit hatte er niemanden sexuell belästigt. Was immer er vor drei Monaten vermasselt hatte, es konnte kein Vergehen sein, für das man gleich gefeuert werden konnte.

»Sie waren genau hier. Wir haben Ihre jährliche Leistungsbeurteilung gemacht.«

Boyd nickte. Das war damals ziemlich gut gelaufen. Was ihn nur noch mehr verdatterte.

»Erinnern Sie sich, was Sie gesagt haben?«

»Ich … hab Ihnen am Schluss gedankt?«

Mr. Prace verschränkte die Arme vor der Brust. »Sie haben gesagt, Sie wären interessiert daran, in der Hierarchie aufzusteigen. Haben gemeint, Sie möchten eines Tages Vorgesetzter werden. Tja, Boyd: Sie werden befördert.«

Boyd glotzte ihn mit ausdrucksloser Miene an. Er konnte nicht recht verarbeiten, was er hörte.

Mr. Prace grinste. »Wir versetzen Sie zu unserem Betrieb in Kirkland. Mehr Stunden, mehr Kummer – und mehr Geld. Glückwunsch.«

»O mein Gott.« Erleichtert seufzend stieß Boyd den Atem aus. »Sie hätten mir fast 'nen Herzinfarkt verpasst.«

»Ach, hören Sie doch auf. Sie wissen selbst, dass Sie hier großartige Arbeit leisten. Widerstrebt mir, jemanden wie Sie zu verlieren. Aber das ist 'ne großartige Gelegenheit, und ich bin sicher, Sie werden sie zu nutzen wissen.

Sie haben damals gesagt, Sie wären bereit umzuziehen. Das gilt doch noch, oder?«

Boyd nickte. »Jaja. Adeline kann ihren Job ohnehin nicht leiden. Meine Arbeit ist das Einzige, was uns hier hält.«

Mr. Prace zeigte auf den Schlipsträger. »Er wird die Einzelheiten mit Ihnen durchgehen. Wir schicken Sie zu einer Ausbildung, aber ich bin überzeugt, die wird ein Klacks für Sie. Ich hab ja gesehen, wie Sie mit den anderen in der Werkstatt umgehen.«

»Danke. Das bedeutet mir viel.«

»Wenn Sie hier fertig sind, können Sie entweder mit hängendem Kopf rausgehen und den Streich weiterführen oder den anderen einfach die Wahrheit sagen. Ihre Entscheidung.«

»Wahrscheinlich werd ich's Ihnen sagen.«

»In Ordnung.«

Boyd war an sich nicht der Typ dafür, die Musik laut aufzudrehen und mit den Händen auf dem Lenkrad zu trommeln, doch er erlebte keinen gewöhnlichen Tag. Eine Ausnahme schien somit gerechtfertigt zu sein. Er brauchte eine Minute, um einen Sender zu finden, der etwas ausreichend Hardrockiges spielte. Dann regelte er die Lautstärke so hoch, wie es ging, ohne dass die alten Lautsprecher übersteuerten.

Auf dem Beifahrersitz lagen zwei Pizzaschachteln. Pizza gab es sonst nur als Leckerbissen an Samstagabenden. Diesmal jedoch brach Boyd nicht nur mit der Tradition des Wochentages, er hatte die Pizza zudem bei einem der richtig *guten* Läden besorgt. Vorgesetzte mussten ihre Pizza nicht von Restaurants holen, die dermaßen mit Salami knauserten, dass zwei Scheiben auf einem Stück schon Grund zum Feiern boten. An diesem Abend würde Boyd Gardners Familie Pizza mit *doppelt* Salami genießen. Mit extra Käse. Und Knoblauchbutter zum Dippen. Allerdings keine Zimtstangen – die würden warten müssen, bis er seinen neuen Posten angetreten hätte.

Eigentlich hatte er gehofft, dass er seine Familie mit 32 Jahren besser versorgen könnte. Nicht dass er sich lausig dabei anstellte. Immerhin hatten sie ein Dach über dem Kopf, Essen auf dem Tisch, und sie mussten nicht fürchten, dass Ratten über sie krabbelten, während sie schliefen. Allerdings lebten sie in einer beengten Wohnung, in der sich seine zwei Töchter ein Zimmer teilen mussten, während Adeline und er durch die dünne Wand mit anhören mussten, wie ihre Nachbarn jeden Donnerstagabend schmerzhaft klingenden Sex vollzogen.

Damit würde es bald vorbei sein.

Wenngleich die Gardners nicht auf einen Schlag zu unverschämt reichen, Monokel tragenden Gesellschaftslöwen mutierten, würde ihr Leben doch viel besser werden.

»Daddy!«, rief Boyds achtjährige Tochter Naomi, als er die Wohnung betrat. Sie ließ ihm gerade genug Zeit, um die Pizzaschachteln auf dem Esszimmertisch abzulegen, dann zog sie ihn in eine ihrer legendären, rippenbrecherischen Umarmungen.

Adeline klappte den Laptop zu und erhob sich von der Couch. »Was ist das?«, fragte sie.

»Pizza«, klärte Boyd sie auf.

»Schon klar, Mr. Offensichtlich. Aber was ist der Anlass? Hast du 'nen Pizzaladen ausgeraubt?«

»Nein.«

Adeline bedachte ihn mit einem argwöhnischen Blick. »Du kommst mir verdächtig ausgelassen vor.«

»Wird alles noch erklärt.«

»Ich hol schon mal die Pappteller.« Als Adeline in die Küche ging, betrachtete Boyd ihren Hintern. In letzter Zeit hatte er ihren Hintern nicht annähernd oft genug bewundert. Auch das würde sich ändern.

Immerhin handelte es sich um einen Allerwertesten, der eigentlich weit außerhalb seiner Liga spielte. Im Gegensatz zu Boyd war Adeline groß, schlank und ein Augenschmaus. Boyd hielt sich zwar einigermaßen in Form, hatte allerdings ein Gesicht wie eine leicht geschmolzene Actionfigur. Man musste ihn zwar nicht als Kinderschreck bezeichnen, trotzdem hatte Adeline in Sachen Attraktivität mit ihm nicht das große Los in der Ehemannlotterie gezogen. »Gut, dass du mehr Wert auf Charme als auf Aussehen legst«, meinte er oft zu ihr. Sie rügte ihn dann immer, dass er sich nicht über sein Erscheinungsbild lustig machen sollte, und warnte ihn zugleich verspielt davor, seinen Charme zu überschätzen. Boyd ergraute vorzeitig, wenngleich er fand, dass es ihm nicht übel stand. Außerdem hatte er bereits deutlich mehr Linien im Gesicht als ein Durchschnittsmann, der noch mehrere Jahre bis zur Midlife-Crisis hatte.

»Familienzusammenkunft!«, verkündete er.

Seine Tochter Paige, die trotz ihrer 13 Jahre nicht jedes Mal die Augen verdrehte, wenn ihre Eltern etwas sagten, kam aus ihrem Zimmer. »Hast du Pizza geholt?«, fragte sie und schob die Brille die Nase hoch.

»Ja, hab ich.«

»Ist Ma schwanger?«

»Was? Nein!« Boyd schaute zu Adeline, die zur Bestätigung den Kopf schüttelte.

»Und worum geht's bei der Familienzusammenkunft?«, fragte Adeline.

»Genießen wir zuerst das Essen.«

»Ich könnt's mehr genießen, wenn ich wüsste, warum du dich so merkwürdig verhältst.«

»Uns stehen eine Menge Veränderungen ins Haus«, verriet Boyd. »Eine davon ist, dass es nicht als ›merkwürdiges Verhalten‹ gedeutet werden sollte, wenn ich in richtig guter Stimmung mit Pizza nach Haus komme. Das sollte normal sein.«

»Können wir von jetzt an jeden Abend Pizza haben?«, fragte Naomi.

»Nee«, antwortete Boyd.

»Kriegen wir einen Hund?«

»Nein. Oder vielleicht. Darüber reden wir später.«

»Zieht Oma zu uns?«

»Gott, nein.«

»Ich hab die gute Oma gemeint.«

»Ich weiß, wen du gemeint hast. Trotzdem nein.«

Naomi verzog konzentriert das Gesicht, als sie über ihre nächste Frage nachdachte. »Kommen wir ins Fernsehen?«

»Lass es ihn einfach sagen«, warf Paige ein.

»Ich kriege bei der Arbeit 'ne Beförderung«, verkündete Boyd. »Eine richtig gute.«

»Das ist ja spitze!«, befand Adeline und umarmte ihn innig. »O Schatz, ich bin so was von stolz auf dich!«

»Die Arbeit selbst wird zwar stressiger, aber ich werd keine Wochenendschichten mehr haben.«

»Hurra!«, jubelte Naomi.

»Wirst du weiterhin im selben Gebäude arbeiten?«, erkundigte sich Adeline.

Boyd schüttelte den Kopf. »Kirkland.«

»Das ist viel zu weit zum Pendeln.«

»Ja. Weiß ich. Wir ziehen weg von hier. Geredet haben wir ja schon länger davon, und jetzt passiert es endlich. Wir bekommen ein Haus, Kinder! Ihr werdet eure eigenen Zimmer haben!«

Paiges Züge leuchteten auf. »O mein Gott! Wirklich?«

»Wirklich. Also, keine Villa oder so. Wahrscheinlich nicht mal ein besonders großes Haus. Aber ja, jede von euch bekommt ein eigenes Zimmer, das versprech ich.«

Paige und Naomi schlossen sich der Umarmung an. Danach machten sich alle über die Pizza her.

»Kann ich die Schule dann online besuchen?«, fragte Naomi.

»Sprich nicht mit vollem Mund«, rügte Adeline.

Naomi schluckte den Bissen hinunter. »Kann ich?«

»Nein.«

»Mama wird trotzdem arbeiten«, erklärte Boyd. »Sie kann aber den bösen Tagesjob kündigen, der ihr die Seele aussaugt. Und ich bin sicher, deine neue Lehrerin wird besser.«

»Miss Taylor ist … das Wort mit M.«

»Ich weiß, Schatz. Sie ist eine grässliche, grässliche Frau.« Boyd und Adeline achteten an sich sehr darauf, ihren Töchtern ein Gefühl für Respekt zu vermitteln … Allerdings ließ sich nicht bestreiten, dass Miss Taylor nach jeder Definition ein Miststück war.

»Kann ich Gordon mitnehmen?«

»Gordon wär bestimmt glücklicher, wenn du ihn freilässt, meinst du nicht?«

»Nein!«

»Dann ja, du kannst Gordon mitnehmen.«

Gordon war Naomis zahme Tarantel. Müsste Boyd eine Liste möglicher Haustiere erstellen, mit denen er gut leben könnte, stünde eine Tarantel an letzter Stelle.

Aber er wollte damals nicht wie ein Feigling erscheinen, deshalb durfte sie Gordon unter der Voraussetzung behalten, dass er niemals, unter keinen wie auch immer gearteten Umständen, sein Terrarium verlassen würde.

»Auf den Neubeginn«, toastete Adeline und erhob ihre Dose Rootbeer.

»Auf den Neubeginn«, stimmten alle ein und stießen mit ihren Dosen an.

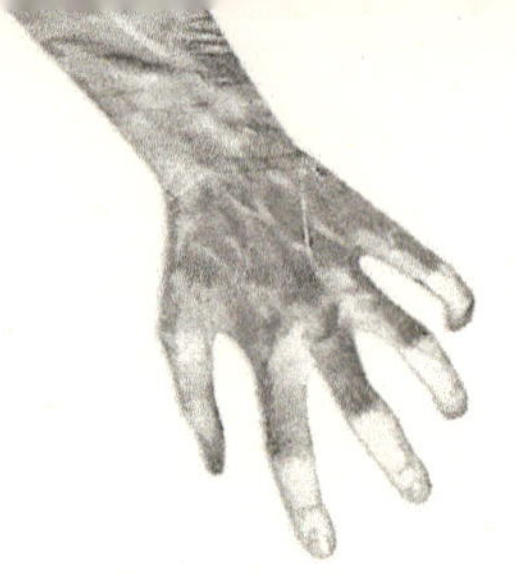

2

Während sich Naomi die Zähne putzte – oder zumindest so tat –, ging Boyd ins Zimmer der Mädchen und setzte sich auf Paiges Bettkante.

»Das ist doch in Ordnung für dich, oder?«, fragte er.

Paige schob die Brille die Nase hoch und nickte. Im Gegensatz zu Naomi, die beinahe ein Ebenbild ihrer Mutter war, wies Paige fast ausschließlich rezessive Merkmale auf. Sie hatte lockiges blondes Haar, das sie kurz trug, ein völliger Kontrast zu Adelines und Naomis schulterlangem, glattem schwarzem Haar. Zudem verkörperte sie das einzige Mitglied ihrer beider erweiterten Familien mit Sommersprossen. Kein Kind sollte wie Boyd aussehen müssen. Sie konnte sich glücklich schätzen, dass die Ähnlichkeit so schwach ausgefallen war – gerade ausgeprägt genug, dass er keinen Vaterschaftstest brauchte. Sie hatte seine Grübchen.

»Ich weiß, wir haben darüber schon früher geredet. Wollte mich nur vergewissern, dass du's dir nicht anders überlegt hast.«

Paige zuckte mit den Schultern.

»Hast du?«

»Nicht wirklich. Ich mein, ich hab inzwischen schon Freunde gefunden.«

»Ich weiß«, sagte Boyd. »Die kannst du auch weiterhin sehen. Wir werden ja immer wieder mal herkommen.«

»Müssen wir nicht. Sie sind zwar als Freunde ganz okay, aber jetzt nicht so was wie beste Freunde auf Lebenszeit. Mit Chrissy kann ich auch online in Verbindung bleiben. Das passt schon.«

»Und du wirst 'ne Menge neuer Freunde finden, das versprech ich dir.«

»Das kannst du mir nicht wirklich versprechen«, entgegnete Paige, »aber ja, das Gefühl hab ich auch. Alles gut. Ich freu mich auf den Umzug.«

Boyd war ein aufmerksamer Vater, aber wie der Verstand eines Teenager-Mädchens funktionierte, gab ihm mittlerweile mehr Rätsel auf als damals, als er selbst noch ein Teenager war. Er *glaubte* zwar, der Umzug würde für Paige in Ordnung sein. Sicher konnte er sich jedoch nicht sein.

»Weißt du, Schatz, du kannst dich völlig neu erfinden«, meinte er. »Kannst einen Neubeginn hinlegen. Deine Vergangenheit kann alles sein, was du willst. Ich meine, du solltest jetzt nichts erfinden oder so, das will ich damit nicht sagen. Aber die Teile, die dir nicht gefallen, musst du niemandem sagen.«

Paige grinste. »Die Vorstellung gefällt mir.«

»Das ist 'ne seltene Gelegenheit. Teenager kriegen nicht oft die Chance, von vorn anzufangen.«

»Teenager ziehen andauernd um, aber ich weiß zu schätzen, was du für mich versuchst, Dad.«

»Du hast dabei ein Mitspracherecht. Und ich will sicherstellen, dass dir das klar ist.«

»Also würdest du den neuen Job nicht annehmen,

wenn ich einen Schreikrampf kriege und gegen die Wände trete?«

»Ich würde versuchen, vernünftig mit dir zu reden. Aber wenn du wirklich das Gefühl hättest, es wäre so schlimm, dass du gegen die Wände treten musst, würde ich denen sagen, dass sie sich ihre dumme Beförderung sonst wohin stecken können.«

»Was ist, wenn ich dich mit einem Dackelblick anschaue und sage: ›Bitte, liebster Papa, bitte zwing uns nicht umzuziehen, weil ich so einsam sein werd, wenn wir hier weggehen.‹?«

»Oh, mit dem Dackelblick würdest du deinen Willen auf jeden Fall kriegen.«

»Was, wenn ich damit drohe, mir die Pulsadern aufzuschneiden?«

»Das ist zu finster«, befand Boyd. »Sag so was nicht.«

»Ich mach bloß Spaß.«

»Weiß ich doch, Liebes, aber bleiben wir mit dem Spaß lieber beim Dackelblick. Ist nämlich nicht mehr lustig, wenn du davon redest, dich zu verletzen.«

»Okay. War aber *wirklich* nur Spaß.«

»Ich weiß, ich weiß. Dein Papa ist ein Weichei. Wie auch immer, ich geh davon aus, dass der Umzug für dich voll und ganz in Ordnung ist, bis ich was anderes von dir höre.«

»Er *ist* voll und ganz in Ordnung für mich. Zu 100 Prozent. Weil die Jungs in Kirkland *super* sind. Mmmmmm-mmm. Viel Glück dabei, den Überblick über alle meine Freunde zu behalten.«

Boyd stand auf. »Ich würde sagen, das war genug Vater-Tochter-Zeit für einen Abend.«

»Wärst du wütend, wenn ich mit 'ner gepiercten Zunge nach Hause komme?«

»Gute Nacht, Paige.«

»Nein, besser noch, mit 'ner gespaltenen Zunge.«

»Gute Nacht, Paige.«

»Mit 'ner gespaltenen Zunge könnte ich mit zwei Jungs gleichzeitig schmusen. Das spart Zeit.«

»Warum bist du mir gegenüber so hemmungslos?«

»Solltest erst mal hören, was ich zu Ma so sage.«

»Putz dir die Zähne, Naomi«, rief Boyd.

»Bin dabei!«, antwortete Naomi aus dem Badezimmer. »Ich putz sie schon die ganze Zeit! Hörst du's nicht?«

»Du hast die elektrische Zahnbürste eingeschaltet, hältst sie aber bloß in der Luft. Es klingt anders, wenn du die Zähne damit putzt.«

Das Surren der Zahnbürste veränderte sich.

»Danke.«

Einen Moment später verstummte die Zahnbürste, und Naomi betrat das Zimmer in ihrem hellgrünen Nachthemd.

»Das waren grade mal fünf Sekunden«, sagte Boyd.

Naomi zog die Lippen mit den Fingern zurück und zeigte ihre Zähne. Auch wenn es sich als ziemlich unheimlicher Anblick erwies, musste Boyd zugeben, dass zwischen ihren perlweißen Beißern keine Salamireste hingen.

»Na schön, ab in die Heia.«

Naomi kletterte ins Bett. Boyd deckte sie zu und gab ihr einen Kuss auf die Stirn. Sie bat längst nicht mehr um Gutenachtgeschichten, und ihm fehlte es irgendwie, so zu tun, als würde er mit ihr darüber feilschen.

»Gute Nacht«, sagte er.

»Gute Nacht, Daddy«, kam von Naomi.

»Gute Nacht, Dad«, sagte Paige.

Boyd schaltete das Licht aus und verließ den Raum, wobei er die Tür fast, aber nicht ganz hinter sich schloss. Er ging ins Badezimmer, putzte sich selbst die Zähne und spülte sich den Mund mit Mundwasser. Normalerweise gehörte Mundwasser nur zur morgendlichen Routine, aber er hoffte, die gute Stimmung des Abends würde bis nach dem Schlafengehen anhalten.

Adeline saß im Bett und las *Die Brüder Karamasow* von Dostojewski. Davor hatte sie einen Roman gelesen, in dem der Satan Besitz von ungeborenen Drillingen ergriff. Sie legte Wert darauf, zwischen Schund und hochwertiger Lektüre abzuwechseln. Auch Boyd war begeisterter Leser, allerdings begnügte er sich mit schlichter literarischer Kost.

Er betrat ihr Schlafzimmer, schloss die Tür und sperrte hinter sich ab. Obwohl es fünf Jahre zurücklag, dass Naomi sie beim Liebesspiel ertappt hatte, war das Erlebnis dermaßen erschütternd gewesen, dass Boyd seither jedes Mal die Tür abschloss.

»Paige hat gesagt, sie will sich die Zunge spalten lassen, damit sie mit zwei Jungs gleichzeitig schmusen kann«, teilte Boyd seiner Ehefrau mit.

»In welchem Kontext?«

»Spielt das eine Rolle?«

»Schätze, nicht.«

»Was ich damit sagen will, ist, dass wir schräge Kinder haben.«

»Besser als langweilige Kinder«, konterte Adeline.

»Stimmt. Ja, das stimmt wirklich.« Boyd schlüpfte aus dem Hemd. Es bestand keine Notwendigkeit, dabei verführerisch vorzugehen. Adeline kannte seinen unter dem Stoff verborgenen, bestenfalls akzeptablen Körperbau. »Jedenfalls scheinen beide mit dem Umzug einverstanden zu sein.«

»Das haben wir ja schon gewusst. Du suchst nach Problemen, wo keine sind.«

»Schon möglich. Vielleicht überkompensiere ich ja, weil meinen Eltern immer scheißegal war, was ich dachte.«

»Dein Vater war beim Militär.«

»Ich will damit nicht sagen, dass sie nicht hätten umziehen sollen. Ich weise nur darauf hin, dass ihnen egal war, ob es mir was ausgemacht hat oder nicht.«

»Die Mädels kriegen eigene Zimmer. Wir könnten in die Sahara ziehen, und sie würden sich trotzdem freuen. Entspann dich.«

»Ich bin entspannt.« Boyd zog sich zu Ende aus und stieg ins Bett. Er küsste Adeline zart auf die Schulter.

»Ja, wir können Sex haben«, sagte Adeline. »Lass mich nur eben das Kapitel zu Ende lesen.«

»Ich kann warten.«

Da ein russischer Roman vom Beginn des 19. Jahrhunderts vermutlich recht lange Kapitel hatte, griff Boyd zu dem Krimi, den er gerade las. Aber er war so aufgeregt wegen des neuen Jobs und des bevorstehenden Umzugs, dass er sich nicht auf die Worte konzentrieren konnte. Offen gestanden fühlte er sich vor lauter Aufregung ein wenig schuldig, weil er nicht schon früher aktiv versucht hatte, sie von hier wegzubekommen.

Tja. Spielte keine Rolle mehr.

Wenige Minuten später legte Adeline ihr Buch beiseite, und sie liebten sich still, aber leidenschaftlich.

Sie hatten keine großen Kreditkartenschulden, aber die spärlichen Ersparnisse, die sie besaßen, waren für die College-Ausbildung der Mädchen bestimmt. Derzeit reichte es nicht einmal für Lehrbücher. Eine Anzahlung auf ein Haus zu leisten, wäre also praktisch unmöglich. In einem Jahr mit etwas mehr auf dem Konto könnten sie sich dem Thema erneut widmen. Vorerst entschieden sie, sich eine Bleibe zu mieten.

Den Online-Teil der Haussuche bestritten Boyd und Adeline gemeinsam, den persönlichen Teil hingegen absolvierte er allein, da die Fahrt nach Kirkland vier Stunden dauerte und er ohnehin für seine Fortbildung eine Woche dort verbringen musste. Sie waren nicht *besonders* wählerisch, aber das neue Zuhause musste in der Nähe guter Schulen und weit entfernt von Crack-Buden liegen.

Der Markt für Häuser mit drei Schlafzimmern zur Miete in Kirkland erwies sich als nicht so groß, wie er gehofft hatte. Bei der Suche stieß er auf zahlreiche unüberwindliche Stolpersteine. Oft musste er nur an einem Haus vorbeifahren und konnte es schon von der Liste streichen. Beispielsweise bestand zwar durchaus die Möglichkeit, dass der Mann, der auf die Veranda urinierte, nie wieder auf diese bestimmte Veranda urinieren würde, dennoch erwies es sich als unmöglich, diesen ersten Eindruck abzuschütteln. Bei einem anderen Haus stand im Garten das Wasser, obwohl es in den drei Tagen, die Boyd in der Stadt war, nicht geregnet hatte.

Andere Eigenheime schieden nach einer Innenbesichtigung aus. Obwohl Boyd nichts dagegen einzuwenden hatte, letztlich ein reparaturbedürftiges Anwesen zu kaufen, wollte er keines mieten. Und das Versprechen des Vermieters, der Eigentümer werde »die Steckdosen demnächst reparieren«, überzeugte ihn nicht. Auch ein allmähliches Senken der Mindesterwartungen im Verlauf der Woche half nicht.

Wieder andere Häuser sahen perfekt aus, waren aber bereits vom Markt genommen, bis es Boyd gelang, jemanden ans Telefon zu bekommen.

Am Donnerstagabend verließ ihn allmählich der Mut, wenngleich er es Adeline gegenüber nicht zugab. Wenigstens lief es bei der Fortbildung gut. Der Unterricht konzentrierte sich zwar auf ein unternehmerischeres Umfeld als das, in dem Boyd tätig sein würde, aber er schnappte einige hilfreiche Tipps auf und wurde selbstsicherer mit seiner Fähigkeit, Menschen effektiv herumzukommandieren.

Die Fortbildung endete früh am Freitag. Zum Abschluss erhielt er ein Zeugnis, das sich zum Rahmen eignete. Wenn sich die Wohnungssuche über diesen Tag hinaus erstreckte, würde er für die Hotelkosten selbst aufkommen müssen, außerdem konnte er es kaum erwarten, zu Adeline und den Mädchen zurückzukehren. Hoffentlich würde er also etwas finden.

Als er sich das erste Eigenheim ansah, das für den Tag auf seiner Liste stand, hatte er ein gutes Gefühl.

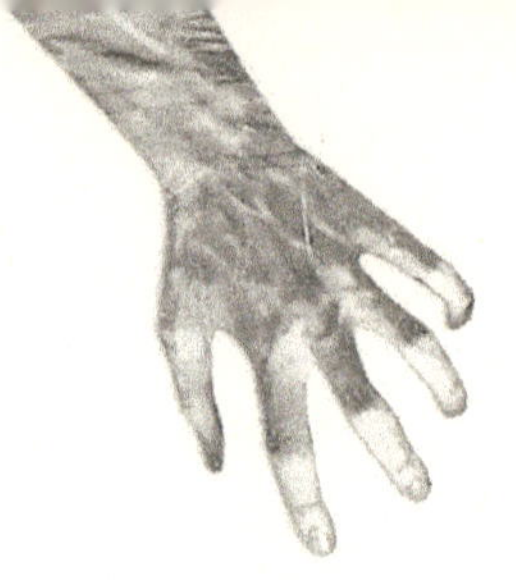

3

Perfekt war es definitiv nicht. Ein Großteil der hellblauen Farbe an der Fassade blätterte ab. Ameisenhaufen übersäten den Garten. Aber immerhin *war* es ein Garten. Boyd hätte auch nichts gegen ein Haus gehabt, bei dem man das Fenster öffnen und dem Nachbarn eine Tasse Kaffee hinüberreichen konnte. Aber dieses Anwesen besaß einen umzäunten Garten der Größe des Swimmingpools im Fitnesscenter. Er konnte sich gut vorstellen, hier Dutzende Freunde zum Grillen einzuladen. Naomi würde *begeistert* davon sein, und auch Paige würde es beeindrucken.

Die Häuser zu beiden Seiten standen nahe genug, dass es zum Problem werden konnte, wenn die Nachbarn spätnachts laut Musik hörten. Und Boyd könnte nicht bedenkenlos nackt im Garten herumlaufen – was er allerdings ohnehin nicht vorhatte. Trotzdem bot dieses Anwesen erstaunlich viel Privatsphäre.

Und es besaß einen Koiteich. Einen verflixten *Koiteich!* Im Moment befanden sich keine Fische darin, aber Boyd hätte nie gedacht, dass etwas mit einem Koiteich im Garten hinter dem Haus in ihrer Preisklasse liegen könnte. Am oberen Ende des Budgets zwar, aber dennoch …

Er wurde richtig aufgeregt. Dabei hatte er das Haus innen noch gar nicht gesehen. Vielleicht würden sich Schlangen durch Löcher in den Wänden krümmen.

Boyd ging außen um das Haus herum und hielt Ausschau nach Mängeln, bis er ein Auto in die Einfahrt biegen hörte. 15 Uhr. Der Makler traf pünktlich auf die Minute zu ihrem Rundgang ein. Boyd eilte in den vorderen Garten, um den Mann zu begrüßen.

Der Makler erwies sich als kleiner Bursche mit einem schmalen Schnurrbart und hinten hochstehendem Haar. Er trug eine Hose und ein weißes Hemd mit ausgeprägten Schweißflecken an den Achseln.

Bevor er Boyd die rechte Hand entgegenstreckte, wischte er sie an der Hose ab.

»Mr. Gardner?«

»Ja.« Boyd schüttelte dem Mann die Hand.

»Jack Ponter. Entschuldigen Sie die Verspätung.«

»Sie sind nicht zu spät.«

Jack zog sein Handy aus der Tasche, blickte auf das Display und steckte das Gerät zurück. »Oh, gut. Hatten Sie schon Gelegenheit, sich außen umzusehen?«

Boyd nickte. »Ein Koiteich. Gefällt mir.«

Jack grinste. »O ja. In meinem derzeitigen Zuhause hab ich keinen, aber in dem davor hatte ich einen. Ist sehr entspannend. Fast hypnotisch. Ich könnte stundenlang draußen sitzen und die Fische beobachten. Nur sollten Sie nicht denselben Fehler wie die vorherigen Mieter hier machen. Das sind *echte* Fische. Man muss sie füttern.«

»Sie haben die Fische nicht gefüttert?«

»Nein. War jammerschade. So eine Verschwendung.«

»Ich kann Ihnen versichern, sollten wir hier einziehen,

würden wir uns gut um die Fische kümmern.« Tatsächlich hatte Boyd keine Ahnung, wie viel Koi-Fische kosteten. Waren sie unverschämt teuer? Er konnte sich zwar nicht vorstellen, dass ein paar bessere Goldfische sein Budget sprengen würden, allerdings hatte er sich nie mit dem Thema beschäftigt.

Jack fasste in die Tasche und holte einen Schlüsselbund heraus. Nach mehreren Anläufen fand er den richtigen Schlüssel und schloss die Haustür auf. »Nach Ihnen«, sagte er, als er die Tür aufschob.

Boyd betrat das Haus.

Im Gegensatz zu draußen schien es innen frisch gestrichen zu sein. Zwar in einem ästhetisch nicht gerade ansprechenden Gelbton, aber damit könnten sie mit Sicherheit ein Jahr lang leben.

Hartholzböden – das würde Adeline gefallen.

»Was dagegen, wenn ich Fotos für meine Frau schieße?«, fragte Boyd.

»O nein, nur zu. Machen Sie so viele Fotos, wie Sie wollen. Gibt's nur Sie beide oder haben Sie Kinder?«

»Zwei Töchter.«

»Wie alt?«

»Acht und 13.«

Jack schmunzelte. »Ich hab 'ne 15-Jährige zu Hause. Ihnen stehen noch interessante Zeiten bevor, mein Freund.«

»Die hab ich jetzt schon.«

»Also, wahrscheinlich haben Sie's im Inserat schon gesehen, das Haus hat drei Schlaf- und zwei Badezimmer, bietet also reichlich Platz.« Jack zeigte mit ausladender Geste auf den Raum, in dem sie sich gerade befanden.

»Das ist das Wohnzimmer. Kabelfertig. Viel natürliches Licht.« Er zog mit der Kordel am Fenster die Jalousien hoch und ließ das Sonnenlicht herein, das all den Staub in der Luft offenbarte.

»Wunderschön«, befand Boyd. Er war in vielerlei Hinsicht ein fantasiebegabter Mensch, trotzdem fiel es ihm schwer, sich vorzustellen, wie das leere Zimmer voll möbliert aussehen würde. Das fiel unter Adelines Aufgaben. Boyd schoss mehrere Bilder aus verschiedenen Blickwinkeln.

»Hat 'nen angenehm offenen Grundriss«, erklärte Jack, als er Boyd durch den Rest des Hauses führte. »Keine schmalen Gänge, bei denen man Platzangst bekommt. Sie und Ihre Frau können das große Schlafzimmer mit angeschlossenem Bad nehmen, für die Kinder gibt's noch zwei kleinere Zimmer.«

Jedes der »kleineren« Schlafzimmer war größer als der Raum, den sich Paige und Naomi derzeit teilten. Die Mädchen würden sich im Paradies wähnen.

Boyd betrat einen Raum, der vielleicht Paiges Zimmer werden würde, und öffnete die Schranktür.

»Die begehbaren Schränke sind alle nicht sehr groß«, räumte Jack ein. »Das Haus ist wohl in einer Zeit gebaut worden, als die Leute noch weniger Zeug hatten.«

»Wann wurde es denn gebaut?«

»In den 1920ern, glaub ich. Hat noch den ursprünglichen Kühlschrank. Nee, ich mach nur Spaß. Sehen wir uns die Küche an.«

Die Küche erwies sich als geräumig. Sogar als luxuriös. Mindestens dreimal so viel Arbeitsfläche wie in ihrer Wohnung, zudem jede Menge Stauraum in Schränken.

Geschirrspüler, Mikrowelle und eine dieser Herdplatten mit den Brennern unter der Oberfläche. Ausgesprochen schön. Boyd knipste weitere Bilder.

»Viel Platz, um sich beim Kochen auszubreiten«, merkte Jack an. »Wer kocht denn in Ihrer Familie?«

»Meine Frau, wenn's was *Gutes* gibt. Ich bin der Mann für Makkaroni mit Käse. Wir essen oft Makkaroni mit Käse.«

»Ja, wenn Sie Ihre Makkaroni mit Käse aufpeppen wollen wie bei diesen Kochwettbewerben im Fernsehen, haben Sie hier jede Menge Platz dafür. Sehen Sie sich so was an?«

»Nee.«

»Man wird danach unerklärlich süchtig. Schon erstaunlich, wie viel Spannung die aus 'nem Preisrichter rausquetschen, der ein Steak aufschneidet, um zu sehen, ob's auch medium rare ist. Man fiebert richtig mit. Ist es verkocht? Ist es zu roh? Und dann kommt immer unweigerlich die Werbepause. Na, jedenfalls ist das hier eine geräumige Küche.«

»So viel ist sicher«, pflichtete Boyd dem Mann bei.

»Und hier ist das zweite Badezimmer, das zugleich die Waschküche ist. Die Waschmaschine und der Trockner sind ziemlich alt. Sie können sie entweder behalten oder eigene Geräte mitbringen.«

»Wir würden sie behalten«, sagte Boyd. Adeline hatte es nie gestört, die Gemeinschaftswaschküche ihrer Wohnanlage zu benutzen. Dadurch hatte sie Zeit zum Lesen, während sie darauf wartete, dass die Maschinen fertig wurden. Trotzdem würde es so viel bequemer sein.

»Bisher irgendwelche Fragen?«

»Wie sind die Schulen in der Gegend?«

»Ausgezeichnet. Persönlich kann ich mich nur für die Schule meiner Tochter verbürgen, aber alle Schulen hier in der Umgebung haben erstklassige Bewertungen. Ist ’ne tolle Gegend, um Kinder großzuziehen. Und mit den Nachbarn werden Sie keine Probleme haben. Die bleiben ziemlich für sich.« Jack wischte sich Schweiß von der Stirn. »Schätze, das könnte man auch negativ sehen. Falls Sie auf Stadtviertelfeste oder Nachbarn hoffen, die mit frisch gebackenem Apfelkuchen vorbeikommen, werden Sie enttäuscht sein.«

»Solange meine Töchter Freundinnen finden, bin ich zufrieden.«

»Ich bin sicher, das werden sie. Ich würde ja auch Sarah herbringen, aber in dem Alter könnten zwei Jahre Unterschied genauso gut 20 sein.«

»Meine Mädchen machen das schon. Naomi kann Freundschaften sogar in der Warteschlange im Supermarkt schließen.«

Wieder wischte sich Jack über die Stirn. »Es gibt hier natürlich ’ne funktionierende Klimaanlage. Hat bloß keinen Sinn, sie eingeschaltet zu lassen, solange niemand hier wohnt.«

»Verstehe ich vollkommen. Kann ich mir den Dachboden ansehen? Dort hab ich immer gern gespielt, wenn wir meine Großmutter besucht haben.«

»Das wird hier nicht möglich sein, fürchte ich. Zeigen kann ich Ihnen den Dachboden gern, aber man kann dort oben nicht richtig herumgehen oder viel verstauen. Man geht eigentlich nur nach oben, um den Luftfilter zu wechseln, das war’s dann auch schon.«

»Sie müssen ihn mir nicht zeigen. Ich glaub Ihnen auch so.«

»Jetzt hab ich erst recht das Gefühl, Sie sollten ihn sich ansehen. Nicht dass Sie denken, er wäre voll mit Fledermauskacke oder so.« Sie gingen zurück ins Wohnzimmer. In der Nische zwischen Wohn- und Badezimmer befand sich eine Falltür in der Decke. Jack fasste nach oben und zog an der daran befestigten Schnur. Nachdem er die Falltür nach unten gezogen hatte, klappte er eine Leiter aus Aluminium aus.

Boyd spähte hinauf in die Dunkelheit. Es kamen keine Fledermäuse herausgeflogen. »Ich vertraue Ihnen wegen der Kacke.«

Jack klappte die Leiter wieder ein und schwang die Falltür zurück nach oben. »Der Keller ist 'ne andere Geschichte. Soll nicht heißen, dass dort unten Fledermäuse sind. Ich meine damit, dass man da unten tatsächlich Zeit verbringen kann.«

Sie kehrten in die Küche zurück. Jack öffnete die Tür zum Keller und betätigte einen Lichtschalter. Boyd folgte ihm die Holztreppe hinunter. Im Keller herrschte ein angenehmer ... nun ja, *Kellergeruch*. Muffig. Wahrscheinlich nicht jedermanns Sache. Im Gegensatz zum Hauptgeschoss des Hauses erwies sich das Untergeschoss als möbliert. Ein paar leere Bücherregale, eine längst aus der Mode geratene Couch, ein leerer Fernsehständer, ein Lehnsessel und ein Tischtennistisch.

»Hier finden Sie den Warmwasserboiler und eine recht große Speisekammer.« Jack zog eine Holztür auf. Dahinter kam eine leere Speisekammer zum Vorschein, in der tatsächlich mehr Lebensmittel Platz hätten, als sich

Boyd je vorstellen konnte, im Haus einzulagern. »Vielleicht fangen Sie ja an, in großen Mengen einzukaufen. Die Vormieter haben die Möbel hier unten gelassen, weil sie sich die Mühe sparen wollten, sie die Treppe raufzuschleppen. Wir können sie auch entfernen lassen, wenn Sie wollen. Ein Tischtennistisch hier unten könnte Spaß machen, obwohl die Vormieter die Schläger und Bälle mitgenommen haben.«

»Die Couch würde Adeline nicht gefallen, aber sie würde ohnehin nicht viel hier unten sein.«

»Eignet sich bestens für Teenager, um Unsinn anzustellen.«

»Kein gutes Verkaufsargument.«

»Lassen Sie mich das umformulieren: Eignet sich bestens für Teenager, um Unsinn anzustellen, aber nicht *zu viel* Unsinn, weil sie ja wissen, dass Sie jederzeit die Treppe runterkommen könnten. Und falls sie Gras rauchen, kriegen Sie das mit.«

Boyd schoss ein paar Fotos.

»Oder«, schlug Jack vor, »Sie könnten eine schnieke Männerhöhle für sich selbst einrichten.«

»Ich bin mir ziemlich sicher, dass ich's nicht durchsetzen könnte, den gesamten Keller für mich allein in Beschlag zu nehmen. Sagen Sie, haben Sie noch einen anderen Termin? Müssen Sie los?«

Jack schüttelte den Kopf. »Hier im Keller ist's angenehm kühl. Hab's nicht eilig, ihn zu verlassen.«

»Wenn Sie's wirklich nicht eilig haben, würd ich meiner Frau gern die Bilder schicken und mich vergewissern, dass sie keine Fragen hat, die ich Ihnen für sie stellen soll.«

»Nur zu.«

Erfreut stellte Boyd fest, dass sein Handy im Keller Empfang hatte. Er tippte auf dem Display. »Hat das Haus irgendeine geheime Geschichte, von der ich wissen sollte?«

»Keine Axt-Morde, falls Sie darauf anspielen. Zumindest keine, von denen ich weiß.«

»Freut mich zu hören. Mir ist aufgefallen, dass es seit Monaten nicht vermietet ist.«

»Oh, das. Die Leute, die vorher hier gewohnt haben … waren keine so tollen Mieter. Ich meine damit nicht, dass sie die Dielenbretter oder irgendwas anderes rausgerissen haben. Sie haben sich einfach nicht um das Haus gekümmert. Hat die Eigentümerin 'ne Menge Zeit und Geld gekostet, es wieder in Form zu bringen. Und es ist noch immer alles andere als perfekt – ich für meinen Teil hätte es außen streichen lassen.«

»Ist keine große Sache.«

»War also eine schlechte Erfahrung für sie, und offen gestanden hat sie eine Zeit lang eine unvermittelbar hohe Miete verlangt. Die Leute sind hergekommen, haben sich umgesehen, aber Koiteich hin, Koiteich her, so viel wollten sie einfach nicht bezahlen. Schien die Eigentümerin nicht weiter zu stören. Ich vermute, zuletzt hat sie … Also, es steht mir eigentlich nicht zu, über ihre persönlichen Angelegenheiten zu reden, aber sie hatte wohl einen kleinen finanziellen Engpass und braucht jetzt jemanden, der hier sofort Miete zahlt. Deshalb ist sie in die andere Richtung geschwenkt – etwas zu weit, wenn Sie mich fragen.«

»Mich überrascht, dass niemand sonst interessiert an dem Haus ist«, sagte Boyd.

»Tut mir leid, hab ich den Eindruck erweckt? Nein, nein, ich habe heut schon ein paar Besichtigungen gemacht. Ein fixer Antrag liegt auch schon vor. Allerdings will die Besitzerin nicht, dass ihr Katzen hier alles zerkratzen, und die Antragsteller haben gleich zwei davon. Wenn Sie die Bonitätsprüfung bestanden haben, würde Ihre Familie wohl den Vorzug kriegen, schätze ich. Aber ich würde nicht zu lange warten.«

»Oh. Tja, dann – die Fotos hab ich geschickt. Ich ruf dann mal gleich …« Das Telefon klingelte.

»Meine Frau. Was dagegen, wenn ich rangehe?«

»Natürlich nicht.«

»Hi, Schatz«, meldete sich Boyd.

»Das ist ja mal ein toller Garten«, meinte Adeline.

»Ja. Das gesamte Haus ist definitiv geeignet. Es erfüllt alle unsere Kriterien, außerdem hat es einen Keller mit 'ner Tischtennisplatte. Ich sage, wir nehmen es.«

»Die Mädels sind begeistert von den Fotos. Sie streiten sich schon drum, wer welches Zimmer kriegt.«

»Sag ihnen, dass sie keinen Einfluss auf die Entscheidung haben. Wenn du einverstanden bist, leiere ich hier die Formalitäten an.« Boyd hätte sie gern gebeten, die Schulen in der Gegend zu recherchieren, damit sie ihre Bewerbung zurückziehen könnten, falls Adeline damit nicht zufrieden wäre. Allerdings wollte er das nicht laut aussprechen, während Jack unmittelbar neben ihm stand.

Er würde ihr eine SMS schicken.

»Ich bin damit einverstanden«, sagte Adeline. »Aber ich würd gern noch online die Schulen überprüfen, bevor wir offiziell zusagen.«

»Klingt großartig. Gib den Mädels ’nen Kuss von mir.«

Boyd beendete den Anruf. »Wir sind dabei«, teilte er Jack mit. »Wie sieht der nächste Schritt aus?«

Sie bekamen das Haus.

4

Davor

»Hast du ’n Problem mit meinem Kolostomiebeutel?«

Der junge Bursche wandte den Blick nicht davon ab. »Nee. Sieht man bloß nicht allzu oft. Ist das ein dauerhaftes Ding?«

Larry Maddox schüttelte den Kopf. »Erhol mich gerade nach ’ner Operation.«

»Ach ja? Was für ’ne Operation?«

»Eine, nach der man ’ne Zeit lang in ’nen Plastikbeutel scheißt.«

Der Junge grinste und trank einen ausgiebigen Schluck von seinem Bier, leerte den Krug. Maddox widerstrebte es zutiefst, dass er alt genug war, um von einem 22-Jährigen als »Junge« zu denken. Leider jedoch gab es nichts, das er tun konnte, um den Lauf der Zeit aufzuhalten. Und hey, er hätte nie damit gerechnet, die 30 zu erleben, geschweige denn die 40. Also mochte er sich vielleicht alt fühlen, aber er war noch nicht tot und begraben.

Der Junge wischte sich den Mund mit dem Ärmel ab und rülpste. »Ist ein heftiger Job. Du kannst doch noch arbeiten, oder?«

»Wenn ich’s nicht könnte, wär ich nicht hier, Eddie.«

»Edwin.«

»Wirklich?«

»Überrascht dich das?«

»Ja. Ich dachte, du würdest mich glatt abknallen, wenn ich dich Edwin nenne. Die meisten Burschen wie du würden drauf bestehen, Eddie zu sein.«

»Ja, ich bin eben nicht wie die meisten.«

Maddox hatte nicht wirklich gedacht, der Junge würde ihn abknallen, wenn er ihn Edwin nannte. Oh, vielleicht hätte er etwas *versucht*. Aber 20 Jahre jünger als Maddox zu sein, würde ihn nicht retten, wenn sie gegenseitig beschlössen, dass der andere sterben müsste.

»Also, was hast du für mich, Edwin?«

Der Junge sah sich in der Kneipe um, vergewisserte sich, dass niemand sie belauschte, bevor er einen Aktenkoffer ergriff und auf den Tisch legte. Der Schwachkopf von einem Hinterwäldler sah aus, als hätte er noch nie zuvor im Leben einen Aktenkoffer getragen.

Er entriegelte das Schloss, klappte den Deckel auf und reichte Maddox ein Foto. Das Ding hätte er auch einfach in einem Umschlag mitbringen können. Wahrscheinlich kam er sich vor, als wäre er in einem Spionage-Thriller oder so.

Maddox nahm das Bild entgegen. Es zeigte eine Blondine, vermutlich Anfang 50. Das schlechte Facelifting fügte mehr Jahre hinzu, als es verschleierte.

»Klar können wir sie umlegen, kein Problem.«

»Dufte.«

»Ist das Wort ›dufte‹ wieder in Mode?«

»Bei mir schon.«

»Hat dein Boss keine eigenen Leute, die's tun könnten?«

Edwin schüttelte den Kopf. »Wenn's seine Leute täten, würde es wie etwas aussehen, das seine Leute getan haben. Das geht bei dem Job nicht.«

»Klingt vernünftig. Irgendwelche möglichen Stolpersteine, von denen ich wissen sollte?«

»Nee. Sie lebt allein. Keine Alarmanlage. Nur ein Hund.«

»Den Hund werd ich nicht umbringen.«

»Niemand verlangt, dass du den Hund umbringst.«

»Ich mein's ernst«, betonte Maddox. »Unter keinen Umständen werde ich 'nem Hund was tun. Eher lass ich ein Waisenhaus voll Babys in Flammen aufgehen, als dass ich 'nem Hund was antue.«

»Ist eine dieser beschissenen, kleinen, nervtötend kläffenden Tölen.«

»Mir egal.«

»Du musst dem Hund auch nichts tun. Die meiste Zeit hält sie ihn im Garten hinterm Haus angebunden. Natürlich wird das arme Vieh verhungern, wenn ihr sein Frauchen allemacht.«

»Darum kümmere ich mich. Aber ja, wir machen die alte Vettel gern fertig«, bestätigte Maddox. »Scheint mir 'ne gradlinige Sache zu sein.«

»Ein bisschen mehr ist schon dran«, fügte Edwin hinzu. »Es muss entsetzlich sein. Ich meine wirklich *grauenhaft*. Wir wollen nicht, dass es nach 'nem Auftragsmord aussieht. Es soll wie 'n Mord aus Lust am Nervenkitzel wirken. Wenn die Leute die Sauerei sehen, müssen sie schreien: ›*Heilige verfickte Scheiße!*‹«

»Verstanden.«

»›*Was für kranke Irre tun so was? O Gott, wozu verkommt die Welt bloß?*‹ Wir wollen, dass bei dem Anblick infrage gestellt wird, ob's auf der Welt überhaupt noch Güte gibt. Wir wollen, dass man denkt, ihr hättet 'ne Megalatte gehabt, als ihr's getan habt.«

»Das kriegen wir hin«, versprach Maddox. »Ist zwar nicht unser üblicher Stil, aber wir sind ja flexibel.« Er hatte sich schon gefragt, warum seine Auftraggeber wollten, dass sie zu dritt eine ältere Frau ermordeten. Nun ergab es schon etwas mehr Sinn.

»Und könnt ihr's auch lustig wirken lassen?«

»Lustig?«

»So was wie ein schauriger visueller Gag. Ein kranker Witz. Du weißt schon, ein visuelles Wortspiel oder so was. Aus dem Stegreif fällt mir jetzt kein Beispiel ein.«

»Gib dir mehr Mühe.«

»Ihr könntet was Originelles mit ihrem Blut schreiben. Oder ihr könntet ihr den Kopf abschneiden und ihr 'nen ausgestopften Hamster in den Mund stecken.«

»Das wär lustig?«

»Nicht lustig zum Lachen, aber ein Schmunzeln wär's schon wert. Meiner Meinung nach. Ich spinn nur 'n bisschen rum.«

»Stellt ihr den Hamster zur Verfügung?«

»Muss kein Hamster sein. Ich sollte hier nicht der Ideenspender sein. Dafür bezahlen wir euch ja.«

»Ein unterhaltsames Massaker also«, fasste Maddox zusammen. »Verstanden. Dir ist schon klar, dass es landesweit in den Nachrichten erscheinen wird, wenn meine Partner und ich bei der Alten so richtig die Sau rauslassen, oder? Erhöht unser Risiko, wenn wir's nicht schnell und leise durchziehen können. Und das wiederum erhöht für euch die Kosten.«

Edwin schüttelte den Kopf. »Darüber müsst ihr euch keine Gedanken machen. Alle Spuren werden beseitigt, bevor die Cops auf der Bildfläche erscheinen. Solange ihr nicht was davon twittert, seid ihr sicher.«

Maddox zuckte mit den Schultern. »Okay. Dann kriegt ihr euer saukomisches Gemetzel. Hast du die erste Hälfte unserer Bezahlung dabei?«

»Logisch.« Wieder sah sich Edwin in der Kneipe um. Halb rechnete Maddox damit, dass er einen weiteren Aktenkoffer hervorzaubern würde. Stattdessen jedoch holte er einen handlichen Umschlag hervor und schob ihn über den Tisch.

Rasch ließ ihn Maddox auf seinen Schoß verschwinden. Unnötig, das Geld zu zählen. Wenn die ihn über den Tisch ziehen wollten, würden sie es bei der Abschlusszahlung versuchen.

»Dadrin sind auch alle sonstigen Infos, die ihr braucht.«

»Kannst die Sache als erledigt betrachten.«

»Bist du sicher, dass der … Beutel kein Problem wird?«, fragte Edwin.

»Den Großteil der Arbeit erledigen meine Partner. Ich bin das Gehirn von uns dreien.«

Es handelte sich gar nicht wirklich um einen Kolostomiebeutel. Der Beutel war mit Wasser und Kautabak gefüllt. In dem Gemisch verbarg sich ein Messer. Auf die Idee war Maddox vor einigen Monaten vor einem Treffen mit einer zwielichtigen Gestalt gekommen. Damals hatte er gewusst, dass man ihn durchsuchen würde, trotzdem wollte er nicht wehrlos sein, falls die Schläger des Drecksacks versuchten, ihn auszuknipsen.

Er war insgeheim enttäuscht gewesen, als das Treffen ohne einen Anschlag auf sein Leben geendet hatte.

Seither wandte er den Trick bei allen Treffen an, auch wenn ihn niemand durchsuchen wollte. Im Augenblick hatte er sogar einen tadellos funktionierenden Revolver in der Innentasche seiner Jacke. Aber eines Tages würde er den Beutel aufreißen und das Messer darin jemandem in die Kehle rammen. Und der entsetzte Gesichtsausdruck seines Opfers, bevor die Klinge in den Hals stieß, würde die Wartezeit wert sein.

Drei Tage später gegen ein Uhr morgens saß er mit Heck – den man nur dann Hector nannte, wenn man unbedingt ein Auge verlieren wollte – und Fletcher in einem Auto. Sie parkten seit ungefähr zehn Minuten vor dem Haus.

»Was meint ihr?«, fragte Maddox.

»Scheint in Ordnung zu sein«, sagte Heck.

Fletcher schwieg. Er redete grundsätzlich nicht viel. Deshalb saß er auch immer hinten. Er *konnte* reden, sogar recht eloquent, obwohl der große, unheimliche Glatzkopf aussah, als könnte er sich nur mit Grunzlauten artikulieren. Wenn jemand eingeschüchtert werden musste, verkörperte er einen wertvollen Aktivposten für das Team. Aber in der Regel taten sie das nicht – die meisten ihrer Jobs waren einfache Einbrüche. Ein Mord wie in dieser Nacht stellte ein seltenes Vergnügen dar.

Auch Heck bot einen unheimlichen Anblick, wenngleich auf subtilere Weise – wie ein Nachbar, dem man zwar morgens zuwinkte, dem man aber auf keinen Fall seine Kinder anvertrauen würde. Er war lächerlich dünn und hatte äußerst gelenkige Finger. Der Kerl bog sie ständig nach hinten durch, und Maddox forderte ihn ständig auf, den Mist bleiben zu lassen.

»Warten wir noch fünf Minuten«, schlug Maddox vor. Irgendetwas fühlte sich nicht richtig an. Nichts, worauf er den Finger legen konnte. Jedenfalls wies nichts darauf hin, dass im Haus noch jemand wach sein könnte. Nichts Konkretes, das seine Nervosität erklären konnte. Weitere fünf Minuten zu warten, würde vermutlich keine neuen Erkenntnisse bringen. Es würde eher die Chancen erhöhen, dass die Alte zum Pinkeln oder so aufstand. Aber irgendetwas stimmte nicht. In ein paar Minuten würde er entscheiden, ob er immer noch so empfand.

»Warum?«, wollte Heck wissen.

»Einfach so.«

»Na schön.« Heck grinste und entblößte dadurch Zähne, die zu gerade und für seinen blassen Teint zu weiß waren. Er sah mehr nach einem Typen aus, bei dem man im Mund verfaulende Zähne erwartete. »Schon entschieden, was du mit ihr anstellen willst?«

»Nee.« Sie hatten Messer und eine Pistole mitgebracht, falls die Dinge außer Kontrolle geraten sollten. Grundsätzlich jedoch hatten sie vereinbart, kreativ das zu nutzen, was sie im Haus vorfanden. »Ich versuch, nicht dran zu denken. Will die Spontaneität nicht beeinträchtigen.«

»Ich hab ein paar üble, üble, *üble* Ideen«, verrict Heck. »Unter Umständen müsst du und Fletcher 'n Weilchen nebenan warten. Damit ich ein bisschen ungestört bin.«

»Keine Vergewaltigung«, stellte Maddox klar.

»Was soll das heißen, keine Vergewaltigung?«

»Was bist du, Verbindungsstudent? Was glaubst du wohl, was ich damit meine?«

»Ist das deren Regel?«

»Es ist *meine* Regel.«

»Herrgott noch mal. Nichts mit Tieren, keine sexuellen Übergriffe, keine Kinder ...«

»Keine Kinder hab ich nie gesagt«, korrigierte Maddox.

»Doch, hast du.«

»Nein. Hat nie 'ne Regel gegen Kinder gegeben.«

»Du würdest 'n kleines Kind umbringen?«, fragte Heck.

»Ich würd's jetzt nicht drauf anlegen, ein Kind umzubringen. Aber ich hab keine persönliche Regel dagegen.«

»Das ist total bescheuert.«

»Ich mag Tiere eben mehr als beschissene kleine Kinder. Was ist daran so schockierend? Soll das heißen, du würdest 'nem Kind nichts tun?«

»Oh, ich würd schon ein Kind abmurksen, kein Problem«, entgegnete Heck. »Aber ich würd auch 'ner Katze den Hals umdrehen und 'ne Tusse gegen ihren Willen knallen. Du hast echt 'nen schrägen Moralkodex.«

»Ich würd ein Kind umbringen«, warf Fletcher von hinten ein.

»Gut«, befand Maddox. »Dann sind wir uns darin ja alle einig. Da allerdings kein Kind in dem Haus ist, spielt's keine Rolle. Mit der Alten macht heut Nacht jedenfalls keiner rum. Ist zu riskant.«

»Wieso ist das riskant?«, wollte Heck wissen.

»Weil du abgelenkt wärst. Du kannst mir nicht

weismachen, dass du dir voll deiner Umgebung bewusst wärst, während du in ihr steckst.«

Heck zuckte mit den Schultern. »Was könnt sie schon groß dagegen tun?«

»Sie könnt sich 'ne Scheißvase vom Boden schnappen und sie dir auf dem Schädel zerdeppern, während du sie rammelst.«

»Nicht wenn ich's ihr erst besorge, nachdem wir ihre Arme beseitigt haben. Und ihre Beine. Würd mir nichts ausmachen, wenn sie nur noch 'n Rumpf wär.«

»Willst du mich jetzt verarschen, oder was?«, fragte Maddox.

»Ich sag ja nur.«

»Außerdem könnt sie dir auch ohne Arme und Beine immer noch 'nen Brocken aus dem Gesicht beißen.«

Heck nickte. »Das ist total heiß.«

»Alles klar, alles klar. Damit gibst du im Grunde zu, dass du bloß rumalberst. Spitze. Echt spitze. Heck, der Komiker. Genau das, was wir vor 'nem gefährlichen Job brauchen.«

»Wir drei gegen 'ne ältere Lady? Wie kann das gefährlich sein? Das wär sogar einfach, wenn's ein Solojob wäre.«

Fletcher beugte sich vor. »Gehen wir jetzt rein oder labern wir die ganze Nacht nur rum?«

Für Maddox fühlte es sich nach wie vor etwas falsch an. Aber er konnte sich nicht mal selbst erklären, warum er so empfand. Noch viel weniger konnte er es seinen Partnern gegenüber artikulieren. Es war wichtig, seinem Bauchgefühl zu vertrauen. Aber es war auch wichtig, einen großen – und dringend benötigten – Batzen Kohle nicht wegen eines gewissen unguten Gefühls sausen zu lassen, das man nicht mal rechtfertigen konnte. Wahrscheinlich könnte er durchsetzen, die Sache um eine Nacht zu verschieben. Aber was würde das bringen? Gut möglich, dass er morgen genauso empfinden würde.

»Maddox?«, fragte Heck nach.

»Fühlt sich falsch an.«

»Wie jetzt?«

»Einfach falsch.«

»Du meinst *moralisch* falsch?«

»Nein. Vergiss es. Ist nichts weiter. Gehen wir einfach rein und veranstalten 'ne Riesensauerei.«

5

Adeline hatte irgendwo gelesen, dass Umzüge zu den fünf größten Stressfaktoren im Leben eines Menschen gehörten. Von daher mutete es äußerst seltsam an, dass sie jede Minute dabei Spaß hatte.

Ihr *gefiel* es, ihre Habseligkeiten zusammenzupacken. Ebenso gefiel es ihr, die Schubladen in der Küche durchzusehen und Utensilien zu entdecken, die sie seit fünf Jahren nicht mehr in der Hand gehabt hatte. Ihr gefiel die Herausforderung, jeden Kubikzentimeter Platz in jedem Karton zu nutzen. Verdammt, sogar das Geräusch beim Zukleben eines Kartons gefiel ihr.

Obwohl sie in eine größere Bleibe umzogen und ihren ganzen Krempel mitnehmen konnten, wenn sie wollten, gefiel es Adeline auch, Dinge auszusortieren, die sie nicht mehr brauchten – oder in Wirklichkeit nie gebraucht hatten.

In Anbetracht der bescheidenen Größe ihrer Wohnung fand sie es erstaunlich, wie viel auf dem Spendenhaufen landete.

Gut, der Versuch, dafür zu sorgen, dass Paige und Naomi auf die anstehende Aufgabe konzentriert blieben, gefiel ihr weniger. Insbesondere Naomi wollte sich von nichts trennen, nicht einmal von Habseligkeiten, die schon vor ihrer Einschulung unter ihrem Bett verstaubten. Doch trotz vereinzelter Tochterdiskussionen ertappte sich Adeline dabei, während des gesamten Prozederes vor sich hin zu summen, zu pfeifen oder sogar zu singen.

Am besten gefiel ihr natürlich, dass sie ihren Bürojob kündigen konnte. Sie hatte die zweiwöchige Frist ordnungsgemäß eingehalten, ihr Kündigungsschreiben enthielt keine Verwünschungen, und an ihrem letzten Arbeitstag hatte sie das Gebäude gesittet verlassen, statt es in Brand zu stecken. Dennoch war es ein überaus befriedigendes Erlebnis gewesen. Ja, sie würde sich schon bald, nachdem sie sich in Kirkland eingerichtet hätten, nach einem neuen Job umsehen müssen. Das würde kein Spaß werden. Doch darüber würde sie sich den Kopf zu gegebener Zeit zerbrechen.

Vorerst begnügte sie sich mit der Rolle der absonderlichen Mutter, die gern für einen Umzug packte.

An einem Freitagmorgen jedoch, als sie alle ein letztes Mal durch die leere Wohnung gingen, fühlte sich ihre Kehle ein bisschen zugeschnürt an. Die Gardners schlenderten von Zimmer zu Zimmer. Dabei gab jedes Mitglied der Familie seine liebsten Erinnerungen zu jedem Raum zum Besten. Adeline war sich ziemlich sicher, dass Boyd über seine liebste Schlafzimmererinnerung flunkerte. Sie jedenfalls tat es. Naomi weinte, als sie die Wohnung letztlich verließen.

Boyd fuhr den Umzugswagen und Naomi begleitete ihn, während Adeline den beiden mit Paige folgte.

Es wäre schön gewesen, wenn Paige drei Jahre älter gewesen wäre. Dann hätte sie ihr Zweitauto fahren können, und Boyd müsste es nicht mit dem Umzugswagen abschleppen, was Adeline unheimlich nervös machte, obwohl sie nicht direkt dahinter fuhr.

Während sich Boyd vermutlich mit einer Fragenflut von Naomi herumschlagen musste, hörten Adeline und Paige Musik. Paige hatte zwar versprochen, den Musikgeschmack ihrer Mutter beim Zusammenstellen der Playlist zu berücksichtigen, aber Adeline fand, sie hatte sich dabei nicht sonderlich gut angestellt.

Viereinhalb Stunden später – wesentlich mehr Toilettenstopps geschuldet, als sie geplant hatten – kamen sie endlich in ihrem neuen Zuhause an. Es sah weder besser noch schlechter als auf den Fotos aus. Obwohl es definitiv nicht für immer ihr Zuhause bleiben würde, schien es ein tadelloser Ort zu sein, um ihr neues Leben zu beginnen.

Als sich Adeline erkundigte, wie sich Naomi während der Fahrt gebärdet hatte, schenkte ihr Boyd nur ein gequältes Lächeln.

Flüchtig hatten sie mit dem Gedanken gespielt, für ein, zwei Stunden Umzugsprofis zu engagieren, nur als Hilfe beim Entladen des Umzugswagens. Aber sie hatten entschieden, das wären unnötige Kosten. Als sie an einem selbst für den Sommer unverschämt heißen Tag den Wagen entluden, wünschte Adeline, sie hätten diese spezielle Ausgabe nicht gescheut. Schließlich konnte eine Achtjährige nicht wirklich dabei helfen, ihr Bett zu tragen.

Letztlich jedoch endeten die gesamten Möbel und alle sorgfältig beschrifteten Kartons in den richtigen Zimmern. Die Gardners setzten sich ins Wohnzimmer und ruhten sich aus.

»Wann kriegen wir unsere Fische?«, fragte Naomi.

»Noch nicht«, antwortete ihr Boyd. »Vielleicht nächste Woche. Zuerst müssen wir uns um 'ne Menge anderer Dinge kümmern.«

»Kann ich mein Zimmer dekorieren, wie ich will?«

»Solange du dein Zimmer sauber hältst, ja«, erwiderte Adeline. »Du legst einen Neuanfang in einem rundum makellosen Zimmer hin. Wenn du dich bemühst, dass es so bleibt, wird das Aufräumen nie 'ne große Sache und du kriegst keinen Hausarrest. Stell dir nur vor, wie toll es wäre, wenn du nie mehr als ein paar Minuten für ein sauberes, aufgeräumtes Zimmer bräuchtest. Du würdest nie mehr Sendungen im Fernsehen verpassen, weil du bestraft wirst. Das wäre 'ne völlig neue Erfahrung für dich.«

»Haha«, sagte Naomi.

»Ich mach keine Witze. Das ist deine Chance, immer ein aufgeräumtes Zimmer zu haben.«

»Ich mag's aber nicht, wenn mein Zimmer aufgeräumt ist.«

»Dann wird's wohl auch mit dem Gebrüll und mit dem Hausarrest weitergehen.«

»Ich werd mir die Wände mit Fotos von nackten Kerlen vollpflastern«, kündigte Paige an.

»Das macht nichts«, sagte Adeline. »Solange du dein Zimmer in Ordnung hältst.«

»Ich mein keine Fotos, wo die Männer in Schatten gehüllt sind oder so. Man wird alles sehen können.«

»Das ist kein Problem. Du bist 13. Ich kann dich nicht zwingen, dein Zimmer mit geschmackvollen Bildern zu dekorieren.«

»Vielleicht eher mit *geilen* Bildern.«

»Dann werd ich wohl ’nen Grund haben, öfter in dein Zimmer zu kommen.«

»Kann ich auch Nacktbilder an die Wände hängen?«, fragte Naomi dazwischen.

»Nicht bevor du neun bist.«

»Sie werden auch Knebelbälle haben«, fügte Paige hinzu.

»Das reicht!«, ging Boyd dazwischen, der bezaubernd war, wenn er verlegen wurde. »Hört auf damit, alle miteinander. Paige, kein Internet mehr für dich.«

»Über Knebelbälle weiß ich nicht aus dem Internet Bescheid.«

»Wer hat dir dann … Sag’s mir nicht.«

»Ich hab’s von …«

»Ich hab gesagt, ich will’s nicht wissen.«

»Was ist ein Knebelball?«, fragte Naomi prompt.

»Erinnerst du dich an die Szene in *Pulp Fiction?*«

»Wann in Dreiteufelsnamen habt ihr zwei euch *Pulp Fiction* angesehen?«, wollte Boyd wissen.

»Paige, hör auf, deinen Vater auf den Arm zu nehmen«, sagte Adeline. »Die Mädels sind in diesem Haushalt deutlich in der Überzahl. Da ist es nicht fair, ihn so in Verlegenheit zu bringen.«

»Ich bin nicht in Verlegenheit«, behauptete Boyd.

»Du schwitzt.«

»Wir haben den ganzen Tag lang Kisten geschleppt. Und kein Vater sollte mit anhören müssen, wie seine Tochter über Knebel redet.«

»Knebelbälle«, korrigierte ihn Paige.

»Hör auf.«

»Ich bin sicher, Ma und du habt irgendwo in einem der Kartons auch einen.«

»Dad hat gesagt, du sollst aufhören«, rügte Adeline ihre Tochter. »Du musst wohl immer einen Schritt zu weit gehen, was?«

»Nur einen Schritt?«, fragte Boyd.

Adeline schenkte ihm keine Beachtung und bearbeitete weiter Paige. »Stell dir beim Reden eine große rote Linie in der Luft vor. Und jedes Mal wenn dir ein lustiger Kommentar einfällt, versuchst du zu entscheiden, ob er über oder unter der Linie ist – nennen wir sie die Gürtellinie. Wenn er unter der Gürtellinie ist, dann denk dir einen anderen aus.«

»Wollt ihr mich denn nicht ein bisschen provokant, so mit Ecken und Kanten?«

»Ecken und Kanten kannst du bei deinen Freunden auspacken.«

Autsch. Was für eine schreckliche Bemerkung, so unmittelbar nachdem sie ihre Tochter ihrem so hart erarbeiteten Freundeskreis entrissen hatten. *Super hingekriegt, Ma. Echt gute Arbeit.*

»Tut mir leid«, entschuldigte sich Adeline. »Ich hab gemeint …«

Paige schob die Brille höher. »Ich weiß. Passt schon.«

Adeline wollte sich weiterentschuldigen, dann jedoch entschied sie, das Thema fallen zu lassen, bevor sie sich ein noch tieferes Loch buddeln konnte. Neue Freundschaften zu schließen war für Paige eine Herausforderung, aber keineswegs unmöglich. Und vielleicht würde es ihr in der neuen Umgebung sogar leichter fallen.

»Dad hat gesagt, ich könnte mich hier neu erfinden«, meinte Paige.

»Er hat recht.«

»Also kann ich die potthässliche Brille loswerden?«

»Willst du dir die Augen lasern lassen?«

Paige schüttelte den Kopf. »Nur Kontaktlinsen.«

Die Brille war überhaupt nicht hässlich. Tatsächlich stand sie Paige ziemlich gut, und sie war begeistert davon gewesen, als sie das Modell vergangenes Jahr ausgesucht hatten. Aber Adeline wusste, dass eine neue Fassung nicht die Lösung wäre. »Klar, wenn du das willst. Kommst du damit klar, deine Augäpfel anzufassen?«

Paige grinste und streckte den Zeigefinger aus.

»Wir gehen mit dir zum Optiker. Mal sehen, was der sagt. Wahrscheinlich können wir dich noch vor Schulbeginn auf Kontaktlinsen umstellen.«

Normalerweise würden sich Boyd und sie bei einem solchen Thema abstimmen, bevor sie ihrer Tochter ein Versprechen gaben. Aber er befand sich ja im selben Raum und hatte in der Regel keine Scheu, sein Vetorecht auszuüben. In diesem Fall gab es keinen Grund für die Standardantwort: »Wir reden später darüber.«

»Danke, Ma.«

»Kann ich auch Kontaktlinsen kriegen?«, fragte Naomi.

»Mit deinen Augen ist alles in Ordnung«, erwiderte Boyd. »Sei froh.«

»Kann ich dann Paiges alte Brille haben?«

»Davon würdest du Kopfweh kriegen«, klärte Paige sie auf.

»Nicht wenn ich die Gläser rausnehme.«

»Das müssen wir nicht jetzt sofort klären«, warf Adeline ein. »Wir werden dafür sorgen, dass alle mit ihren Augen zufrieden sind.«

»Ich finde, wir sollten unseren ersten Abend in unserem neuen Haus feiern«, schlug Boyd vor. »Wer hat Hunger?«

Paige, Naomi und Adeline hoben die Hände.

»Wie wär's mit Burgern?«

»McDonald's?«, fragte Naomi.

»Nee«, antwortete Boyd. »Wir suchen uns die größten, fettigsten, käsigsten, mit Speck überfrachtetsten Burger der Stadt.«

Adeline wusste, dass sie Feiern mit Junkfood irgendwann einen Riegel vorschieben musste. Aber für diesen Abend klangen große, fettige, käsige, mit Speck überfrachtete Burger fantastisch.

Auf ihren Fritten hatten sie geschmolzenen Käse und Speckstücke, außerdem bot das Lokal Ketchup in vier verschiedenen Geschmacksrichtungen. Der Familie Gardner würde es hier gut gehen.

Boyd und Adeline gaben Naomi jeweils einen Kuss auf die Wange, als sie ihre Tochter im Bett zudeckten. »Sollen wir die Tür offen lassen?«, fragte Adeline.

»Nein, ist schon gut«, antwortete Naomi.

»Wirklich?«

»Ich hab ja Gordon, der mich beschützt.«

Das Terrarium der Vogelspinne stand auf der Kommode neben Naomis Bett. Früher hatte Paige darauf bestanden, dass Gordons Behausung auf der anderen Seite des Raums stehen musste. Nun jedoch, da Naomi ihr eigenes Zimmer hatte, konnte sie es aufstellen, wo sie wollte.

»Und ich bin sicher, das wird er hervorragend machen«, meinte Adeline. »Gib uns Bescheid, falls du was brauchst.«

»Mach ich.«

Adeline und Boyd verließen das Zimmer und schlossen die Tür hinter sich. »Verfluchte Spinne«, schimpfte Boyd im Flüsterton.

»Er ist ein tadelloses Haustier.«

»Was gibt's an einer Rennmaus auszusetzen? Oder an 'ner Eidechse? Oder sogar 'nem Einsiedlerkrebs? Einsiedlerkrebse sind Miniaturmonster – warum nicht so einen?«

»Sie mag ihre Tarantel nun mal.«

»Das weiß ich, aber warum? Ich meine, sogar bei einem Tier wie 'ner Boa Constrictor könnte man sagen, dass man's mag, wie sie sich bei einem um den Hals schlängelt. Eine Spinne tut gar nichts für einen, außer herumzukrabbeln und gruselig zu sein.«

»Vielleicht wächst Naomi aus der Phase raus.«

»Oder vielleicht ist das erst der Anfang. Wir werden Enkelkinder haben, die in Spinnfädenkokons schlafen.«

»Ich lehne mich jetzt mal weit aus dem Fenster und behaupte, das wird wohl kaum passieren.«

»Das Vieh sollte besser nicht aus dem Terrarium entwischen«, warnte Boyd.

»Ist es noch nie.«

»Wenn ich die Spinne jemals frei herumrennen sehe, zerstampf ich sie unter meinem Schuh. Dann kannst du unserer Tochter erklären, dass ihr Daddy ihr Haustier ermordet hat.«

»Du hast grade keine Schuhe an«, gab Adeline zu bedenken. »Würdest du die Spinne auch mit bloßen Füßen zertreten?«

»Darüber macht man nicht mal Witze.«

»Vielleicht glitscht sie zwischen deinen Zehen hoch.«

»Sehr komisch.«

»Was für ein Geräusch würde Gordon dabei wohl machen? Glaubst du, es wäre ein weicher Schmatzlaut oder eher ein knirschendes Geräusch?«

»Siehst du, deshalb haben wir eine Tochter, die über Knebelbälle redet.«

»Du hast gewusst, worauf du dich einlässt, als du mich geheiratet hast.«

Boyd küsste sie auf die Lippen. »Ich war der irrigen Meinung, meine Phobien wären tabu.«

»Ich weiß schon, wo die rote Linie in der Luft verläuft.«

Aus Naomis Zimmer drang ein Husten.

»Sie weiß, dass du Gordon die Beine einzeln ausreißen würdest, wenn er aus dem Terrarium entkäme«, sagte Adeline. »Er wird nicht rauskommen.«

»Ich würd ihm nicht die Beine einzeln ausreißen. Foltern würde ich das Vieh nicht. Ich würd es schnell erledigen.«

Naomi hustete erneut.

»Geht's dir gut, Liebes?«, rief Adeline.

»Ja«, antwortete Naomi. Und hustete abermals.

Adeline und Boyd kehrten zu ihrem Zimmer um und öffneten die Tür. »Was ist denn?«

»Nichts.«

»Liegt's am Staub?«

»Vielleicht.« Naomi hielt die Hand vor den Mund und hustete.

»Huste in die Armbeuge«, forderte Adeline sie instinktiv auf, obwohl Naomi niemandem die Hand schütteln und dadurch Keime verbreiten würde.

Naomi hustete heftiger als zuvor in die Armbeuge.

»Willst du ein Glas Wasser?«, fragte Boyd.

Naomi nickte. Boyd verließ das Zimmer. Naomi fing so heftig zu husten an – der gesamte Körper zitterte, Tränen liefen ihr über die Wangen –, dass Adeline plötzlich ernsthaft besorgt war.

Aber es war alles gut. Nur ein Husten. Ein Husten bedeutete, dass sie atmete. Es verhielt sich also nicht so, als würde sie ersticken oder dergleichen. Und es gab nichts, was Adeline tun konnte – tatsächlich sollte man einer hustenden Person nicht auf den Rücken klopfen. Sie konnte ihrer Tochter nur beruhigend die Hand aufs Knie legen.

Als Boyd zurückkam, hatte sich Naomis Hustenanfall beruhigt. Sie nahm das Glas von ihm entgegen und trank den Großteil des Wassers in einem Zug. Dann rülpste sie, bevor sie mehrmals tief durchatmete.

»Entschuldigung«, sagte sie.

»Musst dich nicht entschuldigen. Geht's dir gut?«

»Ja. Ich hab nur gehustet.«

»Morgen müssen wir den Staub beseitigen«, meinte Adeline zu Boyd.

»Eigentlich hätten die Luftschächte ausgesaugt werden sollen, bevor wir eingezogen sind. Hat man vielleicht nicht gemacht. Darum kümmern wir uns.«

»Jetzt geht's mir wieder gut«, beteuerte Naomi.

»Da bin ich aber froh.« Adeline gab ihr einen Kuss auf die Stirn. »Hast uns ein bisschen erschreckt.«

Damit marschierten sie wieder aus dem Zimmer. Diesmal jedoch ließ Adeline die Tür einen Spalt offen.

6

Per SMS behauptete Jack, die Luftschächte seien sehr wohl vor ihrer Ankunft ausgesaugt worden. Nachdem Boyd etwa 20 Minuten gebraucht hatte, um herauszufinden, wo sie die Taschenlampe eingepackt hatten, spähte er in den Schacht in Naomis Zimmer und musste zugeben, dass von Staubflusen tatsächlich jede Spur fehlte. Ebenso wenig sah er Staub in der Luft, als er die Jalousien im Wohnzimmer aufzog.

Naomis kurzer Hustenanfall bedeutete nicht, dass eine Unzahl von Partikeln durch das Haus schwebte. Trotzdem würden sie die Räume im Zuge der Arbeiten des Tages gründlich abstauben.

Die gesamte Familie zeigte sich gut gelaunt, als sie alle zusammen die Kartons auspackten und das Haus in ein Zuhause verwandelten.

Am Ende des Tages ließ sich Boyd auf die Couch plumpsen und konnte kaum glauben, wie viel sie geschafft hatten. Natürlich blieb noch eine Menge zu tun. Aber wenn sie die ausgepackten Kartons hinunter in den Keller brachten, nicht in die Küche oder die Badezimmer gingen und die kahlen Wände ignorierten, konnte beinahe der Eindruck entstehen, sie wären nicht erst am Vortag eingezogen.

Am Ende des nächsten Tages fühlte es sich allmählich wirklich wie ihr Zuhause an. Was vielleicht anders gewesen wäre, hätte er nicht Adeline, Paige und Naomi bei sich gehabt. Boyd konnte immer noch nichts finden, zudem fielen ihm wieder kleine Makel wie Kerben an den Türen und Farbflecke auf den Holzdielen auf. Aber er *hatte* seine Familie bei sich, und deshalb wähnte er sich zu Hause.

Boyd musste nur noch hoffen, dass ihm seine neue Arbeit gefallen würde.

Am Montagmorgen stand er auf, nahm eine ausgiebige, heiße Dusche und zog Hose, Hemd und Krawatte an. Grundsätzlich war es kein Job, der Hose, Hemd und Krawatte bedingte. Aber am ersten Tag wollte er einen guten Eindruck bei seinen Mitarbeitern hinterlassen.

»Ich wusste gar nicht, dass du ’ne Krawatte binden kannst«, sagte Adeline und schlang die Arme um ihn, während er sich im Spiegel begutachtete.

»Ja.« Boyd wusste auch nicht, wie man eine Krawatte band. Es handelte sich um eine Reißverschlusskrawatte, für die man keinen Windsorknoten beherrschen musste – oder wie auch immer das hieß.

»Du wirst es toll machen.«

»Am ersten Tag sollte ich jemandem so richtig in den Arsch treten, richtig?«

»Du denkst gerade ans Gefängnis.«

»Oh, stimmt.«

»Du wirst deine Sache großartig machen«, versicherte Adeline ihm erneut.

»Du tust ja grad so, als wär ich unheimlich nervös.«

»Und bist du's nicht?«

Boyd schüttelte den Kopf. »Ist bloß ein Job.«

»Alle Jobs sind am ersten Tag nervenaufreibend. Versteh mich nicht falsch: Ich will dich nicht nervös machen. Wenn du's nicht bist, ist das prima. Du bist gut im Umgang mit Menschen und kennst dich auf deinem Gebiet aus. Und ich hör jetzt besser auf zu reden.«

Die Schule der Mädchen würde erst in ein paar Wochen beginnen. Daher würden sie Adeline heute bei Arbeiten im Haus helfen. Aber ab morgen sollten sie mehr oder weniger vom Auspackdienst freigestellt werden, damit sie den Rest des Sommers genießen konnten.

»Oha, Dad!«, entfuhr es Paige, als Boyd und Adeline das Esszimmer betraten. »Ich wusste ja gar nicht, dass du bei deinem neuen Job als Dressman arbeitest.«

»Danke.«

»Musst du das jetzt jeden Tag tragen?«

»Nein. Will nur einen guten ersten Eindruck machen.«

»Machst du bestimmt.«

Boyd vermochte nicht zu sagen, ob Paige die Äußerung ernst oder sarkastisch meinte. Er entschied, dass sie ernst gemeint war, und herzte sie.

Adeline holte vier Schüsseln aus dem Schrank und stellte sie auf die Arbeitsplatte. Dann kramte sie eine Schachtel Müsli und mehrere Packungen Haferflocken heraus. »Das Frühstücksbuffet ist eröffnet«, verkündete sie.

Boyd veredelte seine Haferflocken mit Rosinen, weil er sich in extravaganter Stimmung fühlte. Zu viert setzten sie sich zum Essen hin. Naomi schob sich einen extravollen Löffel ihrer kalten Cornflakes in den Mund und verzog das Gesicht.

»Was ist denn?«, fragte Boyd.

»Schmeckt eklig.«

Er beugte sich darüber und schnupperte daran. »Oh. Ja, ich glaub, die Milch ist sauer.«

»Ich hab sie eben erst frisch gekauft«, sagte Adeline. Sie beugte sich vor und schnupperte ebenfalls daran. Offenbar für den Fall, dass Boyd und Naomi nicht wussten, wie saure Milch roch. Sie stand auf und holte die Milchpackung aus dem Kühlschrank. »Die ist noch nicht mal annähernd abgelaufen.«

»Denkst du, der Kühlschrank ist kaputt?«, fragte Boyd.

Adeline fasste hinein und befühlte einige der Artikel ihrer noch mageren Auswahl. »Alles andere ist kalt.«

»Vielleicht ist er gerade so lange ausgegangen, dass die Milch sauer geworden ist, und hat sich dann wieder eingeschaltet.«

»Vielleicht.« Sie schnappte sich Naomis Schüssel und goss den Inhalt ins Spülbecken.

»Wenigstens war sie noch nicht körnig«, sagte Paige.

»Möchtest du Haferflocken?«, wollte Adeline von Naomi wissen.

»Bäh, nein.«

»Wir haben nicht viel zur Auswahl, Kleines. Hab noch keinen Großeinkauf gemacht.«

»Kann ich Toast haben?«

»Wir haben aber keine Marmelade, nur Butter.«

»Macht nichts.«

Adeline spülte die Müslischale gründlich aus, dann öffnete sie einen der Schränke und holte einen Laib Brot heraus. Sie entnahm der Tüte mehrere Scheiben. »Ach, verdammt noch mal.«

»Was ist?«, fragte Boyd.

Adeline hielt ihm die Brotscheiben vors Gesicht. Ein deutlicher Schimmelstreifen verlief die Seiten entlang.

»Na toll.«

»Auf der Verpackung steht als Ablaufdatum der 17.«

Boyd zuckte mit den Schultern. »Dann waren wir in einem lausigen Supermarkt. Immer noch besser als festzustellen, dass unser Kühlschrank kaputt ist.«

»Ich überlege grade, ob wir alles wegwerfen sollten, was wir dort gekauft haben. Wenn sowohl die Milch als auch das Brot schlecht sind, könnte auch alles andere betroffen sein.«

»Ist wahrscheinlich 'ne gute Idee. Wir entsorgen alles, was nicht eingeschweißt war. Ich weiß ja nicht, wie's dir geht, aber ich hab keine Ahnung, wie verdorbener Orangensaft schmeckt, also sollten wir besser auf Nummer sicher gehen.«

»Ich hol uns 'ne Rückerstattung«, schlug Adeline vor.

»Mach dir darüber keine Gedanken. Wir haben ja grade genug für ein paar Tage gekauft.«

»Aber die sollten erfahren, dass sie verdorbene Lebensmittel verkaufen.«

»Wie auch immer du das handhaben willst, mir soll's recht sein«, erwiderte Boyd. »Ich will damit nur sagen, dass wir's verkraften können, ein paar Lebensmittel neu zu kaufen.«

»Du solltest sie die Milch trinken lassen«, schlug Paige vor.

»Ja«, pflichtete Naomi ihr bei.

»Dabei schien es ein tadelloser Laden zu sein«, meinte Adeline. »Das ist ziemlich enttäuschend.«

»Wir leben ja nicht mehr in der Pionierzeit und müssen zwei Tage mit der Kutsche fahren, um uns mit Verpflegung für den Winter einzudecken«, merkte Boyd an. »Ist kein großes Ding, wenn der erste Supermarkt, den wir ausprobiert haben, nichts taugt.«

»Jaja, ich weiß«, sagte Adeline. »Es ist einfach frustrierend.«

»Dann hat Paige vielleicht recht. Marschier in den Laden rein, such den Filialleiter und brat ihm mit der Milchpackung eins über. Dann stopfst du ihm 'nen Trichter in den Mund und gießt die Milch bis auf den letzten Tropfen rein. Die Gemeinde Kirkland soll ruhig wissen, dass *niemand* Adeline Gardner verdorbene Milch andreht.«

»Ich wollte den Filialleiter eigentlich nur dran schnuppern lassen, aber dein Vorschlag hat was.«

»Nein, jetzt weiß ich, was du tun solltest. Du bereitest ein echt köstlich aussehendes Erdnussbutter-Marmelade-Sandwich zu. Damit gehst du hin und bietest es als vermeintliches Geschenk an, weil du ein so tolles Einkaufserlebnis hattest. Und wenn der Filialleiter dann kaut und merkt, dass irgendwas nicht stimmt, brüllst du: ›Das hab ich bei Ihnen gekauft! Schmeckt's auch, ja? Schmeckt's?‹ Das wär lustig. Dank meinem neuen Job können wir's uns leisten, Kaution zu stellen.«

»Dad ist schräg«, befand Naomi.

»*Du* bist schräg.«

»Ich weiß.«

»Wie auch immer. Muss jetzt los«, verkündete Boyd und schob seinen Stuhl zurück. »Ich hoffe, dass ihr alle drei einen angenehmen, produktiven Tag habt und es hier wie in 'nem Königspalast aussieht, wenn ich heimkomme.«

»Darum kümmern wir uns gleich«, erwiderte Adeline. »Arbeite nicht zu hart.«

»Du auch nicht. Oder nein, warte, eigentlich ...«

Boyds erster Tag als Vorgesetzter verlief ziemlich gut. Sein neuer Arbeitsplatz lag zwölf statt der gewohnten acht Kilometer von zu Hause entfernt. Dafür verbrachte er nicht die ganze Zeit im Stau, wodurch er die Fahrt als wesentlich entspannter empfand.

Er trug die Verantwortung für etwa ein Dutzend Mitarbeiter, eine Zahl, die in den nächsten Monaten allmählich steigen würde, wenn alles gut liefe. Boyd fand, er hatte eine solide Verbindung zu ihnen aufgebaut, indem er zu vermitteln versucht hatte: *Ich bin als euer Boss hier, nicht als euer Freund – aber das bedeutet nicht, dass wir nicht auch Freunde sein können.* Innerhalb kürzester Zeit hatte er ein paar Faulpelze identifiziert, die er genauer als die anderen im Auge behalten musste, ebenso seine leistungsorientierten Superstars. Mit dieser Gruppe von Leuten konnte er auf jeden Fall arbeiten.

Er hatte sogar ein eigenes Büro. Kein großes. Kein luxuriöses. Nicht mal ein Büro mit einer Tür. Trotzdem kam er sich dadurch vor wie ein hohes Tier. Boyd Gardner, VIP.

Nachdem er sich sein Mittagessen in der Mikrowelle erwärmt hatte – er hatte noch kein Upgrade von der billigsten Marke gefrorener Lasagne vorgenommen –, saß er in seinem Büro und widerstand dem Drang, sich zurückzulehnen und die Füße auf seinen neuen

Schreibtisch zu legen. Vielleicht würde er es tun, sobald alle anderen Feierabend gemacht hätten.

Außerdem genehmigte er sich einen Apfel und eine Dose Rootbeer. Beim Eintreffen am Morgen hatte er vergessen, die Dose in den kleinen Kühlschrank zu stellen, doch das war schon in Ordnung. Warme Limonade störte ihn nicht. Er nahm den Apfel aus der braunen Papiertüte und biss hinein.

Fühlte sich irgendwie weich an. Nicht so weich wie ein Pfirsich, aber eindeutig weicher, als ein knackiger, frischer Apfel sein sollte. Obwohl er nicht verdorben schmeckte, wies der Apfel innen eine bräunliche Farbe auf, als hätte er stundenlang angebissen herumgelegen. Boyd sah sich nach seinem Papierkorb um und spuckte den Apfel hinein.

Wow, der Supermarkt war wirklich scheiße. Vielleicht sollten sie *tatsächlich* noch mal hingehen und sagen: »He, alles, was ihr uns verkauft habt, war Müll!« Die hatten dort unbestreitbar Probleme mit der Lagerung ihrer Lebensmittel.

Ihn überraschte, dass Adeline die Äpfel überhaupt gekauft hatte. Bei Milch achtete man nur auf das Ablaufdatum. Natürlich würde sie nicht auf die Idee kommen, den Deckel aufzuschrauben und zu riechen, ob der Inhalt verdorben war oder nicht. Das Brot steckte in einer gefärbten Plastikfolie, die den Schimmel verschleierte, wenn man es nicht gründlich inspizierte. Die Äpfel jedoch hatte Adeline lose gekauft, nicht in einem Sack, und sie hatte bestimmt die besten herausgesucht. Seine Frau hätte keine Äpfel gekauft, die sich weich anfühlen.

War keine große Sache. Nur ein bisschen seltsam.

7

Davor

Maddox, Fletcher und Heck saßen im Auto. Sie befanden sich mehrere Kilometer vom Tatort entfernt, und soweit Maddox es beurteilen konnte, waren sie völlig unbemerkt davongekommen. Normalerweise würden sie sich an der Stelle zur Feier des Coups ein paar Drinks genehmigen. Oder wenn das nicht ratsam wäre, würden sie getrennte Wege gehen. Diesmal saßen sie stattdessen seit mittlerweile fast zehn Minuten wortlos im Auto.

Irgendjemand musste das Schweigen brechen. »Fuck«, sagte Maddox. Niemand reagierte.

Alles war exakt nach Plan verlaufen. Heck hatte das Schloss der Haustür geknackt und das Trio war leise hineingegangen. Die Dame hatte tatsächlich einen winzigen kläffenden Köter, aber als er zu bellen anfing, befanden sie sich bereits im Schlafzimmer. Maddox schloss den Hund im Schrank ein, während Fletcher und Heck die Frau festhielten.

Und dann taten sie, wofür sie bezahlt wurden.

Maddox beunruhigte nicht weiter, wie Heck reagiert hatte. Der Typ war nun mal ein Psychopath. Was Maddox beunruhigte, war vielmehr *seine eigene* Reaktion. Ja, er hatte damit gerechnet, dass es eine vergnügliche Nacht werden würde. Aber er hätte nie gedacht, dass er zu einem kichernden, gackernden Wahnsinnigen mutieren würde.

Im Ernst, was zum Teufel *war* das? Sie alle drei hatten sich wie Barbaren gebärdet. Auch das war eine Vorgabe des Auftrags gewesen. Allerdings war Maddox davon ausgegangen, sie würden es einfach wie Arbeit abspulen. Die Frau in Stücke hacken, ordentlich Blut verspritzen, sich etwas »Lustiges« mit ihrer Leiche überlegen und fertig.

Tatsächlich hatten sie sich fast zwei Stunden in dem Haus aufgehalten. Zwei Stunden! Ein wahnwitziges Risiko. Sie hätten allerhöchstens zehn Minuten bleiben dürfen, aber sie wollten schlichtweg nicht gehen.

Zu sehr genossen sie den Kick, den es ihnen gab, sich wie Geisteskranke aufzuführen, deren Medikamente man abgesetzt hatte.

Heck hatte wirklich versucht, die alte Dame in ein ungestörtes Zimmer zu schleifen. Als Maddox ihn aufforderte, mit dem Scheiß aufzuhören, tat er es nicht aus Anstand. Vielmehr deshalb, weil er nicht wollte, dass sich Heck ohne ihn vergnügte. Maddox selbst stellte mit ihr weit schlimmere Dinge an, als er von Heck erwartet hatte. Und er tat sie ungeniert vor Hecks und Fletchers Augen, die ihm lachend zusahen und ihn anfeuerten.

Das Schräge war, dass Maddox dabei ständig durch den Kopf ging, er solle sich nicht so verhalten. Und der Gedanke belustigte ihn, erhöhte den Spaßfaktor noch, als ginge ihm dabei einer ab, weil er ach so unartig war. Wie ein kleines Kind, das ein schlimmes Wort erst recht ständig wiederholt, weil es weiß, dass es verboten ist.

Und dann, als sie mit der Lady durch waren, als es nichts mehr gab, was sie noch mit ihr anfangen konnten, zeigte Heck auf den Schrank, in den Maddox den Hund gesteckt hatte, und zwinkerte. Statt ihm ansatzlos ins Gesicht zu schlagen, grinste Maddox und meinte, das wäre eine gute Idee, um die Party am Laufen zu halten.

Als sie letztlich fertig waren, verließen sie leise das Haus. Doch kaum saßen sie wieder im Auto, fingen sie an zu johlen und grölend zu lachen wie besoffene College-Studenten in den Frühjahrsferien.

Sie brauchten eine Weile, um davon runterzukommen. Fletcher beruhigte sich als Erster, aber weil er immer der Stille war, bekam es Maddox nicht wirklich mit. Was sie getan hatten, sickerte ihm erst so richtig ins Bewusstsein, als sie an einer roten Ampel hielten und ihm ein Büschel Fell auffiel, das sich zwischen seinen Schnürsenkeln verheddert hatte.

Im Auto war es so dunkel, dass er seine Schuhe nicht mal wirklich sehen konnte. Aber es spielte keine Rolle, ob er sich das Fell bloß einbildete oder nicht. Maddox kam sich plötzlich wie der letzte Dreck vor.

Sie waren auf den Parkplatz eines rund um die Uhr geöffneten Lokals gerollt. Seither saßen sie einfach nur da.

»Wir haben getan, was wir tun mussten«, meinte Heck.

»*So* hätten wir's nicht machen müssen.«

»Doch, genau so. Sollte ja kein schnelles Abmurksen werden. Wir haben gewusst, was passieren würde.« Heck sah blass aus. Konnte aber auch an den Lichtverhältnissen liegen.

»So? Das hast du dir vorgestellt?«

»Mehr oder weniger.«

»Blödsinn.«

Heck seufzte. »Na schön, dann ist's eben außer Kontrolle geraten. Der Geruch von Blut hat in der Luft gelegen. Wen kümmert's, wenn wir animalisch geworden sind?«

»Mir gefällt nicht, dass wir ein derart hohes Risiko eingegangen sind. Schlau haben wir uns bei dem Job nicht angestellt. Überhaupt nicht.«

»Da geb ich dir recht. Wir sind so drin aufgegangen, dass wir alle Vorsicht in den Wind geschossen haben. Das hätte uns auf den Kopf fallen können. Ist es aber nicht.«

»Du siehst aus, als müsstest du kotzen«, merkte Maddox an.

»Ich bereue nichts. Und ich kann's nicht haben, dass du über mich urteilst.«

»Ich urteile über uns alle drei.«

»Also, wenn du auf dunkle Nacht der Seele machen willst, dann lass mich dabei raus. Wollen wir jetzt nur hier rumhocken, oder gehen wir rein und bestellen uns was zu essen?«

»Du könntest jetzt essen?«, fragte Maddox.

»Ich hab ihr 'nen Finger abgebissen. Ich denke schon, dass ich 'nen Burger vertragen könnte.«

»Dann geh um Himmels willen rein und gönn dir 'nen Festschmaus, wenn du willst. Tut mir leid, wenn ich keinen Appetit hab. Nur zu. Wir sehen uns dann morgen.«

»Nee«, sagte Heck. »Schätze, ich hab keinen Hunger.«

»Soll ich dich bei Veronica absetzen?«

Heck schüttelte den Kopf. »Bin auch nicht geil.«

»Hätte auch nicht gedacht, dass sie's um drei Uhr morgens mit dir treibt.«

»Sie treibt's jederzeit mit mir. Bring mich einfach nach Hause.«

»Halten wir unterwegs bei 'nem Schnapsladen«, meldete sich Fletcher vom Rücksitz.

»Auf keinen Fall«, entgegnete Maddox. »Niemand besäuft sich.«

»Was hast du denn gedacht, was ich tun werd? Bei meinem verfickten Kissen die Beichte ablegen?«

»Wir haben uns heut Nacht schon dumm genug verhalten. Machen wir's nicht noch schlimmer.«

»Ach, leck mich doch.«

»Echt reif.« Maddox startete den Motor und setzte aus der Parklücke zurück.

»Die Schlampe hat gekriegt, was sie verdient hat«, meinte Heck. »Jeder, der sein Haus so grellrosa anmalt, hat den Tod verdient.«

Edwin lächelte und winkte, als Maddox die Kneipe betrat. Maddox hatte sich die ganze restliche Nacht lang hin und her gewälzt und Galle hochgerotzt. Er war nicht in der Stimmung, sich mit diesem Grünschnabel herumzuschlagen. Er nahm ihm gegenüber am Tisch Platz.

»*Verdammt*«, sagte Edwin.

»Gib mir einfach das Geld.«

»Ich hab gehört, ihr hättet euch selbst übertroffen. Die Aufräummannschaft hatte alle Hände voll zu tun. Wär ich derjenige, der euren Lohnscheck unterschreibt, ich würd euch 'nen Bonus geben.«

»Ich hab kein Auge zugemacht, könnten wir also den Small Talk einfach überspringen?«

»Wo ist dein Beutel?«

»Welcher Beutel?«

»Na, der Beutel eben. Weiß nicht mehr, wie das Ding geheißen hat. Irgendwas mit K.«

»Kolostomiebeutel.«

»Genau.«

»Der war nicht echt. Ich hatte ein verdammtes Messer drin.«

»Im Ernst?«

»Ja.«

»Und wär das effektiv gewesen, oder war's nur als persönlicher kleiner Scherz gedacht?«

»Ich hatte noch nie 'nen Anlass, jemandem in den Hals zu stechen. Kann also nicht sagen, ob's effektiv wäre oder nicht. Aber bei dir steuere ich auf den Punkt zu, es auszuprobieren.«

Edwin hob die Hände. »Oha, Mann. Da ist wohl jemand schlecht drauf, was? Ich würd dich nie übern Tisch ziehen. Aber man sollte meinen, du würdest höflich sein wollen, bis du dein Geld tatsächlich in den Händen hast.«

»Drohst du mir grade?«

»In welchem Universum hat das wie 'ne Drohung geklungen?«

»Wie wär's, wenn du mir mein Geld gibst, bevor ich dir die Kehle mit bloßen Fingern rausreiße?«

»Wenn mein Boss das nächste Mal 'nen Auftrag zu vergeben hat, wirst du ihn mit ziemlicher Sicherheit nicht kriegen.«

»Wenn dein Boss das nächste Mal 'nen Auftrag zu vergeben hat, kannst du ihm ausrichten, er soll ihn sich in den Arsch schieben.«

Edwin schwieg einen Moment lang, dann lächelte er. »Ich lass dir das durchgehen, weil du echt ziemlich fertig aussiehst.«

»Danke.«

»Schätze, es verändert einen, wenn man die Wände und die Decke mit Teilen von 'ner alten Frau dekoriert. Kann nachvollziehen, dass dir das zu schaffen macht. Trotzdem *muss* ich anbringen, dass du vielleicht ändern solltest, wie du mit mir redest. Denn im Augenblick müsste ich 'nen schlechten Bericht über dich abliefern. Und das würde sich nicht bloß auf künftige Aufträge auswirken.« Edwin trank einen Schluck von seinem Bier. »Siehst du, *jetzt* drohe ich dir. Den Unterschied erkennt man ganz einfach, weil ich dann nicht mehr lächle.«

»Schon gut, tut mir leid«, entschuldigte sich Maddox und schämte sich dafür, dass seine Stimme beinahe brüchig wurde. »Es war viel hässlicher, als ich erwartet hatte. Hab so meine Probleme, damit klarzukommen.«

»Gut. So was sollte dich auch verstören. Sonst wärst du ein Soziopath.« Edwin sah sich in der Kneipe um, bevor er einen Umschlag auf den Tisch legte, den Maddox rasch auf seinen Schoß schaufelte. »Ist alles da. Falls du rausgehen willst, um im Auto nachzuzählen, ich bin noch da, bis ich mein Bier ausgetrunken hab.«

»Ich vertrau dir«, erwiderte Maddox und erhob sich vom Tisch. »Nochmals Entschuldigung.«

Maddox musste nicht in den Spiegel blicken, um zu wissen, wie schlecht er aussah. Die vergangene Woche hatte er nur ein, zwei Stunden pro Nacht geschlafen. Er konnte kein Essen unten behalten. Wollte mit niemandem reden. Konnte sich nicht mal ausreichend für hirnlose Fernsehsendungen konzentrieren.

Seltsamerweise sorgte er sich nicht darüber, geschnappt zu werden. Obwohl es ihm Sorgen bereiten *sollte*. Schon nach fünf Minuten im Haus hatten sie jeden Anschein von Vorsicht in den Wind geschossen. Verdammt, sie hatten zumindest ihre DNA überall hinterlassen. Aber Maddox war nicht besorgt. Selbst dann nicht, wenn er im Bett lag und dezidiert dachte: *Meine Partner haben DNA überall am Tatort eines Mordes hinterlassen*. Verzehrt wurde er nur von Scham und Schuldgefühlen.

Warum verhielt es sich nicht andersherum? Die alte Frau war ihm scheißegal. Vielleicht hatte sie es verdient, vielleicht auch nicht. Aber er hatte schon früher Menschen getötet – darunter mindestens einen, von dem er mit Sicherheit wusste, dass er es *nicht* verdient hatte –, ohne dass ihn sein Gewissen geplagt hätte. Dennoch war er oft die Einzelheiten seiner verschiedenen Verbrechen in Gedanken durchgegangen und hatte versucht zu eruieren, wo ihm vielleicht ein Fehler unterlaufen war, der die Polizei zu ihm führen könnte. Nun schien es so, als wäre sein Gehirn völlig neu gepolt worden.

Sein Telefon klingelte. Er brauchte einen Moment, um es zwischen der Couchpolsterung zu finden. Als er es herausfischte, stellte er fest, dass Fletcher anrief.

»Ja?«

»Hey.«

»Hey.«

Fletcher seufzte gedehnt. »Wir hätten das nicht tun sollen.«

»Ach was, meinst du echt?«

»Wir müssen's in Ordnung bringen.«

»Ja«, pflichtete Maddox ihm bei. »Müssen wir wirklich.«

Maddox war vollkommen bewusst, wie dämlich sich das anhörte. Es in Ordnung bringen? Was wollten sie tun? Die Stücke der Frau zusammenschaufeln und sich bei dem Haufen entschuldigen? Sich der Polizei stellen? Sich umbringen?

»Ich will das Geld zurückgeben«, sagte Fletcher. »Ich hab schon mit Heck geredet und er stimmt mir zu.«

Maddox nickte, obwohl Fletcher ihn nicht sehen konnte.

»Bin total dabei. Keine Ahnung, ob's mein Gewissen beruhigt, aber den Versuch ist es wert. Es ist das Richtige. Wir bringen's zum Haus an der Stanford, richtig?«

Ungeachtet seiner Worte war Maddox überhaupt nicht damit einverstanden. Die Rückgabe des Geldes würde sein Gewissen nicht reinwaschen und war auch nicht das Richtige. Von einem Haus an der Stanford hatte er noch nie gehört. Ein Teil seines Verstands fragte fortwährend: *Wovon zum Teufel laberst du da?* Für einen anderen Teil klang es vollkommen rational. Das Geld zum Haus an der Stanford bringen. Natürlich. Damit würden sich alle seine Probleme in Luft auflösen.

»Ich bin so froh, dass du einer Meinung mit uns bist«, sagte Fletcher und klang vor Erleichterung fast den Tränen nahe.

»Wir stecken da gemeinsam drin.«

»Wann willst du's tun?«

»So bald wie möglich. Hast du jetzt Zeit?« Plötzlich kam Maddox eine bessere Idee. »Nein, warte, jetzt ist nicht der richtige Zeitpunkt. Nach Einbruch der Dunkelheit. Wir sollten's tun, sobald es dunkel ist.«

»Nach Einbruch der Dunkelheit, ja«, sagte Fletcher. »Genau das hab ich mir auch gedacht.«

»Gut. Wir stecken da gemeinsam drin. Ich hol euch beide gegen sieben ab.«

»Perfekt. Ich hab schon was von der Kohle ausgegeben, aber ich werd irgendeinen Scheiß verkaufen, damit ich meinen Anteil beisammenhabe. Wir stehen das durch, Mann.«

»Ja, tun wir. Viele Kerle würden sich gegeneinander wenden, wenn ein Coup so ins Auge geht, aber wir nicht. Wir halten zusammen. Wir sind verflucht noch mal Brüder.«

»Brüder.«

»Alles wird gut. Wir tun das Richtige.«

8

Der Optiker erwies sich als der behaarteste Mensch, den Adeline je gesehen hatte. Ihr lag auf der Zunge, ihn zu fragen, ob Werwölfe die perfekte Sicht besaßen. Allerdings hatte sie ihn eben erst kennengelernt und wusste daher nicht, wie er auf den Witz reagieren würde.

»Bei Kontaktlinsen kann es ein Weilchen dauern, bis man sich an sie gewöhnt«, wurde Paige von Dr. Velasco erklärt. »Aber du bekommst den Dreh schon raus, wie man sie einsetzt, versprochen.«

Paige nickte.

»Als Erstes solltest du dir auf jeden Fall die Hände waschen. Du willst bestimmt nicht, dass etwas von deinen Fingern auf die Linse und dann in dein Auge gelangt.«

Paige drehte den Wasserhahn auf, drückte sich aus dem Spender Seife auf die Hände und wusch sie gründlich.

»Am besten trocknest du sie mit einem fusselfreien Tuch«, sagte Dr. Velasco. »Sonst könntest du Flusen in die Augen kriegen, und das willst du doch nicht, oder?«

»Nein«, bestätigte Paige.

Nachdem sich Paige die Hände abgetrocknet hatte, reichte ihr Dr. Velasco eines der Linsenpäckchen. »Reiß das auf und leg dir die Linse auf den Zeigefinger. Du musst darauf achten, dass sie nicht verkehrt herum ist. Schau auf die Zahlen 1-2-3 auf der Seite. Wenn sie auf dem Kopf stehen, ist auch die Linse in der falschen Richtung.«

»Was passiert, wenn ich sie falsch herum einsetze?«, fragte Paige.

»Es ist unangenehm. Du würdest merken, dass sie falsch drin sind, aber es ist besser, wenn du's schon feststellst, bevor du sie einsetzt. Siehst du die Zahlen?«

»Ohne Brille kann ich sie kaum erkennen.«

Dr. Velasco schmunzelte. »Ja, da beißt sich die Katze irgendwie in den Schwanz, nicht wahr? Du musst die Zahlen sehen können, damit du die Kontaktlinsen einsetzen kannst, die dir beim Sehen helfen.«

»Okay, jetzt seh ich sie. 1-2-3.«

Adeline beobachtete, wie der Optiker Paige beim eigentlichen Aufbringen der Kontaktlinse auf den Augapfel anwies. Paige blinzelte ständig, wodurch sich die Linse zusammenfaltete.

»Nicht frustriert werden«, sagte Dr. Velasco. »Ich hab das schon mit vielen Leuten durchgemacht. Du stellst dich besser an, als du glaubst. Wir sind daran gewöhnt, unsere Augen eben *nicht* absichtlich zu berühren. Deshalb ist es für niemanden natürlich. Braucht bloß Übung. Ich hab schon Leute im Alter deiner Mutter erlebt, die es viel schlechter als du angestellt haben.«

»Im Alter deiner Mutter« war eindeutig nicht als Beleidigung gedacht – Dr. Velasco schien selbst Mitte 50 zu sein. Trotzdem ließen Adelines Hemmungen, ihn womöglich mit einem Werwolf-Witz zu beleidigen, sprunghaft nach.

Im neunten oder zehnten Anlauf gelang es Paige letztlich, die Linse auf ihr rechtes Auge zu pappen. Für die linke Linse brauchte sie nur vier Versuche.

»Siehst du? Wird schon einfacher«, kommentierte Dr. Velasco.

Paige blinzelte ein paarmal, dann betrachtete sie sich im Spiegel.

»Was meinst du dazu?«, fragte Adeline.

»Ich liebe sie.«

»Hervorragend«, befand Dr. Velasco. »Du kannst zwar grundsätzlich mit ihnen schlafen, trotzdem empfehle ich dir, sie jeden Abend herauszunehmen, bis du dich an sie gewöhnt hast. Ist auch gut dafür, Übung beim Einsetzen und Herausnehmen zu bekommen. Apropos: Lass sie uns jetzt herausnehmen. Dafür schaust du nach oben, benutzt den Daumen und den Zeigefinger und kneifst sie zusammen.«

»Zusammenkneifen?« Paige klang verunsichert.

Dr. Velasco schmunzelte. »Du gewöhnst dich dran, versprochen.«

»Na, wer ist denn *diese* umwerfende junge Dame?«, fragte Boyd, als er von der Arbeit nach Hause kam.

»Sind sie cool?«, wollte Paige wissen und riss die Augen comichaft weit auf.

»Sehen toll aus. Wie fühlen sie sich an?«

»Ich merk gar nicht mal wirklich, dass ich sie drin hab.«

»Gut. Gefällt mir. So kann ich deine Augen besser sehen.«

Nachdem sich Paige in ihr Zimmer verdrückt hatte,

ließen sich Boyd und Adeline auf dem Sofa im Wohnzimmer nieder. »Wie war dein Tag?«, erkundigte sich Adeline.

»Anstrengend. Ich hab inzwischen definitiv mehr Respekt davor, was Mr. Prace durchmacht.« Er schlang den Arm um seine Frau. »Ich hab nie gefunden, dass Paige ihre Brille nicht steht. Keine Ahnung, warum sie das gute Stück loswerden wollte.«

»Ich glaub gar nicht, dass sie besser aussehen will. Ich glaub vielmehr, sie will *anders* aussehen.«

»Ah, okay. Klingt einleuchtend.«

»Wappne dich schon mal dafür, dass sie demnächst fragen wird, ob sie sich die Haare färben darf.«

»Damit hab ich kein Problem«, behauptete Boyd.

»Lügner.«

»Kommt natürlich auf die Farbe an.«

»Welche Farbe würde dich denn stören?«

Boyd dachte darüber nach. »Bin mir nicht sicher. Gibt ja heutzutage kaum noch eine Farbe, die man als besonders schräg betrachten würde. Vielleicht wenn sie Grau will. Dann würde sie wie 'ne alte Frau aussehen. Blau, Grün oder Rot wäre wohl in Ordnung. Ich mein, ich würd sie jetzt nicht ermutigen oder so. Ich hoffe, sie bleibt bei Blond. Aber ich würd nicht versuchen, ihr das Färben zu verbieten. Vielleicht mach ich mir eher Sorgen, sie könnte eine richtig schräge Frisur wollen.«

»Zum Beispiel 'nen Irokesen?«

»Ja. Ein Irokese ist für die richtige Person in Ordnung, aber ich glaub, ihre Kopfform eignet sich nicht dafür.« Boyd hustete.

»Geht's dir gut?«, fragte Adeline.

Wieder hustete er. »Jaja, alles bestens.«

»Ich hoffe, Naomi und du brütet nicht irgendwas aus.«

»Ja, das hoff ich auch. Aber ich fühl mich nicht krank.« Er hustete erneut, dann erhob er sich von der Couch. »Ich hol mir 'nen Schluck Wasser.«

Adeline folgte ihm in die Küche. Boyd holte sich ein Glas aus dem Schrank und füllte es aus dem Wasserhahn. Bevor er davon trank, runzelte er die Stirn.

»Stimmt was nicht?«, fragte Adeline.

»Was ist denn mit den Bananen los?«

Adeline blickte hinüber zur Arbeitsplatte. Die Bananen waren völlig braun geworden.

»O mein Gott. Die hab ich erst heute gekauft und sie waren nicht mal reif. Sie waren noch grün. Wie ist das denn passiert?«

»Hab vergessen, es zu erwähnen, aber der Apfel, den du mir als Mittagessen eingepackt hast, war innen auch faul.«

»Ich war in 'nem anderen Supermarkt. Als ich die Äpfel gekauft hab, waren sie völlig in Ordnung. Hab's überprüft. Wie kann so was passieren?«

»Keine Ahnung«, erwiderte Boyd. »Irgendwas in der Luft vielleicht?«

»Was soll mit der Luft sein? Äpfel verfaulen nicht einfach mir nichts, dir nichts.«

»Vielleicht zu warm? Haben sie direkt unter einem Lüftungsauslass gelegen?«

»Die Milch war im Kühlschrank.«

»Dann hab ich ehrlich keinen Schimmer. Ich weiß nicht, was daran schuld sein könnte, dass die Lebensmittel verderben. Wir könnten ja mal zu den Nachbarn rübergehen und fragen, ob sie das gleiche Problem haben.«

Adeline lächelte. »›Hallo, wir sind die Gardners. Verfault Ihr Obst zufällig auch rasend schnell?‹«

»Ich hab von so was noch nie gehört. Ob vielleicht die lokale Ernte beeinträchtigt ist oder so? Nur würde das nicht die Milch und das Brot erklären. Könnte ein ganzer Lieferant betroffen sein? Kommt mir unwahrscheinlich vor. Ich meine, wenn deren Kühlsystem ausgefallen wäre, dann wären die Bananen ja schon braun gewesen, bevor du sie gekauft hast.«

»Ja. Wie gesagt, heute Morgen waren sie noch nicht reif genug zum Essen.«

»Kommt mir vor, als würden wir viel zu viel Zeit damit vergeuden, über verdorbenes Obst zu diskutieren. Aber es ist schon merkwürdig, findest du nicht?«

Adeline nickte. »Verdammt merkwürdig.«

»Wenn das so weitergeht, müssen wir jemanden anrufen, der mal nach dem Rechten sieht.«

»Und wen?«

»Keinen Schimmer.« Boyd hustete. »Verdammt, ich hoffe echt, ich werd nicht krank. Ich kann in meiner ersten Woche nicht zu Haus bleiben, und ich will auch nicht alle dort anstecken, damit *sie* sich dann krankmelden.«

»Du sollest Vitamin C einwerfen und dich früh ins Bett legen.«

»Ja, ist wahrscheinlich ’ne gute Idee.«

Adeline überraschte es nicht, dass Boyd *nicht* früh zu Bett ging. *Ich sollte früh zu Bett gehen* galt im Haushalt beinahe als Refrain. Eine häufig geäußerte Floskel, die nur selten auch umgesetzt wurde. Er hustete nicht noch einmal, jedenfalls nicht soweit Adeline es mitbekam, und er beharrte darauf, dass er sich blendend fühlte.

»Bereit, die Kontaktlinsen rauszunehmen?«, wollte Adeline von Paige wissen.

»Ja.«

»Soll ich dir helfen?«

»Wie willst du das anstellen?«

»Ich hab wohl eher zusehen gemeint.«

»Wieso sollte ich wollen, dass du mir dabei zusiehst?«

»He, ich versuch nur, 'ne unterstützende Mutter zu sein.«

»Wenn du mich gruselig anstarren willst, während ich meine Kontaktlinsen raushole, dann nur zu.«

»Weißt du was? Genau das mach ich. Gehen wir.«

Sie betraten das Badezimmer. Adeline blieb an der Tür stehen, während sich Paige im Spiegel betrachtete. Die 13-Jährige hob Daumen und Zeigefinger an ihr rechtes Auge, kniff es zusammen und verfehlte die Linse.

»Du sollst dabei nach oben schauen«, merkte Adeline an.

»Ich weiß.«

»Du hast nicht nach oben geschaut.«

Paige schaute nach oben, kniff die Finger zusammen und griff erneut daneben.

»Das ist schwierig.«

»Nur weil du nicht gewöhnt dran bist, dir mit den Fingern ins Auge zu fassen.«

»Ist gar nicht so glibberig, wie man meinen möchte.«

»Wenn du sagen kannst, ob dein Auge glibberig ist oder nicht, dann drückst du zu fest.«

»Ich kann das nicht, während du redest.«

Adeline verstummte. Paige schaute nach oben. Kniff die Finger zusammen. Griff daneben.

»Verdammt noch mal.«

»Paige!«

»Ich erwisch sie nicht.«

»Das ist kein Grund für eine solche Ausdrucksweise.«

»Ich denke, ich bin alt genug, um ›verdammt noch mal‹ zu sagen.«

»Das denke ich nicht.«

»Wie du meinst. Dann eben: Mist.«

»Ich lass dich einfach allein.«

»Danke, Ma.«

Adeline kehrte ins Wohnzimmer zurück.

»Mir hat Paige mit Brille besser gefallen«, verriet Naomi.

»Bitte versprich mir, dass du ihr das nicht sagst.«

»Werd ich nicht. Kann ich mir die Nase piercen lassen?«

»Äh, wie wär's, wenn wir mit deinen Ohren anfangen, Schatz?«

»Na gut.« Naomi grinste. »Paige hat gesagt, ich soll zuerst wegen der Nase fragen, weil dann sagst du zu den Ohren ja.«

»Deine Schwester ist ziemlich gerissen.«

Mehrere Minuten später betrat Paige das Wohnzimmer. Ihre Augen waren gerötet.

»Hab sie rausbekommen«, verkündete sie.

»Es wird mit der Zeit einfacher werden. Ist ja immerhin der erste Tag.«

»Ja. Ich mag sie trotzdem.«

Adeline lag neben Boyd im Bett. Beide lasen. Schließlich legte sie ihr Buch auf den Nachttisch und fuhr mit der Hand zärtlich über seinen Oberschenkel.

»Ja«, sagte sie. »Ich bin ein bisschen geil. Das enttäuscht dich doch hoffentlich nicht, oder?«

Boyd legte das eigene Buch beiseite. »Eigentlich hab ich irgendwie Kopfschmerzen.«

»Oh. Verstehe. Soll ich dir Aspirin holen?«

»Hab ich schon eingeworfen. Hilft nicht.«

»Oh … okay.«

»Ist nichts Schlimmes«, beteuerte Boyd. »Ich fühl mich bloß nicht so besonders.«

Adeline fielen in ihrer gesamten Ehe nur zwei Gelegenheiten ein, bei denen Boyd Sex verweigert hatte: einmal während eines Besuchs bei seinen Eltern und einmal in einem leeren Kinosaal. Beim Kino hatte es sich als gut erwiesen, weil keine Minute nachdem Boyd ihre Avancen zurückgewiesen hatte, jemand hereingekommen war. Einmal hatte er mit 39,5 Grad Fieber versucht, Sex anzuleiern.

»Ist schon gut«, sagte Adeline.

»Ich meine, wenn du richtig scharf bist …«

»Nein. Nur 'n bisschen.«

»Ich kann's versuchen.«

»Passt schon.«

»Du könntest die Spielzeugkiste auspacken.«

»Es ist zu 100 Prozent in Ordnung. Eigentlich war's eher für dich gedacht. Ich wusste ja nicht, dass du dich nicht gut fühlst.«

»Ich bin sicher, es ist nichts weiter. Ist ja nicht so, als wär ich todkrank. Nur 'n bisschen durch den Wind.«

»Kann ich irgendwas tun?«

»Nee, morgen früh geht's mir wieder gut.«

Adeline schaltete das Licht aus. Tatsächlich fand sie die Spielzeugkiste schon verlockend. Aber nein, die war für besondere Anlässe gedacht, nicht als Entschädigung für einen kranken Ehemann.

Normalerweise kuschelten sie eine Weile, bevor sie einschliefen, doch sie wollte sich keine Keime einfangen, also rollte sie sich auf die Seite, drehte sich von ihm weg und schloss die Augen.

Wenige Minuten später klopfte es an der Tür.

»Mami?«, fragte Naomi von draußen.

Adeline streckte die Hand aus und schaltete das Licht wieder ein. »Ja, Liebling? Ist alles in Ordnung?«

»Gordon ist aus seinem Terrarium verschwunden.«

9

Boyd setzte sich auf. »Was zum Teufel hat sie gesagt?«, flüsterte er Adeline zu.

»Schhh.«

»Was soll das heißen, er ist aus seinem Terrarium verschwunden?«, rief Boyd.

»Er ist nicht drin.«

Boyd schaltete das Licht auf seiner Seite ein und stieg aus dem Bett. Er eilte zur Tür und öffnete sie.

Naomi stand in ihrem Nachthemd davor und schaute besorgt drein. Boyd kniete sich vor ihr hin.

»Wo ist er?«

»Weiß ich nicht.«

»Wie lange ist er schon weg?«

»Weiß ich nicht.«

»Wann hast du ihn denn zuletzt gesehen?«

»Weiß ich nicht.«

»Doch, das weißt du.«

»Vor dem Abendessen.«

»Also könnte er seit drei Stunden frei herumlaufen?«

Naomi erwiderte nichts.

»Geh ihn suchen«, sagte Boyd. »Ich komme dir gleich helfen.«

Naomi ging. Boyd schlüpfte in Pantoffeln.

Dann entschied er, dass Pantoffeln keinen ausreichenden Schutz boten, und begann, ein Paar Schuhe anzuziehen.

»Du musst ihr nicht beim Suchen helfen«, merkte Adeline an.

»Doch, muss ich. Immerhin bin ich ihr Vater.«

»Wir anderen können suchen. Du kannst hierbleiben.«

»Ich werd mich nicht als Angsthase outen«, entgegnete Boyd, als er die Schnürsenkel zusammenband. »Aber siehst du jetzt ein, dass sich 'ne Tarantel nun mal nicht als Haustier eignet? In unserem neuen Zuhause krabbelt eine gottverdammte Riesenspinne herum. Das ist nicht in Ordnung. Ganz und gar nicht in Ordnung.«

»Niemand wird weniger von dir halten, wenn du nicht beim Suchen hilfst«, betonte Adeline.

Boyd hätte sie nur zu gern beim Wort genommen. Aber nein, er durfte vor seinen Töchtern keine Feigheit zeigen. Allerdings würden sie diese Spinne loswerden, sobald sie gefunden wäre. Tierhandlung, im Wald aussetzen – das war Boyd egal, aber Gordons Schreckensherrschaft in diesem Haushalt würde enden.

Verfluchte, dämliche Spinne. Achtbeiniges Mistvieh. Es sollte besser hoffen, dass es Boyd nicht fand, während er eine Dose Insektenspray in der Hand hatte.

Boyd wurde mit dem Schnüren seiner Schuhe fertig, dann verließ er zusammen mit Adeline das Schlafzimmer. Als sie auf Naomis Zimmer zusteuerten, kam Paige aus ihrem eigenen Zimmer.

»Was ist los?«, fragte sie und rieb sich die Augen.

»Gordon ist entwischt«, teilte Boyd ihr mit.

»Oh-oh.«

»Ganz recht. Oh-oh. Also pass auf, wo du hintrittst.«

»Ich helf beim Suchen.«

Boyd betrat Naomis Zimmer. Der Deckel des Terrariums stand offen.

»Also hast du den Deckel offen gelassen?«, fragte Boyd.

»Ich kann mich nicht erinnern.«

»Hast du den Deckel vorhin geöffnet?«

»Ja. Ich hab ihn gefüttert.«

»Also könnte es sein, dass du den Deckel offen gelassen hast, während du nicht in deinem Zimmer warst. Obwohl ich dir zigmal gesagt hab, du darfst den Deckel *nie* offen lassen, wenn du Gordon nicht aktiv im Auge hast.«

Naomi schaute zu Boden. »Ja.«

»Das haben wir also davon zu erwarten, dass du jetzt dein eigenes Zimmer hast? Müssen wir dich zurück zu deiner Schwester ziehen lassen?«

»Nein!«

»Darüber reden wir, nachdem wir den kleinen Widerling gefunden haben. Fang an zu suchen.«

Boyd hasste es, in die Rolle des zornigen Vaters schlüpfen zu müssen. Aber genau deshalb war er von Anfang an gegen eine Tarantel gewesen. Was, wenn sie das Vieh nicht fänden? Was, wenn er sich das gesamte nächste Jahr darum sorgen müsste, wann und wo die Spinne letztlich auftauchen würde? Er würde nicht einmal in Ruhe kacken können, ohne sich auszumalen, das gruselige Vieh könnte unter dem Toilettendeckel lauern.

Naomi sah sich auf dem Boden um. Adeline suchte die Wände ab. Boyd ging auf die Hände und Knie und spähte unter die Kommode.

Er konnte nicht das Geringste sehen. Zu dunkel dadrunter.

»Adeline, weißt du, ob wir die Taschenlampe schon ausgepackt haben?«

»Ich glaube, nicht.«

»War ja klar. Weißt du, in welchem Karton sie ist?«

»Da gibt's mehrere Möglichkeiten.«

»Na ja, könntest du vielleicht *nachsehen?*«, fragte er.

»Klar.«

»Nein, warte. Entschuldige.« Er führte sich auf wie ein Arsch. Auch wenn sich in seinem Haus eine große, haarige Vogelspinne frei herumtrieb, gab es keinen Grund, seine Familie unfreundlich zu behandeln. Das war nie akzeptabel. »Dieser Ton war nicht angemessen. Ich entschuldige mich.«

»Ich glaub, ich weiß, in welchem Karton sie ist«, sagte Adeline. »Er ist im Keller. Bin gleich wieder da.«

Adeline ging.

»Wird's Gordon gut gehen?«, fragte Naomi.

»Kommt ganz drauf an, wer ihn findet.«

Naomi schniefte.

»Gordon passiert schon nichts«, sagte Boyd. »Weißt du noch, ob du die Tür offen gelassen hast oder nicht?«

»Ich kann mich nicht erinnern.«

»Denk nach, Liebes.«

»Ich glaub …« Naomi runzelte zutiefst konzentriert die Stirn. »… ich hab sie offen gelassen.«

»Warum überrascht mich die Antwort nicht?« Boyd schloss die Augen und atmete zur Beruhigung tief durch. »Wir suchen einfach Zimmer für Zimmer ab und versiegeln jedes, sobald wir damit durch sind. Wir wissen ja, dass er noch im Haus ist. Wir finden ihn.«

»Versprochen?«, fragte Naomi und schaute mit großen Augen zu ihm auf. Ihre Lippen bebten, während sie gegen Tränen ankämpfte.

Das konnte ein Versprechen werden, das nach hinten losging. Denn was, wenn beispielsweise ein Buch von einem Regal gefallen war und das verfluchte Vieh zermatscht hatte? Und wenn er Naomi verspräche, sie würden ihr geliebtes Haustier unversehrt finden, würde es die Sache nur verschlimmern, wenn er ihr letztlich erklärte, dass sie sich von ihm trennen musste. Naomi war erst acht Jahre alt. Er wollte nicht sagen: *Womöglich bist du persönlich verantwortlich für Gordons vorzeitigen Tod.*

»Such einfach weiter«, meinte er stattdessen und hoffte, Naomi würde nicht auf einem Versprechen bestehen. »Soweit wir es sehen können, ist er nicht an den Wänden und auch nicht auf dem Boden.« Boyd schaute hoch und rechnete halb damit, die Vogelspinne würde von der Decke fallen, in seinem Gesicht landen und in seinen offenen Mund krabbeln. »Er ist nicht an der Decke. Überprüf deine Laken und vergewissere dich, dass er nicht unter sie gekrochen ist.«

Ob sie die Spinne fanden, oder nicht, Boyd würde Albträume über Vogelspinnen haben, die unter seiner Decke wuselten.

Adeline betrat das Zimmer mit der Taschenlampe in der Hand. »Hab sie im ersten Karton gefunden, in dem ich nachgesehen hab.«

»Danke«, sagte Boyd und nahm die Taschenlampe von ihr entgegen. Er sank zurück auf den Boden und richtete den Strahl unter Naomis Kommode. Irgendwie hatte sie es geschafft, dass sich bereits einige schmutzige Socken darunter befanden. Aber keine Tarantel, soweit er es erkennen konnte. Obwohl er nicht alles sah. Es gab ein paar Winkel, in denen sich das Vieh verstecken konnte …

Boyd stand auf. »Ich glaub nicht, dass er dadrunter ist«, sagte er zu Naomi, »aber ich kann die vorderen Ränder nicht sehen. Fass mit der Hand an beiden Seiten rein. Vorsichtig, damit du ihn nicht zerquetschst, falls er dort ist.«

Naomi schüttelte den Kopf.

»Stimmt was nicht?«, fragte Boyd.

»Ich hab Angst.«

»Wovor?«

»Gordon.«

»Was soll das heißen, du hast Angst vor ihm? Er ist dein Haustier! Ich hab oft genug beobachtet, wie du ins Terrarium gegriffen und ihn angefasst hast!«

»Aber dabei kann ich ihn sehen.«

Boyd glaubte, ihren Standpunkt nachvollziehen zu können. Er hatte mit Sicherheit nicht vor, seine Tochter davon zu überzeugen, dass sie keine Angst haben sollte, in die Dunkelheit zu greifen, wo eine Tarantel lauern könnte.

»Adeline?«, fragte er.

»Nein. Vergiss es.«

»Also, ich lasse das Vieh eher verhungern, als auch nur den kleinen Finger unter die Kommode zu stecken. Ich würde sagen, wir zerbrechen uns den Kopf darüber, nachdem wir unterm Bett nachgesehen haben.« Er hätte unter dem Bett nachsehen sollen, bevor er sich überhaupt vom Boden aufgerappelt hatte. Aber seine Arachnophobie beeinträchtigte seine Entscheidungsprozesse.

Boyd kauerte sich wieder hin und richtete den Strahl der Taschenlampe unters Bett.

»Jetzt mal im Ernst, Naomi, warum ist da unten so ein Saustall? Wir sind doch grade erst eingezogen! Sollte sich das Zeug nicht allmählich ansammeln, statt auf einen Schlag dadruntergestopft zu werden?«

»Siehst du Gordon?«, fragte Naomi und ignorierte seine Frage völlig.

»Da gibt's tausend Möglichkeiten für ihn, sich zu verstecken. Ich greif da nicht drunter, um irgendwas zu verschieben.« Er setzte sich auf. »Wir heben deine Matratze hoch und sehen, ob wir ihn dann finden. Wenn nicht, müssen wir 'nen Stock oder so benutzen, um den ganzen Krempel aus dem Weg zu räumen. Aber ich mein's ernst, Naomi, dieses Chaos ist lächerlich.«

»Ich mag's halt nicht so ordentlich. Sonst ist mein Zimmer nicht so lustig.«

Boyd ergriff ein Ende der Matratze, Adeline das andere. Zusammen hoben sie die Matratze vom Lattenrost.

»Ist er da?«, wollte Adeline von Naomi wissen.

Die Kleine sah sich einige Augenblicke lang um. »Äh ...«

»Lass dir ruhig Zeit«, brummte Boyd, obwohl er wusste, dass er seiner kleinen Tochter gegenüber nicht sarkastisch sein sollte.

»Kopf weg«, sagte Adeline. »Wir müssen die Matratze schnell zurücklegen.«

»Lassen deine Arme nach?«, fragte Boyd.

»Nein. Hörst du Paige nicht weinen?«

Boyd lauschte. Ja, Paige weinte in einem anderen Zimmer. Sie legten die Matratze ab und eilten aus Naomis Zimmer und den Flur hinunter. Paige stand im Badezimmer und starrte in den Spiegel. Tränen strömten ihr über die Wangen.

»Was ist denn?«, fragte Adeline.

»Ich wollte die Kontaktlinsen einsetzen, damit ich bei der Suche nach Gordon helfen kann«, antwortete Paige stockend und schniefend. »Sie ist in meinem Auge nach oben gerutscht. Ich kann sie nicht finden.«

Adeline legte Paige die Hände auf die Schultern und sah sie eindringlich an. »Mach die Augen weiter auf. Gut. Bist du sicher, dass sie noch drin ist?«

Paige nickte. »Ich kann sie fühlen.«

Adeline beugte das Gesicht Paiges Kopf zu. »Ich seh sie nicht. Boyd, hast du die Taschenlampe dabei?«

»Nein. Bin gleich wieder da.« Boyd kehrte in Naomis Zimmer zurück und holte die Taschenlampe.

»Geht's Paige gut?«, fragte Naomi.

»Ja, ihr fehlt nichts. Keine Sorge. Such weiter nach Gordon.«

Boyd eilte zurück ins Badezimmer und gab Adeline die Taschenlampe. Sie richtete den Strahl direkt in Paiges rechtes Auge. »Ich seh sie immer noch nicht.«

»Sie ist dadrin.«

»Zieh das Lid hoch.«

Paige kam der Aufforderung nach. Boyd war kein Fan von Dingen, die mit den Augen zu tun hatten. Aber da alle im Haushalt seine Angst vor Spinnen kannten, wollte er nicht auch noch zugeben, in der Hinsicht zimperlich zu sein.

»Ich kann sie immer noch nicht finden«, vermeldete Adeline. »Sie muss weit hinten sein.«

»Ist schon gut, Schatz«, versuchte Boyd, seine Tochter zu beruhigen. »Sie kann ja nicht weg sein.«

Hoffte er. Konnte eine Kontaktlinse so weit das Auge hinaufrutschen, dass man sie nicht mehr herausbekam? Von so etwas hatte er zwar noch nie gehört, andererseits war er kein unerschöpflicher Quell grausiger Anekdoten über Kontaktlinsenträger. *Kontaktlinse verrutscht bis auf die Rückseite des Augapfels* klang eher nach einer modernen Legende als nach einem realistischen Risiko.

»Könntest du mir wohl ein Papiertuch bringen?«, wandte sich Adeline an Boyd.

Er rollte etwas Toilettenpapier ab und reichte es ihr. Adeline wischte Paige Rotz aus dem Gesicht, dann gab sie Boyd das glibberige Papier zurück.

»Durchatmen, Schatz«, sagte Adeline. »Ich versprech dir, wir kriegen sie raus. Aber du musst ruhig bleiben und stillhalten, okay?«

Paige nickte.

»Du kannst sie also auf dem Auge spüren, aber mit den Fingern nicht ertasten, richtig?«

»Genau.«

»Okay. Mal sehen, ob ich sie fühlen kann. Ich werd ganz vorsichtig sein. Mach die Augen zu.«

Paige schloss die Lider. Adeline legte Zeige- und Mittelfinger auf Paiges Augenlid und bewegte die Finger hin und her.

»Und?«, fragte Boyd.

»Nichts.«

»Sollen wir sie in die Notaufnahme bringen?«

»Noch nicht.«

»Was, wenn sie …« *Was, wenn sich die Linse ins Auge gebohrt hat?*, wollte Boyd eigentlich fragen, doch er scheute sich davor, die Worte vor einem verängstigten jungen Mädchen auszusprechen.

»Es wird alles gut«, versicherte Adeline ihrer Tochter. »Du hast nicht das Geringste zu befürchten. Ich hole sie für dich raus.«

»Okay«, sagte Paige, klang jedoch nicht überzeugt.

»Du bist sicher, dass sie oben ist, richtig?«

»Ja.«

»Ich heb jetzt dein Augenlid an. Falls es wehtut, sagst du's mir, und ich höre sofort auf, in Ordnung?«

»Was ist mit Paige?«, fragte Naomi, die an der Tür erschien.

»Schhh«, machte Boyd. »Alles gut. Mami kümmert sich um sie.«

Adeline gab Boyd die Taschenlampe. »Kannst du sie für mich auf ihr Auge richten?«

»Klar.« Boyd zielte mit dem Lichtstrahl. Adeline schob Paiges Augenlid zurück, dann hob sie es mit dem Daumen ein wenig an.

Paige wimmerte.

»Versuch, nicht zu blinzeln«, sagte Adeline zu ihr.

Boyd hätte gern weggeschaut. Gleich darauf fühlte er sich allein wegen des Gedankens wie ein lausiger Vater. Es war ein unerfreulicher Anblick, aber bei Weitem keine Operation am offenen Herzen. Ein paar unangenehme Schauder konnte er verkraften.

»Noch seh ich sie nicht«, kommentierte Adeline.

Boyd wünschte, er wüsste mehr über die Anatomie des menschlichen Auges. Zwar konnte er sich nicht vorstellen, dass eine auf dem Auge hochgerutschte Kontaktlinse operativ entfernt werden musste, aber …

Er musste aufhören, an solche Szenarien zu denken. Adeline würde das Ding im Nu herausbekommen.

Seine Frau hob Paiges Augenlid etwas weiter an. »Ziel mit dem Licht so, dass ich druntersehen kann«, forderte sie Boyd auf. Er justierte den Winkel des Strahls der Taschenlampe. »Ja, genau so … Okay, ich glaub, jetzt kann ich sie sehen …«

Naomi trat näher, um einen genaueren Blick auf das Geschehen zu erhaschen. Boyd zog sie am Kragen ihres Nachthemds zurück.

Adeline entfernte die Finger von Paiges Augenlid. »Ich hab die Kante gesehen. Also, ich kann dir nicht mit dem Finger ins Auge fassen und ich werd auf keinen Fall 'ne Pinzette verwenden. Wir können nur ganz zart dein Augenlid massieren und versuchen, die Linse weit genug herunterzubewegen, damit ich sie rausholen kann.«

»Solltest du wirklich ihr Auge reiben?«, warf Boyd ein. »Kann das keinen Schaden anrichten?«

»Hast du 'ne bessere Idee?«

»Naomi, hol mein Telefon. Es liegt auf dem Nachttisch auf meiner Bettseite.« Naomi eilte davon, sichtlich erfreut über die Mission.

»Ich werd's mal googeln«, kündigte er an. »Dafür gibt's das Internet schließlich.« Als Naomi zurückkam, führte Boyd eine rasche Suche nach *Kontaktlinse im Auge verirrt* durch und las den ersten Artikel, der angezeigt wurde. »Also, zunächst mal kann die Linse nicht dauerhaft verloren gehen«, berichtete er. »Um dein Auge ist eine Membran, die das verhindert. Wir geben dir jetzt Augentropfen, dann schaust du nach unten und blinzelst fleißig.«

Adeline hielt Paiges Auge offen, während sie die Benetzungstropfen auftrug – was Paige gar nicht gefiel.

»Einfach blinzeln«, ermutigte Boyd seine Tochter. »Sie wird rauskommen. Keine Sorge.«

Paige wischte sich Tränen von den Wangen, stand mit gesenktem Kopf da, blickte nach unten und blinzelte.

Nach etwa einer Minute fragte Adeline: »Fühlt sich's schon anders an?«

»Nicht wirklich.«

»Mach noch mehr Tropfen rein«, sagte Boyd.

»Ich kann das selbst.« Paige nahm ihrer Mutter das winzige Plastikfläschchen ab. Sie neigte den Kopf zurück, hielt das Auge mit der linken Hand offen, träufelte die Flüssigkeit mit der rechten hinein und zuckte jedes Mal zusammen, wenn ein Tropfen auf ihren Augapfel traf. Dann schaute sie wieder nach unten und setzte das Blinzeln fort.

Alle standen da und bemühten sich, geduldig darauf zu warten, dass die Augentropfen die gewünschte Wirkung erzielten.

»Ist sie rausgekommen?«, fragte Paige.

»Hab sie nicht gesehen«, antwortete ihr Adeline.

»Ich spür sie nicht mehr.«

»Ich hab sie auch nicht rausfallen gesehen«, sagte Boyd.

Paige rieb sich das Augenlid. »Vielleicht hab ich mich geirrt.«

»Aber fühlt sich's jetzt wieder in Ordnung an?«, hakte Adeline nach.

»Ja. Vorhin konnte ich sie noch spüren, jetzt nicht mehr.«

»Hoffentlich ist sie nicht so weit zurückgerutscht, dass du sie nicht mehr fühlen kannst«, meinte Adeline.

»Gibt keinen Grund, warum sie noch weiter hätte zurückrutschen sollen«, warf Boyd ein. »Vielleicht ist sie ja *doch* rausgefallen.« Er kauerte sich hin und leuchtete mit der Taschenlampe über den Fliesenboden zu ihren Füßen. Keine Spur von der Kontaktlinse.

»Ist sie vielleicht unter dein Nachthemd gefallen?«, schlug Adeline vor.

»Da seh ich nicht nach, solange ihr alle um mich rumsteht.«

»Schon gut«, sagte Boyd. »Sieh nach, ob du sie findest.« Er war sich ziemlich sicher, dass Adeline, Naomi und er keine aus Paiges Auge fallende Kontaktlinse übersehen hätten. Allerdings waren viele Tränen im Spiel, und die Linse war ja durchsichtig, also nahm er an, es wäre wohl möglich.

Paige schloss die Badezimmertür, nachdem alle hinaus in den Flur getreten waren.

»Na, das war mal aufregend«, meinte Adeline.

»Ja, was für 'ne spaßige Achterbahnfahrt.«

»Ich schätze, die Suche nach Gordon können wir auf morgen verschieben.«

»Das ist jetzt ein Scherz, richtig?«, fragte Boyd.

»Findest du nicht, du solltest ein wenig schlafen? Du musst morgen früh zur Arbeit. Wir finden ihn schon.«

»Nein, nein, nein, nein, nein, nein, nein. Ich geh auf keinen Fall ins Bett, bevor wir wissen, wo das Vieh abgeblieben ist. Ich hab keine Lust, mit dem kleinen Monster zwischen den Zehen aufzuwachen.«

»Unsere Schlafzimmertür lassen wir zu.«

»Was, wenn das Mistvieh schon drin ist?«

»Ich bin sicher, das ist es nicht.«

»Das reicht mir nicht. Tut mir leid, aber bei Vogelspinnen zwischen meinen Zehen geh ich kein Risiko ein. Einfach nur *Nein*.«

Die Badezimmertür öffnete sich. »Ich kann sie nirgendwo finden«, meldete Paige.

»Du glaubst nicht, dass sie noch in deinem Auge sein könnte?«, fragte Boyd.

Paige zuckte mit den Schultern. »Könnte sein. Glaub ich aber nicht. Vorhin hab ich sie bei jedem Blinzeln gespürt. Jetzt nicht mehr.«

»Aber sie kann nicht einfach verschwunden sein.« Boyd sah vor sich, wie sich die Kontaktlinse in ihr Auge grub. Natürlich ein absurdes Bild, nichtsdestotrotz irgendwie beunruhigend.

»Sollen wir sie ins Krankenhaus bringen?«, fragte Adeline.

Boyd seufzte. »Keine Ahnung. Einerseits scheint das nicht nötig zu sein. Andererseits will ich morgen nicht aufwachen und feststellen, dass sie sich die Hornhaut zerkratzt hat.«

»Ich will mir nicht die Hornhaut zerkratzen«, sagte Paige.

»Ich bring sie hin«, kündigte Boyd an. »Du suchst mit Naomi weiter nach der dämlichen Spinne.«

10

Paige wirkte recht entspannt, als Boyd mit ihr im Wartezimmer des Krankenhauses saß. Entspannter, als *er* es gewesen wäre, wenn sich eine Kontaktlinse möglicherweise tief in seiner Augenhöhle verirrt hätte. Boyd war sich ziemlich sicher, dass sie bloß als Vorsichtsmaßnahme hier waren. Aber besser vorsichtig, als später herausfinden zu müssen, dass sich die Kontaktlinse doch irgendwo dadrin herumbewegte und Schaden anrichtete.

Und obwohl er es niemals zugegeben hätte, hielt er sich lieber in einem Krankenhaus auf als zu Hause, um nach dieser verdammten Tarantel zu suchen.

»Falls du zurück zur Brille wechseln willst, ist das völlig in Ordnung«, ließ Boyd seine Tochter wissen. »Deine Mutter und ich wären nicht böse.«

»Das ist jetzt gerade mal *eine* schlechte Erfahrung«, meinte Paige. Ihr Tonfall brachte dabei zum Ausdruck, dass sie ihn für einen bescheuerten Vater hielt, der keine Ahnung hatte, wie unheimlich reif seine Tochter war. »Ich hab sie bestimmt nur falsch eingesetzt.«

»Wie du meinst. Ich wollte nur klarstellen, dass du die neuen Kontaktlinsen nicht bloß deshalb tragen musst, weil wir für sie bezahlt haben.« Das klang eigentlich ziemlich passiv-aggressiv. Wie schon so oft in der

Vergangenheit bei Unterhaltungen mit seinen Töchtern beschloss Boyd, das Thema lieber auf sich beruhen zu lassen.

Adeline hatte keine besondere Angst vor Gordon. Im Gegensatz zu Boyd störte es sie nicht, die Spinne im Haus zu haben. Sie fand nichts verkehrt daran, dass Naomi ihn als Haustier hatte. Sie hätte auch mit dem Wissen gut schlafen können, dass er aus seinem Terrarium entwischt war.

Das bedeutete jedoch *nicht,* dass sie bereit war, unter Naomis Bett zu fassen und nach der Tarantel zu suchen.

Sie hatten einen Besenstiel benutzt, um den Krempel unter dem Bett vorsichtig herauszuziehen – wobei Adeline ihren Vortrag mit dem Motto »*Vielleicht solltest du doch weniger schlampig sein*« fortgesetzt hatte. Bei jedem neuen Gegenstand hatte sie ein leichtes Gefühl der Beklommenheit, weil sie dachte, es könnte der sein, an dem eine zermatschte Spinne klebte.

»Was, wenn er aus dem Haus entwischt ist?«, fragte Naomi.

»Ich wüsste nicht, wie«, erwiderte Adeline. »Trotz seiner acht Beine könnte er keine Tür öffnen.«

Naomi zeigte sich nicht belustigt von dem versuchten Scherz.

»Er kann nirgendwohin«, fuhr Adeline fort. »Er ist zu groß, um sich unter eine Tür oder durch die Lüftungsschlitze der Klimaanlage zu quetschen. Sofern wir kein Loch im Boden haben, das niemand bemerkt hat, ist er immer noch im Haus.«

»Okay.«

Adeline benutzte den Besen, um einen Schuhkarton zu verschieben. Dahinter befand sich etwas, das vielleicht die Form einer Tarantel hatte, allerdings war es zu dunkel, um es mit Sicherheit sagen zu können. Sie hob die Taschenlampe auf.

»O Kacke.«

Boyd saß auf einem Stuhl im Untersuchungsraum, während der Arzt mit einer Stablampe in Paiges Auge leuchtete.

Sein Handy vibrierte. Eine SMS von Adeline.

Gordon tot. Naomi untröstlich. Und wie läuft's mit DEINER Nacht?

O Scheiße, simste Boyd zurück.

Ja.

Wo war er?

Unter dem Bett.

Zerquetscht?

Das musst du selbst sehen.

??????

Du wirst es sehen, wenn du nach Hause kommst. Wie geht's Paige?

»Ich sehe keine Anzeichen dafür, dass sich dadrin ein Fremdkörper verkeilt hat«, verkündete der Arzt und klang beinahe enttäuscht.

»Meinen Sie nicht, wir müssten röntgen oder so?«, fragte Boyd.

»O nein. Eine Kontaktlinse würde man auf einem Röntgenbild nicht sehen. Auf einem MRT vielleicht, aber es gibt nicht den geringsten Grund für diese Maßnahme. Im menschlichen Auge ist wirklich nicht viel Platz, an dem sich etwas verstecken könnte. Selbst wenn die Linse dadrin wäre, müsste man sich keine Sorgen machen. Sie würde von selbst wieder herauskommen. Aber sie ist nicht dadrin.«

»Schön zu hören«, befand Boyd. »Wir haben uns nur Sorgen gemacht, weil wir nicht gesehen haben, wie sie rausgefallen ist, und wir konnten sie auch auf dem Boden nicht finden.«

»Die Linse ist winzig und dafür gedacht, unsichtbar zu sein.«

»Trotzdem, es war ein Fliesenboden.«

Der Arzt zuckte mit den Schultern. »Ich weiß nicht, was ich dazu sagen soll. Sie ist jedenfalls nicht mehr in ihrem Auge.«

»Danke. Bin Ihnen sehr verbunden.«

Auf der Heimfahrt fühlte sich Boyd unrund. Er wusste, dass er erleichtert sein sollte, und das war er auch. Trotzdem hoffte er inständig, die Kontaktlinse würde auftauchen. Er empfand es als beunruhigend, nicht zu wissen, wo sie steckte. Nicht dass er aufrichtig glaubte, sie könnte sich den Weg ins Gehirn seiner Tochter bahnen. Er war lediglich nicht überzeugt davon, dass die Linse nicht doch irgendwo dadrin klemmte, vielleicht ganz oben am Augapfel. Vermutlich paranoid. Aber wenn man sich etwas ins Auge steckte, sollte es einen physischen Beweis dafür geben, dass man es nicht mehr im Auge hatte.

»Also …«, begann er. »Deine Mutter hat mir 'ne SMS geschickt, während dich der Arzt untersucht hat. Ich hab schlechte Neuigkeiten. Gordon ist tot.«

»O nein. Ist sie versehentlich auf ihn draufgetreten?«

»Nein.«

»Was ist dann passiert?«

»Keine Ahnung. Er war unter dem Bett.«

»Bist du froh?«

»Natürlich nicht. Naomi hat ihn geliebt.«

»Aber du nicht.«

»Richtig, ich mit Sicherheit nicht. Ich hab das Vieh gehasst. Das heißt aber noch lange nicht, dass ich deine Schwester traurig sehen will. Versuch, besonders nett zu ihr zu sein, wenn wir nach Hause kommen, ja?«

»Was hast du denn gedacht, was ich tun würd?«, fragte Paige. »Vor sie hinspringen und rufen: ›Haha, dein Insekt ist tot‹?«

»Du weißt genau, was ich meine, Klugscheißerin.«

»Ich bin sicher, Ma erzählt ihr dasselbe über mein traumatisches Erlebnis. Wir werden gegenseitig so nett zueinander sein, dass euch beiden schlecht davon wird.«

Als sie nach Hause kamen, war Naomi an Adeline geschmiegt auf der Couch im Wohnzimmer eingeschlafen. Behutsam löste sich Adeline von ihr, ohne sie zu wecken, stand auf und umarmte Paige.

»Ich bin so froh, dass alles in Ordnung ist«, sagte sie.

»Ja, mein Augapfel ist nicht zerschnitten, das ist schon mal gut«, erwiderte Paige. »Der Arzt hat ihn aus der Augenhöhle genommen und so. Hat er ihn auch richtig wieder eingesetzt?« Mit schielendem Blick sah Paige ihre Mutter an.

»Anscheinend geht's dir wieder besser«, meinte Adeline.

»Als der Augapfel draußen war, hat der Arzt in meinem Hirn rumgestochert, um mich die Angst vergessen zu lassen.«

»Für dich ist's jetzt höchste Zeit fürs Bett.«

»Was ist mit Gordon passiert?«

Adeline schaute hinüber zu Naomi, die nach wie vor tief und fest schlief. »Wir haben ihn tot gefunden«, flüsterte sie. »Mehr darüber morgen. Schlafenszeit.«

»Okay, lass mich nur schnell die Kontaktlinsen einsetzen, dann leg ich mich hin.«

»Haha. Abmarsch.«

Paige verließ das Wohnzimmer. Adelines Lächeln verpuffte.

»Also, was genau ist passiert?«, wollte Boyd wissen.

»Komm mit.«

Sie führte Boyd in die Küche. Neben dem Spülbecken stand ein geschlossener Tupperware-Behälter.

»Ich wollte ihn nicht unter dem Bett lassen, also hab ich ihn mit einem Spatel aufgehoben«, erklärte Adeline und nahm den Deckel ab. Boyd spähte hinein.

Die tote Vogelspinne lag auf dem Rücken, alle acht Beine angezogen. Grüner und weißer Schimmel bedeckten den Körper.

Boyd starrte den Kadaver einen Moment lang an, dann trat er einen Schritt zurück, da er die kindliche Angst nicht abschütteln konnte, die Spinne würde vielleicht unverhofft wieder zum Leben erwachen. »Was zum Teufel ist das?«

»Findest du nicht auch, dass es aussieht, als wäre er verrottet?«

»Doch.«

»Wäre was anderes, wenn vielleicht eine Ameisenlinie zum Kadaver verlaufen wäre. Aber so zersetzt sich ein Insekt nicht. Warum ist es schimmlig?«

Boyd musste zugeben, das war eine ausgezeichnete Frage. Das so schnell faulende Obst fand er grotesk, doch die Sache mit der Spinne überschritt die Grenze zu ›vollkommen verstörend‹. Boyd hatte nicht viel Ahnung von Entomologie – wenngleich er sehr wohl wusste, dass Spinnen genau genommen keine Insekten waren, aber es war nicht der rechte Zeitpunkt für Pedanterie. Was mit dieser Tarantel geschah, entsprach jedenfalls nicht dem natürlichen Lauf der Dinge, so viel stand für ihn fest.

»Morgen ruf ich Jack Ponter an und schildere ihm haarklein, was hier abgeht. Er muss jemanden herschicken, der dem auf den Grund geht.«

»Wen soll er denn schicken?«

»Keine Ahnung. Sein Problem. Irgendwas stimmt mit der Luftqualität in diesem Haus nicht, und das muss in Ordnung gebracht werden. Wenn die ganze Bude vom Dachboden bis zum Keller sterilisiert werden muss, dann soll er uns in der Zwischenzeit in einem Hotel unterbringen.«

»Vielleicht sollten wir schon heute Nacht in ein Hotel«, meinte Adeline. »Was, wenn wir hier vergiftet werden?«

Boyd wünschte sich nichts mehr, als einfach nur ins Bett zu fallen. Er würde so schon gerade mal fünf Stunden Schlaf abbekommen. Außerdem glaubte er nicht, dass sie ein Hotelzimmer im Nachhinein erstattet bekommen würden. Aber mit diesem Haus stimmte eindeutig irgendetwas nicht, und er wollte auf keinen Fall eine langfristige Beeinträchtigung seiner Tochter riskieren.

Adeline schien sein Zögern zu bemerken. »Ich überreagiere wahrscheinlich.«

Boyd schüttelte den Kopf. »Sicher ist sicher. Wir wollen nicht, dass wir was Giftiges in die Lungen kriegen. Wir suchen uns ein Hotel und holen Jack morgen her. Wenn du was zum Umziehen für Naomi einpacken willst, packe ich in der Zwischenzeit unsere Sachen.«

»Vielleicht müssen wir ja nicht schon heute Nacht weg. Wir können hier schlafen, dann bringe ich die Mädchen morgen irgendwohin.«

»Gordon ist über und über voll Schimmel. Wir sollten heut Nacht nicht hier schlafen.«

Adeline trat den Weg zu Naomis Zimmer an. Boyd ging zu Paiges Zimmer und blieb an ihrer Tür stehen. Sie saß auf dem Bett und hielt einen Nagelknipser in der Hand.

»Such dir Sachen für morgen raus«, forderte Boyd sie auf. »Wir übernachten heute in 'nem Hotel.«

»Warum?«

»Wir haben Schimmel im Haus. Den sollten wir nicht einatmen.«

»Okay. Lass mich nur eben fertig machen.«

»Schneidest du dir die Fingernägel im Bett?«

»Ich schneide sie, während ich im Bett sitze.«

»Willst du wirklich Fingernagelschnipsel auf der Decke haben? Das ist eklig.«

»Ich passe auf, wo sie hinfallen.«

»Ist ja dein Bett. Wenn du's gern voll Fingernägel hast, dann bitte. Zivilisierte Menschen tun das im Badezimmer über einem Abfalleimer.«

»Dann bin ich wohl 'ne Höhlenfrau.«

»Seh ich auch so. Falls du Feuer machen willst, dann versprich mir, dass du …« Boyd runzelte die Stirn. »Zeig mal deine Hand.«

Paige hob den linken Arm. Dünne Blutrinnsale liefen über drei ihrer Finger. Sie schien es im selben Moment wie Boyd zu bemerken.

Er eilte zu ihr und kniete sich neben sie. Dann ergriff er ihre Hand, um einen genaueren Blick darauf zu werfen. Sie hatte sich die Fingernägel so kurz geschnitten, dass die Fingerkuppen bluteten.

»Großer Gott, Paige!«

Seine Tochter wirkte völlig durcheinander. »Ich … Ich hab wohl nicht aufgepasst.«

»Tut's nicht weh?«

»Jetzt schon.«

Was zum Teufel ging hier vor sich? Klar, war ihm auch schon passiert, dass er einen Nagel zu kurz geschnitten hatte. Aber so etwas kam versehentlich vor und höchstens *einmal,* nicht an jedem Finger.

»Wieso hast du das gemacht?«, verlangte Boyd zu erfahren.

»Hab ich dir doch gesagt. Ich hab nicht aufgepasst.«

»Du bist 13 Jahre alt. Du weißt, wie man sich die Fingernägel schneidet. Hast du das mit Absicht gemacht?«

»Nein!« Die Vorstellung schien Paige in waschechte Panik zu versetzen. »Es war ein Versehen!«

»Du hast an jedem Finger Blut.«

»Nicht viel.«

»Stimmt was nicht?«, fragte Adeline, als sie Paiges Zimmer betrat.

Boyd hob Paiges Hand und zeigte sie ihr.

»O mein Gott. Was ist passiert?«

»Ich hab Mist gebaut, okay?«, sagte Paige. »Ich hab drüber nachgedacht, was mit meinem Auge passiert ist, und da hab ich wohl nicht drauf geachtet, was ich mache. Ich wollte mich nicht verletzen, ehrlich nicht.« Sie begann zu weinen.

Boyd blickte erneut auf ihre Hand. Die Hautstellen, die nicht bluteten, waren wund und gerötet. Sie würde noch eine hübsche Weile Schmerzen spüren, ganz zu schweigen von dem unausweichlichen, demnächst bevorstehenden Moment, wenn sie das Desinfektionsmittel auftragen würden.

Auf dem Bett sichtete er einen der Fingernägel mit einem Stück Haut daran.

Boyd schloss die Arme um seine Tochter und drückte sie innig, während sie an seiner Brust schluchzte.

Zum Teufel mit diesem Haus.

11

Das nächstgelegene Motel befand sich ein paar Kilometer entfernt. Es war scheiße.

In der Dusche gab es Rostflecke und in der Toilette verfärbtes Wasser. Die Handtücher erwiesen sich als so durchgewetzt, dass sich selbst ein Automechaniker, der sie als Öllappen benutzte, denken würde: *Ich muss mir was Besseres besorgen.* Im Zimmer stank es so penetrant nach Marihuana, dass sich Boyd und Adeline spontan eine Lügengeschichte über das vorzeitige Ableben eines Stinktiers auf dem Gelände als Vorwand einfallen lassen mussten. Boyd war sich ziemlich sicher, dass die Zimmermädchen die Laken nach dem vorherigen Gast nicht gewechselt hatten, da sich noch Kartoffelchipkrümel darauf befanden.

Mehr als eine Nacht würden sie in diesem Rattenloch mit Sicherheit nicht bleiben. Vorerst jedoch wollte sich Boyd nur noch sicherheitshalber oben auf die Decke legen und schlafen.

Am nächsten Morgen war Adeline dermaßen geladen und bereit, mit dem Vermieter in den Ring zu steigen, dass es sich beinahe als Enttäuschung erwies, als sich Jack Ponter überschwänglich entschuldigte und versprach, noch am selben Tag einen Putztrupp zum Haus zu schicken.

»Ich schwöre, wir hatten eine Mannschaft dort, bevor Sie eingezogen sind«, beteuerte er am Telefon. »Anscheinend habe ich die Arbeit nicht gründlich genug inspiziert, nachdem die Leute fertig waren. Wir saugen die Luftschächte noch einmal, und ich lasse jemanden kommen, der das Haus nach Schimmelbildung absucht. Wir sorgen dafür, dass es ein sicheres Umfeld für Ihre Kinder wird.«

Adeline checkte aus dem Motel aus und führte die Mädchen zu einem netten Frühstück aus – Waffeln mit Erdbeeren für Paige und sie, Pfannkuchen mit Schokostückchen für Naomi.

Nach einem kurzen Zwischenstopp im Supermarkt kehrten sie zum Haus zurück, wo für zehn Uhr ein Treffen mit Jack vereinbart war.

»Entschuldigung noch mal«, sagte er. »Ich kann mir das wirklich nicht erklären.«

»Ist schon gut«, versicherte ihm Adeline, als sie ihn hereinließ. »Das Haus *wirkt* ja auch total sauber. Jedenfalls ist Boyd und mir nichts aufgefallen, als wir eingezogen sind.«

»Ich muss mich vergewissern, ob ich das richtig verstehe. Boyd hat gesagt, dass ständig Lebensmittel verderben.«

»Richtig. Warten Sie kurz.« Adeline verließ das Haus und ging zum Auto. Sie öffnete die beifahrerseitige Tür, ergriff die Banane, die auf dem Sitz lag, und kehrte zum Haus zurück. »Wir machen jetzt ein ausgefallenes Bananenexperiment.«

»Okay …«, erwiderte Jack verunsichert.

Sie führte ihn in die Küche und reichte ihm die Banane. »Die ist noch nicht reif, richtig?«

»Richtig.«

»Noch total grün, stimmt's?«

»Ja, rundum grün. Ist das so was wie ein Zaubertrick?«

»Schön wär's.« Adeline nahm ihm die Banane ab und legte sie auf die Arbeitsplatte. »Sie wird schwarz werden.«

»Vor meinen Augen?«

Adeline lächelte. »Ganz so schnell geht's nicht. Trotzdem werden Sie Augen machen. Sehen Sie einfach gelegentlich danach.«

»Mach ich«, versprach Jack. »Ich werde zwar nicht den ganzen Tag hier sein, aber ich sorge dafür, dass niemand sie anfasst oder isst.«

»Hätte ich ein Reserve-Handy, ich würd's hier aufstellen, um die Sache zu filmen«, sagte Adeline. »Könnte interessant für die wissenschaftliche Gemeinschaft sein.«

»Ich muss zugeben, von so was hab ich noch nie gehört. Aber wir finden das Problem und beseitigen es. Die Reinigungsleute sollten gegen 10:30 Uhr kommen. Bis dahin werd ich mich selbst umsehen. Sie können gern bleiben oder Ihren Tag auf interessantere Weise verbringen.«

»Ich denke, die Mädchen und ich werden uns ein Double-Feature im Kino ansehen.«

»Hervorragende Idee.«

»Hi«, grüßte Paige, als sie die Küche betrat.

»Hallo, junge Dame«, erwiderte Jack. »Ich bin Jack. Freut mich, dich kennenzulernen.«

»Freut mich auch, Sie kennenzulernen. Ich bin Paige.«

Wenn ihr der Sinn danach stand, konnte sie ausgesprochen höflich sein. Adeline war sich zu 99 Prozent sicher, dass ihre Tochter nicht sarkastisch war.

Jack betrachtete die Pflaster an jedem Finger ihrer linken Hand. »Hast du dich verbrannt?«, erkundigte er sich.

Paige schüttelte den Kopf. »War ein dummer Unfall. Komme mir deshalb total bescheuert vor.«

Adeline hoffte, dass Jack keine weiteren Einzelheiten aus ihr herausquetschen würde. Wenngleich er ruhig wissen sollte, dass mit diesem Haus etwas ganz und gar nicht stimmte, ging ihn Paiges »Unfall« nun wirklich nichts an. Immerhin konnte sie dem Haus die Schuld daran nicht glaubhaft in die Schuhe schieben. Schimmel verursachte bei Mädchen im Teenageralter keine … Nein, Adeline würde nicht so weit gehen, es als Selbstverstümmelung zu bezeichnen. Tatsächlich war sie nicht sicher, wie sie es nennen wollte. Vielleicht extreme Unachtsamkeit, herbeigeführt von einer ungesunden Umgebung. Spielte auch keine Rolle, wie sie es nannte oder was es verursacht hatte – dass sich Paige selbst verletzt hatte, brauchte Jack nicht zu wissen.

»Tja, dann erinnere mich daran, dir bei Gelegenheit zu erzählen, wie ich mir am College den Fuß gebrochen habe«, sagte Jack. »Also, *das* war dumm.«

»Sind Sie betrunken aus einem Fenster im ersten Stock gesprungen?«

»Nein, ich hab ’ne Bowlingkugel auf meinen Fuß fallen lassen.«

»Das klingt eher ungeschickt als dumm«, befand Paige.

»Ich hab's absichtlich gemacht.«

»Warum?«

»Eine Wette.«

»Haben Sie gewonnen?«

»Und ob.«

»Wie viel?«

»Zwei Dollar.«

»Sie haben sich absichtlich den Fuß für zwei Dollar gebrochen?«

»Weißt du noch, dass ich gesagt hab, es war dumm?«

»Ich würde ja sagen, Sie haben recht. Aber Sie sind ein Erwachsener, und von daher wär das unangemessen.«

Jack lachte. »Meine ältere Tochter würde dir da widersprechen, aber ich weiß das zu schätzen. Wie dem auch sei, wenn's recht ist, seh ich mich mal um, ob ich irgendwelche Problembereiche finden kann, bevor die Fachleute eintrudeln.«

»Klingt gut«, befand Adeline und war insgeheim erleichtert, dass er keine weiteren Fragen über Paiges Finger stellte.

»Ich ruf Sie an, falls wir auf des Rätsels Lösung stoßen. Oder falls es wichtige Neuigkeiten über die Banane gibt.«

Der erste Film fing erst in ungefähr einer Stunde an, deshalb hielten sie unterwegs in einem Park. Naomi rannte schnurstracks zum Schaukelgestell. Paige, die sich für viel zu alt für derlei kindischen Unfug hielt, setzte sich mit Adeline auf eine Bank.

Adeline tippte auf Paiges vor Pflastern strotzende Hand. »Können wir darüber reden?«

»Denk, schon.«

»Was ist passiert?«

»Hab ich doch schon gesagt. War unachtsam.«

»Wenn man unachtsam ist, läuft man in einen Baum. Aber man macht nicht mehrfach etwas, das wehtut.«

»Es hat echt nicht wehgetan.«

»Jemandem etwas unter die Fingernägel zu rammen, gehört zu den besten Foltermethoden, um Informationen aus dem Opfer herauszuquetschen. *Natürlich* hat's wehgetan.«

Paige erwiderte nichts.

»Du musst jetzt nicht drüber reden, wenn du nicht willst«, bot Adeline an. »Wir können es uns auch für ein andermal aufheben, wenn's dir nicht so unangenehm ist.«

»Ich war bloß irgendwie benebelt. Hab mich nicht besonders gut gefühlt.«

»War dir übel?«

Paige zuckte mit den Schultern. »Ein bisschen.«

»Warum hast du das nicht schon früher gesagt?«

»Weil's keine gute Ausrede ist. Ich hätte mir die Nägel auch später schneiden können. So arg lang waren sie noch nicht.«

»Dein Dad hat sich auch nicht wohlgefühlt. Ich hoffe, die finden heute raus, was das Problem verursacht.«

»Müssen wir sonst wieder umziehen?«

»Ich denk, schon. Immerhin können wir nicht in einem Haus leben, in dem alles verrottet, oder?«

»Ich dachte, wir hätten den Mietvertrag schon unterschrieben.«

»Rechtlich gesehen können wir aus dem Vertrag raus, wenn wir nachweisen können, dass es im Haus nicht sicher ist. Das sollte doch ziemlich einfach sein.«

In Wirklichkeit war Adeline nicht völlig sicher, ob das stimmte. Sie bezweifelte, dass es einen Präzedenzfall für Mieter gab, die aus dem Vertrag aussteigen wollten, weil ihre Lebensmittel ständig verdarben. Aber darüber würden sie sich nach der heutigen Hausreinigung den Kopf zerbrechen.

»Würden Naomi und ich dann trotzdem eigene Zimmer bekommen?«

»Ja. Wir würden euch nicht erst je ein eigenes Zimmer geben und es euch dann wieder wegnehmen. Das wäre praktisch Kindesmisshandlung.«

»Mami! Schau!«, brüllte Naomi. Sie schaukelte so hoch, dass es aussah, als würde sie mit etwas mehr Schwung einen Looping hinbekommen.

»Nicht so hoch, Schatz!«, rief Adeline. Das Letzte, was sie gebrauchen konnte, war ein grauenhafter Schaukelunfall ihrer jüngeren Tochter.

»Ich glaub nicht, dass man eine ganze Umdrehung schafft«, merkte Paige an.

»Das wollen wir gar nicht erst auf die Probe stellen.«

Naomi hörte auf, aktiv mitzuschwingen.

»Vorläufig tun wir so, als würde alles in Ordnung kommen«, sagte Adeline zu Paige. »Jack hat sich als sehr zuvorkommend erwiesen, und ich kann mir nicht vorstellen, dass es mit dem Haus ein so schlimmes Problem gibt, dass es sich nicht beheben lässt.«

»Was, wenn man's auf einem alten Indianerfriedhof gebaut hat?«

»Du weißt schon, dass es politisch korrekt ›amerikanische Ureinwohner‹ heißt, oder? Sonst könnte man es zu leicht mit Menschen aus Indien verwechseln.«

»Was, wenn man's auf einem alten Indianerfriedhof gebaut hat, auf dem Menschen aus Indien auf bestialische Weise ermordet worden sind?«

»Dann sollten wir wohl umziehen.«

Packen, Umziehen und Auspacken hatte zuletzt so viel von Adelines Leben in Anspruch genommen, dass es sich eigenartig anfühlte, entspannt auf einem Kinosessel zu sitzen. Sie fühlte sich schuldig dabei, einem freien Tag zu frönen, während Boyd seinem stressigen Job nachgehen musste. Aber er hatte darauf bestanden, und im Außenbereich des Hauses konnte sie ohnehin nicht viel Produktives erledigen, bevor für die Mädchen die Schule begann. Also: Kino!

Keiner der beiden Filme erwies sich als besonders gut. Adeline hatte grundsätzlich nichts gegen Furzwitze, nur mussten es *qualitativ hochwertige* Furzwitze sein. Außerdem zog sie es vor, wenn sich deren Anzahl in einem Film auf unter 30 beschränkte. Naomi hingegen war begeistert. Der zweite Streifen ihres Double-Features enthielt keine Furzwitze, dafür überraschend viel an Gerichtsintrigen für einen Kinderfilm. Er gefiel Naomi deutlich weniger.

Als sie am späten Nachmittag wieder zu Hause eintrafen, standen Jacks Auto und ein grüner Lieferwagen in der Einfahrt. »Perfektes Timing!«, befand Jack, als sie durch die Vordertür eintraten. »Die Leute sind so gut wie fertig.«

»Und haben Sie herausgefunden, was nicht stimmt?«, fragte Adeline.

»Na ja, es gibt gute und schlechte Neuigkeiten. Die schlechten sind: Nein, sie haben nichts Bestimmtes gefunden, das Ihr Problem erklären könnte. Aber sie haben sämtliche Lüftungsschächte noch mal gesaugt, die Luftfilter getauscht, obwohl's nicht wirklich nötig gewesen wäre, den Keller gründlich gereinigt und sogar den Dachboden überprüft. Es sollte jetzt wirklich kein Problem mehr geben.«

»Und die guten Neuigkeiten?«

»Kommen Sie mit.«

Adeline, Paige und Naomi folgten Jack in die Küche. Er deutete auf die Arbeitsplatte, wo die Banane lag.

»Ta-da!«

Adeline ergriff die Banane und inspizierte sie. Keine braunen Flecke. Reichlich Grün. Sie fand, dass die Dschungelgurke *vielleicht* ein wenig reifer geworden war, als sie nach ihrem Zustand an diesem Morgen hätte sein sollen.

Allerdings unterzog sie den Lebenszyklus einer Banane normalerweise auch nicht einer so gründlichen Beobachtung. Jedenfalls war sie eindeutig nicht verdorben wie das andere Obst. Vielleicht hatte man das Problem tatsächlich behoben.

»Sieht nach einer tadellosen Banane aus«, räumte Adeline ein. Sie fragte sich, ob Jack dachte, dass die Fachleute alles in Ordnung gebracht hatten oder dass sie übertrieben hatte. Spielte wohl keine große Rolle.

»Und ich habe eine Überraschung für Sie«, verriet Jack. »Kommen Sie mit nach draußen.«

Er führte sie in den Garten hinter dem Haus.

»Oh, wie cool!«, rief Naomi.

Im Koiteich schwammen mehrere Fische. Naomi und Paige kauerten sich hin, um einen genaueren Blick darauf zu werfen.

»Ein Entschuldigungsgeschenk«, erklärte Jack.

»Das hätten Sie wirklich nicht tun müssen«, meinte Adeline zu ihm.

»Mag sein, aber ich mag keine unzufriedenen Kunden. Umziehen ist so schon stressig genug, auch ohne Probleme mit dem neuen Zuhause.«

»Tja, das wissen wir aufrichtig zu schätzen. Ich bin sicher, Boyd wird Ihnen persönlich danken wollen.«

»Nicht nötig. Richten Sie ihm einen Gruß von mir aus. Ich werd dann mal dafür sorgen, dass alle Ihr Zuhause verlassen. Hoffen wir, dass von jetzt an alles in bester Ordnung ist.«

»Wird's bestimmt sein. Vielen Dank, Jack.«

»Danke für die Fische!«, kam von Naomi, die wie gebannt in den Teich starrte.

»Wenn ich wiederkomme, erwarte ich, dass du allen fünf Namen gegeben hast.«

»Das mach ich!«

Wenige Minuten später waren Jack und der Putztrupp verschwunden. Adeline beschloss, die Banane nur für alle Fälle weiter im Auge zu behalten.

Die Banane war nach wie vor in guter Verfassung, als Boyd von der Arbeit nach Hause kam.

»Ich glaube, es könnte wieder alles in Ordnung sein«, meinte Adeline und reichte ihm das Obst. »Die ist den ganzen Tag im Haus gewesen.«

»Dann ist es eine Wunderbanane«, verkündete Boyd.

»Ich bin noch nie so begeistert von einem Stück Obst gewesen. Vielleicht war ja wirklich nur eine zweite Reinigung der Lüftungsschächte nötig.«

»Also, ich kann kaum beschreiben, wie sehr ich *nicht* noch mal alles packen und von vorn mit dem Umziehen anfangen wollte. Natürlich hätte ich gute Miene zum bösen Spiel gemacht, aber innerlich hätte ich geheult wie ein Schlosshund.«

»Na ja, mit Sicherheit wissen wir noch nicht, ob das Problem aus der Welt geschafft ist. Wir sollten die Banane weiterhin beobachten. Auch wenn jetzt alles in Ordnung ist, lässt sich nicht leugnen, dass die bisherigen Ereignisse schräg waren, oder?«

»Sehr schräg.«

Mit »Obst verfault nicht mehr« ließ sich keine Junkfood-Feier rechtfertigen, daher gab es ein gesundes Abendessen aus Lachs und Caesar-Salat.

Boyd lag auf der Couch und schaute Netflix. Sicher, es gab im Haus noch mehr als genug zu tun. Aber wenn das Frauenvolk den Großteil des Tages im Kino verbringen durfte, dann stand es ihm wohl zu, sich gemütlich reinzuziehen, wie der junge Bruce Willis einem Haufen Terroristen zeigte, wo der Bartel den Most holte.

Wenigstens ging es ihm wieder besser. Größtenteils.

Bei der Arbeit und für ein paar Stunden nach seiner Ankunft zu Hause war alles gut gewesen. Aber auf der Couch fröstelte er trotz der Decke, in die er sich gewickelt hatte. Vermutlich nur Nachwirkungen.

Dass er die Ursache der Krankheit losgeworden war, bedeutete nicht zwangsläufig, dass er die Krankheit selbst vollständig abgeschüttelt hatte.

Als der Teil kam, in dem Alan Rickman – *Ruhe in*

Frieden, bester Schurke aller Zeiten – erklärte, dass seine Leute und er keine Terroristen, sondern bloß Diebe waren, fühlte sich Boyd wieder beschissen.

Paige betrachtete sich eindringlich im Spiegel.

Auch ohne die Brille, mit der sie wie die größte Idiotin aller Zeiten aussah, fand sie sich hässlich.

Alles an ihr war hässlich.

Ihre Nase. Ihr Mund. Ihre Hände. Und wer, bitte schön, hatte schon hässliche *Hände?* Sie kannte niemanden sonst, der sich seiner Hände wegen schämen musste. Nur sie.

Ihre Augen. Der vielleicht hässlichste Teil von ihr.

Sie hatte ihre Eltern und den Arzt nicht belogen, als sie gemeint hatte, sie könne die Kontaktlinse nicht mehr spüren. Aber sie glaubte, sie jetzt spüren zu können. Weit hinter ihrem Auge. Würde es eine Rolle spielen, wenn sie versuchte, das Ding herauszuholen? Könnte sie überhaupt noch hässlicher aussehen?

Adeline aalte sich in ihrem heißen Schaumbad und wähnte sich im siebten Himmel. Kerzen. Ein Glas Rotwein. Leise Musik. Solange sich die Kinder ruhig verhielten, wollte sie sich in ihrer Oase entspannen, bis sie am ganzen Körper runzlig wie eine Rosine wäre.

Billy.

Sternenstaub.

Flösschen.

Kiemchen.

Schlierchen.

Das waren noch nicht unbedingt die endgültigen Namen der Fische – Naomi hatte sie insgeheim bereits ein Dutzend Mal geändert –, aber so hießen sie zumindest vorläufig. Natürlich war Schlierchen ihr Liebling. Er war weiß und hatte eine goldene Schliere am Kopf.

Sie sahen alle hungrig aus, aber Naomi durfte sie nicht ohne Mama oder Papa füttern. Wenn sie ihnen zu viel gäbe, könnten sie sterben. Was wohl bedeutete, dass die Fische fressen und fressen würden, bis ihre Bäuchlein platzten. Paige würde so was vielleicht gern sehen wollen, aber Naomi nicht. Es tat ihr zwar leid, dass die Fischlein hungrig zu sein schienen, doch sie wollte nichts tun, das ihnen schaden könnte.

Goldfische hatte sie schon mal gehabt, aber noch nie so große Fische. Die waren so viel besser. Naomi konnte nicht aufhören, sie zu beobachten.

Am liebsten würde sie direkt hineinkriechen und mit ihnen schwimmen.

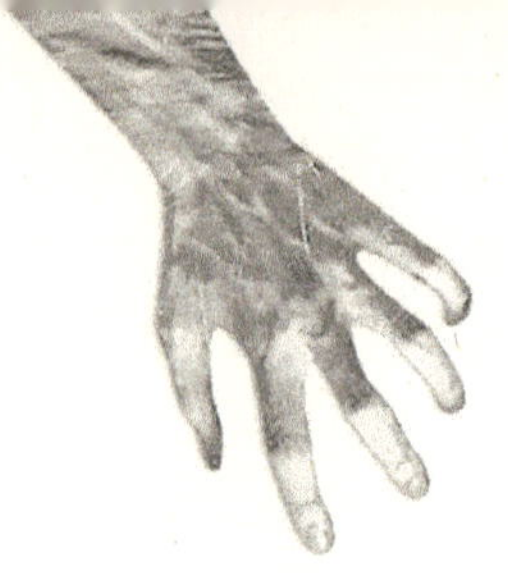

12

Davor

»Meinst du, es bringt die Fische um, wenn wir in den Koiteich pissen?«, fragte Heck.

Maddox schleuderte ihm einen finsteren Blick zu. »Was zum Teufel ist los mit dir? Wir sind hier, um Wiedergutmachung zu leisten.«

»War doch bloß 'n Witz. Und ich für meinen Teil bin nicht hier, um Wiedergutmachung bei überdimensionierten Goldfischen zu leisten.«

»Sei verflucht noch mal leiser.«

Nachdem die drei zur Haustür gegangen waren, hatte sie die plötzliche Erkenntnis ereilt, dass sie wohl erst die Umgebung auskundschaften sollten. Immerhin hatten sie keine Ahnung, wer hier wohnte. Womöglich Provinzler mit nervösen Zeigefingern an den Abzügen von Schrotflinten und willigen Daumen an den Startknöpfen von Kettensägen.

»Wir vergeuden Zeit«, meinte Fletcher. »Wir sollten einfach anklopfen. Was, wenn sie uns dabei erwischt, wie wir hier draußen rumschleichen, und unsere Entschuldigung dann nicht annimmt?«

»Wie kommst du drauf, dass es ’ne Sie ist?«, wollte Maddox wissen.

Fletcher zuckte mit den Schultern. »Weiß ich einfach. Woher wissen wir eigentlich überhaupt irgendwas von all dem hier?«

»Ich glaub, er hat recht«, warf Heck ein. »Ich glaub auch, es ist ’ne Sie.«

»Ja, seh ich auch so«, räumte Maddox ein. Zwar konnte er sie nicht vor seinem geistigen Auge sehen, aber ja, es war eine Frau. Viel besser als ein Haus voll bewaffneter Vollpfosten.

Die Frage, woher sie überhaupt irgendetwas von all dem wussten, war mehr als berechtigt. Tatsächlich konnte er selten aufhören, darüber zu grübeln. Aber dass sie nicht verstanden, warum sie den Drang verspürten, ihre Verbrechen zu gestehen und das hart verdiente Geld zurückzugeben, noch dazu an jemanden, den sie nicht kannten … Na ja, irgendwie fühlte es sich nicht nach Grund genug an, es nicht zu tun.

Sie gingen um das Haus herum zurück zur Eingangstür.

»Wir hätten uns feiner in Schale werfen sollen«, meinte Maddox, der mit einem fleckigen T-Shirt bei der Hochzeit seiner Schwester aufgekreuzt war.

Den Kolostomiebeutel hatte er natürlich zu Hause gelassen, ebenso seine Pistole. Nicht einmal ein Messer hatte er dabei. Er hatte gar nicht daran *gedacht*, ein Messer einzupacken, obwohl es in dieser Situation mit ziemlicher Sicherheit schlau gewesen wäre, eine Waffe mitzubringen. Dafür hatte er seinen Anteil des Auftragslohns in einem großen Luftpolsterkuvert dabei. Heck und

Fletcher hatten ihre Anteile in ähnlichen Umschlägen. Natürlich hätten sie das Geld auch zusammenlegen können. Allerdings hatte Maddox die Sorge geäußert, wenn beispielsweise Heck die gesamte Summe übergäbe, könnte es nur ihm angerechnet werden. Das Risiko konnte Maddox nicht eingehen. Die beiden anderen Männer gaben freimütig zu, dass ihnen dieselbe Überlegung Kopfzerbrechen bereitete. Somit war es zweifellos die richtige Entscheidung, dass jeder von ihnen sein eigenes Drittel der Zahlung zurückgab.

Maddox klingelte an der Tür.

Sie warteten einige Augenblicke.

»Läute noch mal«, sagte Heck.

»Was, wenn sie sich einfach nur langsam bewegt?«, konterte Maddox. »Wir wollen sie nicht wütend machen.«

»Sie wird nicht gleich in Raserei verfallen, nur weil wir öfter als einmal geklingelt haben.«

»Aber es ist spät. Die Lichter sind aus. Wahrscheinlich haben wir sie geweckt. Gut möglich, dass sie noch nicht mal die Chance hatte, aus dem Bett zu steigen.«

»Dann ist das 'n guter Grund, noch mal zu läuten«, befand Heck. »Damit sie weiß, dass es wichtig ist.«

Maddox läutete noch einmal. Das Verandalicht ging an.

Alle drei wichen einen Schritt zurück. Die Tür schwang auf.

Die Frau schien um die 50 Jahre alt zu sein. Man konnte mit Fug und Recht behaupten, dass sie nicht schlecht aussah, obwohl sie irgendwie den Eindruck einer alten Jungfer vermittelte – auch wenn so gut wie niemand mehr den Ausdruck »alte Jungfer« benutzte. Total eine dieser verrückten Katzen-Ladys.

Allerdings war sie eindeutig nicht gebrechlich. Nicht dass sich pralle Muskeln durch ihr Nachthemd abzeichneten. Aber Maddox hatte den Eindruck, falls sie doch mal verheiratet gewesen wäre, hätte sie ihrem Mann ohne jede Hilfe eine Schaufel über den Kopf ziehen und ihn im Hinterhof begraben können.

Langsam hob sie die Hand und richtete den Zeigefinger auf Maddox. »Was störest du meinen Schlummer?«, fragte sie mit leiser, gruseliger Stimme.

»Wie bitte?«

»Entspann dich, ich mach bloß Spaß.« Sie streckte die Hand aus und klopfte ihm auf die Schulter. »Wie kann ein so großer, starker Mann wie du bloß so 'n Angsthase sein?«

»Ich hatte keine Angst«, verteidigte sich Maddox.

»Natürlich nicht.«

»Nachzufragen ist kein Zeichen von Angst. Ich dachte bloß, ich hätte Sie falsch verstanden.«

»Mich dünkt, der gute Mann protestiert gar zu sehr. Möchtet ihr reinkommen? Normalerweise hab ich ja keine großen, starken Männer in meinem Haus. Aber da ihr schon mal hier seid, wär's unhöflich, euch wegzuschicken.«

»Ja, würden wir gern«, antwortete Maddox. Die Frau wich beiseite, als er, Heck und Fletcher eintraten. Dabei achteten sie darauf, zuerst die Schuhe auf der Fußmatte abzutreten.

Das Haus erwies sich als spärlich eingerichtet. An den Wänden hingen keinerlei Bilder.

»Hübsche Bude«, meinte Heck, als er die Tür hinter sich schloss. Maddox hatte das Gefühl, es könnte ein Fehler sein, sich so bereitwillig in eine mögliche Falle zu begeben.

Aber inzwischen war es ohnehin zu spät, und er wollte die Frau nicht beleidigen, indem er andeutete, sie könnte eine Bedrohung verkörpern.

»Danke«, sagte sie. »Ich brauche eigentlich kein Zuhause mit drei Zimmern. Aber mir gefällt die Gegend. Und natürlich hab ich auf euch gewartet. Wer von euch ist Hector?«

Heck hob die Hand.

»Und Larry?«

»Das bin ich«, sagte Maddox.

Die Frau sah Fletcher an. »Dann musst du Cliff sein.«

Maddox hatte nie Fletchers vollen Namen erfahren. Er hatte immer gedacht, Fletcher wäre sein Vorname, nicht sein Nachname. Gern hätte er sich über ihn lustig gemacht, nur fand er Cliff als Namen tadellos. Er rechtfertigte keinen Spott.

»Kennt ihr auch meinen Namen?«, fragte die Frau.

Maddox konzentrierte sich einen Moment lang.

»Virginia?«

»Nah dran.«

»Jean?«

»Wärmer.«

»Gina?«

»Genau. Freut mich, euch kennenzulernen. Und ihr drei stattet mir diesen Freundschaftsbesuch ab, weil ihr meine ältere Schwester ermordet habt, richtig?«

Maddox und seine Partner wechselten einen verunsicherten Blick. Das war in der Tat der Grund für ihre

Anwesenheit, doch plötzlich schien es unklug zu sein, es einfach hervorzusprudeln.

»Ja«, gestand Maddox. »War aber nicht unsere Idee.«

»Und das macht es besser?«

»Nein, natürlich nicht. Aber wir haben's bloß für Geld gemacht. Wir haben auch nicht gewusst, dass sie Ihre Schwester war. Oder irgendjemandes Schwester.«

»Ihr habt aber doch gewusst, dass sie zumindest irgendjemandes Tochter war.«

»Na ja, schon, aber ich meine, wir hätten nicht gedacht, dass ihre Eltern noch leben würden.« Maddox beschlich irgendwie das Gefühl, dass er sich gerade keinen Gefallen tat. Wieso zum Teufel musste eigentlich er die Schwerarbeit bei dem Gespräch leisten? Warum kamen ihm Heck und Fletcher nicht zu Hilfe?

»Also nur für Geld«, hielt Gina fest. »Und war's das wert?«

»Nein. Überhaupt nicht. Kein Stück.«

Hilfe suchend spähte Maddox hinüber zu Heck.

»So gar nicht«, pflichtete ihm Heck bei.

Maddox hielt seinen Umschlag hoch. »Wir haben das Geld mitgebracht. Jeden einzelnen Dollar. Wir wollten es Ihnen als Buße geben.«

»Ich verstehe.« Gina lächelte ihn gewissermaßen an. Gewissermaßen, weil sich ihr Mund nicht bewegte und sie stattdessen nur mit den Augen zu lächeln schien. »Ist euch irgendwas Ungewöhnliches aufgefallen, seit ihr hier seid?«

»Nein, Ma'am.«

»Komme ich euch wie eine unhöfliche Gastgeberin vor?«

»Nein.«

»Ich hab euch in mein Haus eingeladen, und doch stehen wir hier herum. Ich hab euch keinen Platz auf meinem bequemen Sofa angeboten. Ich hab euch nicht gefragt, ob ich euch was zu trinken bringen soll. Und wisst ihr auch, warum das so ist? Cliff soll antworten, er hat noch kaum was gesagt.«

»Keinen Dunst«, kam von Fletcher.

»Weil ich euch nicht leiden kann. Ihr seid intelligenzbefreite Vollpfosten, die sich leicht manipulieren lassen. Das bringt mich in ein Dilemma. Denn damit meine Hexerei wirkt, *müsst* ihr leicht manipulierbar sein. Aber es widert mich an, dass ich Erfolg damit habe. Euch ist schon klar, dass ihr nicht aus freien Stücken hier seid, oder?«

Die drei Männer nickten.

»Gut. Bin froh, dass ihr zumindest nicht *so* dämlich seid. Ihr lasst euch dafür bezahlen, dass ihr sehr, sehr unanständige Dinge tut. Unanständiger als euch bewusst ist. Etwas, das ein ausgesprochen schlechter Mensch gehofft hat, nutzen zu können, um eine Macht zu erlangen, die ihm nicht gehört. Zu seinem Pech hat es nicht funktioniert. Und zu eurem Pech bin ich ziemlich unglücklich darüber.«

»Aber wir haben das Geld mitgebracht«, warf Maddox ein. »Es gehört Ihnen. Wir sind uns alle drei einig.«

»Vertagen wir das in die Küche, ja?« Ohne eine Antwort abzuwarten, ging Gina den Flur hinunter.

Maddox hielt das für eine hervorragende Gelegenheit, aus dem Haus zu flüchten – und vielleicht gleich aus dem Land. Dennoch konnte er sich nicht dazu durchringen, es zu tun. Was Gina darüber gesagt hatte, dass er leicht manipulierbar sei, stimmte eindeutig. Und anscheinend gab es nichts, was er dagegen unternehmen konnte.

Die drei folgten ihr.

»Werft das Geld bitte ins Spülbecken«, sagte die Frau.

Maddox, Heck und Fletcher warfen ihre Umschläge ins Spülbecken.

»Sie können's ruhig zählen, wenn Sie wollen«, sagte Maddox.

»Ich vertrau euch. Raucht jemand von euch?«

»Heck«, antwortete Maddox in vorwurfsvollem Ton. Er ging davon aus, dass Gina nichts von Rauchern hielt.

»Heißt das, du hast ein Feuerzeug in der Tasche?«, wollte Gina von ihm wissen.

»Ja.«

»Na, dann steh nicht rum wie ein Schwachkopf. Ich hätte nicht gefragt, ob du ein Feuerzeug in der Tasche hast, wenn ich nicht wollte, dass du's rausholst.«

»Tut mir leid, tut mir leid.« Heck kramte in der Tasche und brachte ein schwarzes Feuerzeug zum Vorschein. Ein paar Münzen und eine Packung Kaugummi fielen mit heraus, aber er hob sie nicht auf. Stattdessen hielt er Gina das Feuerzeug hin.

»Nein, es ist spaßiger, wenn du's machst«, meinte sie. »Verbrenn das Geld.«

»Was?«, fragte Maddox.

»Verbrenn das Blutgeld.«

»Wollen Sie es nicht?«

»Ich will nicht behaupten, dass ich's nicht gebrauchen könnte. Ich hätte nur zu gern etwas auf der hohen Kante. Aber nein, ich will das Geld nicht, das euch für den Mord an meiner Schwester bezahlt worden ist. Ich würde es nicht mal annehmen, um es für wohltätige Zwecke zu spenden. Ich will, dass es vernichtet wird. Falls ihr gedacht habt, ihr könntet so euer Gewissen reinwaschen, dann fürchte ich, ihr habt euch geirrt.«

Sie ergriff einen Behälter mit Feuerzeugbenzin. Da man Feuerzeugbenzin selten neben der Küchenspüle aufbewahrte, war sich Maddox ziemlich sicher, dass die Frau das alles schon vor ihrer Ankunft geplant hatte.

»Können wir das Geld einfach behalten?«, wollte Heck wissen.

Die schiere Dämlichkeit seiner Frage hätte eigentlich alle zum Schmunzeln bringen müssen. Allerdings fürchtete Maddox zu sehr, Gina könnte wütend werden, statt amüsiert zu reagieren.

Sie verengte die Augen zu Schlitzen. Obwohl sie eindeutig nicht belustigt wirkte, schien sie auch nicht wutentbrannt zu sein. Das empfand Maddox als Erleichterung. »Nein«, antwortete sie. »Ihr könnt das Geld nicht behalten.«

»Verstehe«, sagte Heck. »Ich hätt nicht fragen sollen.«

Gina spritzte eine großzügige Menge Feuerzeugbenzin auf die Umschläge. »Anzünden«, befahl sie. »Und pass auf, dass du dich nicht verbrennst. Ich hab zwar einen Eisbeutel im Tiefkühlfach und Verbandszeug im Badezimmer, aber dir würde ich davon nichts anbieten. Wenn sich deine Haut rötet und Blasen wirft, musst du allein damit klarkommen. Verbrenn das Geld.«

Heck schnippte die Flamme des Feuerzeugs an. »Ist 'n Haufen Schotter«, merkte er an.

»Ja, ist es unbestreitbar. Wenn ihr's nur redlich verdient

hättet. Verbrenn das Geld, Hector. Bitte zwing mich nicht, dich noch einmal aufzufordern.«

Heck warf das Feuerzeug ins Spülbecken. Die Flammen züngelten mit einem *Wusch* in die Luft und erreichten beinahe seine Hand. Maddox konnte die Scheine sehen, als die gelben Umschläge verbrannten. Der Anblick brach ihm das Herz. Dieses Geld hätte eine Menge seiner Probleme lösen sollen.

Alle standen da und beobachteten schweigend, wie das Geld zu Asche zerfiel.

Nachdem es unrettbar verschmort war, drehte Gina den Wasserhahn auf und löschte die restlichen Flammen. »Fühlt ihr euch mit dem Wissen, dass von diesem schmutzigen, sündigen, elenden Geld nichts mehr übrig ist, nicht alle viel besser?«

Maddox nicht, aber er log und behauptete: »Ja.«

»Gut. Ich jedenfalls fühle mich besser.«

»Dafür sind wir ja hergekommen. Buße.«

»Richtig, richtig. Hast du schon gesagt. Lust auf eine hypothetische Diskussion, Larry?«

»Klar.«

»Nehmen wir an, du stiehlst einen Apfel. Einen schönen, saftigen roten Apfel. Aber nehmen wir außerdem an, der Besitzer des Apfels erwischt dich, bevor du ihn essen kannst. Also gibst du ihn zurück. Würdest du sagen, damit hättest du Buße getan?«

Maddox erwiderte nichts.

»Oder nehmen wir an, du hast den Apfel bereits gegessen. Als dich der Besitzer erwischt, gehst du schnurstracks zum Markt und kaufst einen anderen Apfel. Einen besseren, saftigeren, röteren Apfel. Würde *das* als Buße zählen?«

»Ich finde, das würde es wiedergutmachen.«

»Möglich«, räumte Gina ein. »Aber wir reden hier nicht davon, das Universum wieder ins Gleichgewicht zu bringen. Wir reden davon, Buße zu tun. Vielleicht hast du auch nur das falsche Wort benutzt. Immerhin haben wir ja schon festgehalten, dass ihr alle nicht sonderlich schlau seid. Aber jetzt steht das Wort ›Buße‹ nun mal im Raum und lässt sich nicht zurücknehmen. Was ich mit diesem hypothetischen Beispiel sagen will: Das Geld zu verbrennen, das man euch dafür bezahlt hat, mir meine Schwester wegzunehmen, reicht nicht.«

»Was willst du dann?«

»Was hast du denn zu bieten?«

Maddox zuckte mit den Schultern. »Weiß nicht recht.«

»Ich hab 'ne Frage an euch alle drei. Jeder kann antworten. Als ihr in mein Haus gekommen seid, habt ihr da ernsthaft gedacht, ihr würdet den nächsten Sonnenaufgang erleben?«

Niemand antwortete.

»Kommt schon, seid nicht schüchtern«, drängte Gina. »Ich will eine Antwort. Habt ihr ernsthaft geglaubt, ihr würdet heute Nacht nicht sterben? Hattet ihr aus irgendeinem Grund den Eindruck, ich würde euch einen grässlichen, qualvollen, grauenhaften Tod ersparen?«

»Ich …«, setzte Maddox an.

»Ich mach bloß wieder Spaß«, sagte Gina. »Schon klar, im Moment hab ich die meisten Fäden in der Hand, von daher könnt ihr keine Entscheidungen treffen, die in eurem besten Interesse wären. Aber um den Spannungsbogen abzukürzen: Ja, ihr werdet alle drei sterben.«

Natürlich hätten sie diese Frau – Maddox' Verstand

weigerte sich, als »Schlampe« von ihr zu denken, obwohl er das Wort sonst andauernd benutzte – zu dritt mühelos überwältigen können. Aber Maddox hatte gar nicht die Absicht, sich ihr zu widersetzen, und er wusste, Heck und Fletcher würde es genauso gehen.

Er fürchtete sich vor dem Tod, dennoch verspürte er nicht den Drang, um sein Leben zu betteln. Wenn sie ihn töten wollte, tja, dann würde genau das passieren.

»Ich finde, in Anbetracht aller Umstände bin ich entschieden zu nett zu euch«, sagte Gina. »Ich unterdrücke eure Emotionen. Erscheint mir unfair, euch die nächtliche Horrorshow, die gleich abgehen wird, nicht in vollen Zügen empfinden zu lassen.«

Urplötzlich brach das gesamte Grauen der Situation ungefiltert über Maddox herein. Tränen flossen. Schamlos sank er auf die Knie und faltete die Hände, fast wie eine Zeichentrickparodie eines Menschen, der um sein Leben flehte.

»Bitte nicht«, sagte er schluchzend. »O Gott, bitte, bitte, bitte bringen Sie uns nicht um.« Auch Heck und Fletcher fielen auf die Knie.

»Hört schon auf damit, ihr erbärmlichen Scheißer«, fauchte Gina. »Zu eurem Glück bin ich nicht so verkommen wie ihr, also wird's für euch nicht so schlimm, wie es für meine Schwester war. Versteht mich nicht falsch – es wird trotzdem noch schrecklich genug.«

»Wir tun alles«, gelobte Fletcher.

»Gottverdammt richtig, das werdet ihr. Also, wer will als Erster?«

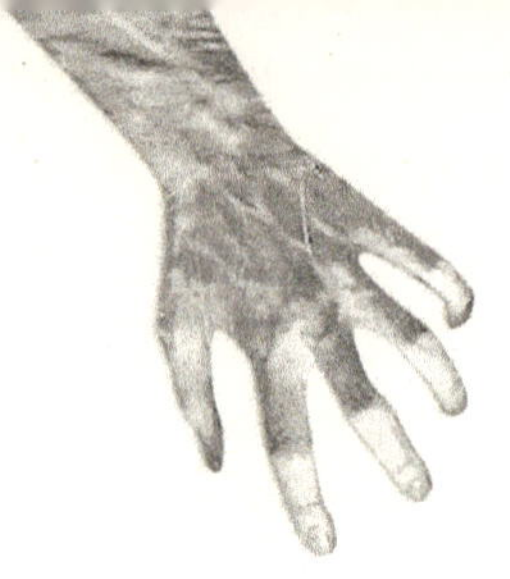

13

Adeline schloss die Augen und dachte, sie könnte beinahe einschlafen.

Plötzlich erwachte sie jäh und erschrocken. Sie hatte nicht mitbekommen, dass sie tatsächlich eingedöst war. Fühlte sich an, als hätte sie die Lider nur wenige Sekunden geschlossen gehabt. Das Wasser war lauwarm.

Der Schaum sah unverändert aus.

Sie hob die Hand. Keine schrumpeligen Finger.

Das Wasser schien kälter zu werden. Viel kälter.

Vor ihren entsetzten Augen bildeten sich Eiskristalle auf der Oberfläche. Kleine Eisbrocken trieben nach oben.

Sie war *eindeutig* eingeschlafen und in Wirklichkeit noch nicht wieder aufgewacht. Sofern sie sich nicht plötzlich in der Leere des Weltraums befand, gab es keine Umgebung, in der ein heißes Bad schlagartig so gefrieren konnte.

Und dann stellte sie fest, dass sie doch nicht träumte, weil das Wasser so kalt war, dass es ein heftiges Stechen auslöste.

Sie legte die Hände auf die Seiten der Wanne und stemmte sich hoch. Eissplitter klebten an ihrem Bauch. Ihre Beine waren derart durchgefroren, dass sie die Knie nicht strecken konnte, um sich aufzurichten. Das Wasser um sie herum wurde endgültig zu Eis, als sie um Hilfe schrie.

Paige zuckte erschrocken zusammen, als sie ihre Mutter lauthals nach Hilfe von ihrem Vater brüllen hörte.

Klang nicht so, als wollte sie bloß witzig sein. Tatsächlich klang sie aufrichtig verängstigt.

Paige sollte nachschauen gehen, was los war.

Aber könnte sie überhaupt etwas tun? Was, wenn sie die Lage nur verschlimmerte? Was, wenn sie ein heilloses Chaos anrichtete, indem sie aus ihrem Schlafzimmer stürmte?

Außerdem wollte sie sich ungern davon ablenken lassen, ihr Gesicht in Ordnung zu bringen. Das war eine wichtige Aufgabe, die intensive Konzentration erforderte.

Mutter oder Gesicht? Mutter oder Gesicht?

Ma war wichtiger. Paige würde tun, was immer sie könnte, um ihr zu helfen. Sie ließ die Schere vom Auge sinken.

Boyd warf die Decke beiseite, setzte sich auf und erhob sich von der Couch. Prompt verlor er das Gleichgewicht und stürzte auf den Hartholzboden. Er landete heftig auf dem rechten Arm, schien ihn jedoch nicht wirklich verletzt zu haben. Obwohl ihm plötzlich so schwindlig wurde, dass es sich schwer abschätzen ließ.

Ihm wurde speiübel.

Schweiß stand ihm auf der Stirn.

Als er versuchte, sich aufzurappeln, drehte sich der Raum wild um ihn. Aber wenn Adeline um Hilfe rief, konnte er nicht warten, bis der Schwindelanfall nachließ.

Er musste schleunigst auf die Beine, auch wenn er dabei gegen die Wand prallte.

Seine Arme und Beine funktionierten nicht richtig. Sein Körper fühlte sich an, als würde er von innen heraus verbrennen. Beinahe so, als wäre er schlagartig von einem gefährlich hohen Fieber befallen worden. Die schlimmsten Erkältungssymptome, die er je erlebt hatte, geballt auf einmal kombiniert.

Würde er sterben?

Er versuchte, nach Adeline zu rufen, doch sein Mund war so staubtrocken geworden, dass er außer einem matten Grunzen keinen Ton herausbrachte. Das Schwindelgefühl trat in den Hintergrund – seine Sicht wurde so verschwommen, dass er nicht einmal mehr wusste, in welche Richtung er blickte.

Vielleicht war er wirklich im Begriff zu sterben.

Allerdings hatte er nicht das Gefühl, er könnte jeden Moment die Besinnung verlieren. Er musste nur die Zähne zusammenbeißen und dagegen ankämpfen. Irgendwie Paiges Aufmerksamkeit erlangen, damit sie die Nummer des Notrufs wählte.

Bestimmt hatte auch seine ältere Tochter Adeline gehört, oder? Naomi trieb sich draußen herum, Paige hingegen befand sich in ihrem Zimmer, wo sie ihre Mutter selbst bei geschlossener Tür schreien hören musste. Paige würde die Lage retten. Schon bald würde ein Krankenwagen eintreffen.

Adeline knallte auf den Badezimmerboden. Eis bedeckte ihre gesamte untere Körperhälfte. Ein Teil der Kristalle zerbrach beim Aufprall, ein Teil bohrte sich in ihre gerötete Haut. Die Schmerzen waren unvorstellbar. Sie schnappte sich den unteren Zipfel eines Handtuchs und zog es vom Haken, damit ihre Töchter sie nicht splitternackt ausgestreckt auf dem Boden liegend zu Gesicht bekommen würden.

Ihre Beine bluteten an einigen Stellen, wo das Eis die Haut durchdrungen hatte, als sie auf den Fliesenboden gefallen war. Adeline warf das Handtuch über sich und rief erneut nach Boyd. Warum hatte er noch nicht reagiert?

»Paige! Komm rein hier, Schatz! Ich brauch dich!«

Adeline zwang sich, nicht zu schluchzen. Sie hatte schreckliche Angst, aber sie musste tapfer bleiben, bis sie wusste, was hier vor sich ging.

Was *konnte* nur vor sich gehen? Heißes Wasser in einer Wanne gefror nicht einfach so von einem Moment auf den anderen.

Sie würden aus diesem Albtraum von einem Haus verschwinden. Sofort. Und sie würden nie zurückkommen. Es war ihr egal, ob sie Leute bezahlen müssten, um ihre Sachen abzuholen, und ob sie Kreditkartenschulden anhäuften, indem sie in einem Hotel wohnten. Die Familie Gardner war fertig mit diesem Drecksloch.

Was, wenn bleibende Schäden an ihren Beinen entstanden waren? Was, wenn sie Erfrierungen hatte?

Gott, hatte sie höllische Schmerzen. Wo zum Teufel steckten Boyd und Paige?

»Paige! Komm rein hier, Schatz! Ich brauch dich!«

Paige öffnete zwar die Tür, blieb aber stehen, bevor sie ihr Zimmer verließ. Ja, ihre Mutter brauchte Hilfe.

Warum hatte ihr Dad nicht auf ihre Schreie reagiert? Paige musste haarklein in Erfahrung bringen, was vor sich ging, und dann tun, was immer sie konnte, um beiden zu helfen.

Aber was, wenn sie sich von ihr abgestoßen fühlten?

Was, wenn sie hinausginge und Ma und Dad von ihrem grässlichen Aussehen so angewidert wären, dass sie Paige wegschickten? Zwar hatten sie das noch nie gemacht, doch das war keine Garantie dafür, dass ihnen nicht plötzlich klar werden konnte, was für ein Monster sie zur Tochter hatten.

Paige konnte sich nicht überwinden. Sie konnte ihr Zimmer nicht verlassen.

Sie drehte sich zurück zum Spiegel. Am liebsten hätte sie mit den Fäusten darauf eingedroschen, ihn zerschlagen.

Allerdings könnte sie dann nicht sehen, wie sie die Kontaktlinse vorsichtig mit der Schere von oberhalb ihres Auges entfernte. Eigentlich verdiente sie ein scharfes Stück Metall tief in die Augenhöhle gerammt, aber das wollte sie sich nicht antun.

Sie würde nur das Augenlid abschneiden. Es musste weg, damit sie die Kontaktlinse erreichen konnte. Paige konnte sich aufrichtig nicht erklären, warum der Arzt nicht daran gedacht hatte. Vielleicht war er von ihrem grausigen Aussehen so abgelenkt gewesen, dass er vergessen hatte, seine Arbeit zu tun.

Sie zuckte zusammen. Es fühlte sich an, als würde sich die Linse um ihren Augapfel herum verengen. Sich zusammenziehen wie eine Schlange, die ihr Opfer würgt.

Was, wenn sie ihr Auge quetschte, bis ein Spritzer

Glibber quer durch den Raum schösse und auf den Spiegel klatschte? Sie musste das Ding herausholen.

Paige holte tief Luft, wappnete sich dafür, was getan werden musste, und trat ihre Zimmertür zu.

Boyd konnte nicht mit Sicherheit sagen, ob er sich in die Richtung von Adelines Stimme schleppte. Er glaubte es lediglich. Aber nicht nur, dass seine Sicht von verschwommen zu fast vollständig schwarz verkommen war, er hatte zudem ein so lautes Klingeln in den Ohren, dass Adeline klang, als wäre sie kilometerweit entfernt.

Sein Schädel knallte gegen die Wand. Er konnte weder anhand der Schmerzen noch anhand des Geräuschs abschätzen, wie hart er sich den Kopf angeschlagen hatte.

Wieder versuchte er, Adeline mitzuteilen, dass er unterwegs war, obwohl es streng genommen gelogen wäre. Spielte keine Rolle, er konnte ohnehin nicht sprechen.

Er hatte sogar Mühe zu atmen.

Boyd war beinahe überzeugt davon, dass er sterben würde. Und dazu fühlte er sich noch nicht bereit. Seine Töchter waren zu jung. Adeline brauchte seine Hilfe. Er durfte nicht hier auf dem Boden liegend abnippeln, heimgesucht von einer Krankheit, die er sich nicht einmal erklären konnte.

Boyd biss die Zähne zusammen – und glaubte, er könnte sich auf die Zunge gebissen haben. Er schmeckte Blut, spürte aber keine Schmerzen. Mühsam kroch er weiter. Es fühlte sich nach vergeblicher Liebesmühe an, denn wem würde er in diesem Zustand etwas nützen? Aber er konnte auch nicht einfach auf den Tod warten.

In seinem Schädel hämmerte es so heftig, dass er den Eindruck hatte, es könnte buchstäblich etwas versuchen, daraus auszubrechen. Buchstäblich. Bei allem, was bisher geschehen war: Wieso sollte sich nicht eine winzige Kreatur darin befinden, die mit klauenbewehrten Fäusten gegen die Knochen drosch und sie mit jedem Schlag ein wenig mehr splittern ließ? Bald würde der kleine Penner seinen Schädel zertrümmert haben, sich herauszwängen und davonwieseln, um Verwüstung anzurichten.

Wäre es *wirklich* so schlimm, wenn Boyd sofort stürbe?

Ja. Er war noch nicht bereit abzutreten.

Nur war er nicht sicher, ob er eine Wahl hatte.

Adeline klammerte sich am Waschbecken fest und zog sich in eine stehende Position. Obwohl ihre Beine nicht mitspielen wollten, gelang es ihr, aufrecht zu bleiben. Sie ließ das Waschbecken für ein paar Sekunden los, weil sie ausloten wollte, ob sie sofort das Gleichgewicht verlieren und wieder auf den Fliesenboden klatschen würde. Tat sie nicht.

»Im Ernst jetzt, Boyd! Wo steckst du? Ist alles in Ordnung?«

Das Handtuch fiel zu Boden. Sie würde sich nicht länger damit plagen, es um den Körper gewickelt zu halten.

Befand sich ihr Handy im Schlafzimmer oder im Wohnzimmer? Sie konnte sich nicht erinnern, ob sie es nur weggelegt oder zum Aufladen angeschlossen hatte.

Schlafzimmer. Adeline war sich ziemlich sicher.

Sie setzte sich einen Schritt in Bewegung. Ihre Knie wackelten zwar, aber sie fiel nicht.

Zwei weitere Schritte aus eigener Kraft gelangen ihr. Einige Eisstücke rutschten von ihr herunter und die Schmerzen legten sich ein wenig. Bestimmt würde es ihr gleich wieder gut gehen. Und als auch die Panik nachließ, vermutete sie, dass Boyd und Paige lediglich nach draußen zu Naomi am Koiteich gegangen waren. Was nicht bedeutete, dass sie nicht trotzdem schleunigst aus diesem Haus verschwinden würden …

Mittlerweile befand sie sich der Tür nahe genug, um sich am Rahmen abzustützen. Sie trat hinaus in den Flur. Am anderen Ende lag Boyd im Wohnzimmer auf dem Boden, schweißgebadet, die Haut leichenblass, die Augen weit aufgerissen.

»Boyd!«

Er schaute auf, allerdings in die falsche Richtung.

Dann übergab er sich. Adeline vermochte nicht zu sagen, wie viel davon Chicken Caesar Salad war. Jedenfalls sah sie auch eine ganze Menge Blut.

Mama und Papa hatten Naomi davor gewarnt, in den Teich zu waten oder sich auch nur zu weit darüber zu beugen. Sie fand das eine dumme Warnung. So flach, wie der Teich war, könnte nicht mal ein Baby darin ertrinken. Trotzdem hatte Naomi ihnen versprochen, sie würde artig sein.

Mittlerweile war sie nicht mehr so sicher, ob sie ihr Versprechen auch halten wollte.

Sie würden merken, dass sie im Teich gewesen war, weil ihre Kleidung nass sein würde. Aber wenn sie gleich danach ins Haus eilte und sich umzöge, bevor ihre Eltern sie sähen, könnte sie damit davonkommen. Sie würde darauf achten müssen, keine nassen Fußabdrücke auf dem Boden zu hinterlassen.

Naomi steckte den Zeigefinger ins Wasser.

Sehr kalt. Darin zu planschen, würde vielleicht nicht so spaßig sein, wie sie gedacht hatte.

Vom Grund stiegen Blasen auf. Das kam ihr merkwürdig vor. Woran lag das? Immer mehr Blasen erschienen, als würde das Wasser zu kochen anfangen, obwohl es sich nach wie vor kalt anfühlte. Sicherheitshalber zog Naomi den Finger heraus.

Sternenstaub, ihr Lieblingsfisch, drehte sich auf den Rücken und trieb an die Oberfläche.

Naomi schnappte nach Luft. War er tot?

Dann tat Billy dasselbe. Naomi wusste haargenau, dass Fische tot waren, wenn sie so schwammen. Aber sie wollte es nicht wahrhaben.

War das ihre Schuld? Hatte sie das Wasser vergiftet, als sie den Finger hineingesteckt hatte? Ob Mama und Papa deshalb gesagt hatten, sie müsse sich davon fernhalten?

Die anderen drei Fische drehten sich herum und trieben mit dem Bauch nach oben, alle gleichzeitig.

Es *musste* Naomis Schuld sein.

Das Wasser blubberte immer noch. Nicht so, wie wenn jemand Makkaroni mit Käse kochte, sondern als steter Strom winziger Bläschen.

Sternenstaubs Haut schälte sich.

Alle fünf Fische lösten sich auf. Schuppen trieben neben ihnen. Blut und Eingeweide ergossen sich aus den Körpern und vermischten sich mit dem Wasser.

Naomi stand vor Grauen wie erstarrt da.

Es dauerte nicht lange, bis von ihren neuen Haustieren nur noch durch Gräten verbundene Fischköpfe und Schwänze verblieben. Der Koiteich, bis vor wenigen Minuten noch ihr liebster Teil des neuen Hauses, enthielt Fischsuppe.

Es roch *fürchterlich.*

Faulig.

Und im Wasser bewegte sich etwas anderes.

Boyd wischte sich den Mund am Ärmel ab. Blut zu erbrechen war ein Zeichen dafür, dass etwas ganz und gar nicht stimmte. Allerdings fühlte er sich plötzlich wesentlich besser, wie beim Abflauen eines Fiebers. Er konnte klar sehen. Sein Schädel hatte zu pochen aufgehört. Er konnte wieder zusammenhängend denken.

Ein Schrei.

Adeline und er wirbelten gleichzeitig zu Paiges geschlossener Tür herum.

Die Tür öffnete sich, und Paige stolperte heraus in den Flur, in einer Hand eine Schere, die andere Hand fest über ihr Auge gepresst.

»Ich weiß nicht, was ich getan hab!«, heulte sie. *»Ich weiß nicht, was ich getan hab!«*

Boyd rappelte sich auf und eilte zu ihr. Adeline, die aus ihrem Schaumbad gesprungen sein musste, ohne sich die Zeit zu nehmen, ein Handtuch um sich zu wickeln, humpelte ebenfalls zu ihnen.

»Lass mal sehen«, sagte Boyd.

»Ich glaub, ich hab mich verletzt!«

»Nimm die Hand weg, Paige.«

»Schatz, nimm die Hand weg«, sagte Adeline.

»Zieh dir was an«, forderte Boyd sie auf. »Ich mach das schon. Paige, Liebes, nimm die Hand weg, damit wir sehen können, was los ist.«

Paige fing zu schluchzen an. »Ich hab nicht klar gedacht! Sonst würd ich mir so was niemals antun! In meinem Kopf war alles durcheinander!«

Boyd legte die Finger um ihre Hand und zog sie weg von ihrem Gesicht.

Unwillkürlich schnappte er beim Anblick des Blutes nach Luft. »O Scheiße.«

»Hab ich mir ins Auge geschnitten?«

Jedenfalls hatte sie sich seitlich ins Augenlid geschnitten. *Mit einer Schere? Hat sie sich die Klinge echt unters Augenlid geschoben?* Aber es hing nicht lose herunter. Vielleicht gar nicht so schlimm, wie es aussah. Allerdings zappelte sie viel zu sehr, um erkennen zu können, ob sie sich ins Auge selbst geschnitten hatte oder nicht.

»Halt den Kopf still«, sagte Boyd zu ihr.

»Ich weiß nicht, warum ich's getan hab.«

»Ist schon gut, Liebes. Ich hab auch die Kontrolle über mich verloren. Irgendwas stimmt hier nicht, es war nicht deine Schuld.«

Adeline kam in einer Jogginghose aus dem Badezimmer und war noch dabei, das T-Shirt anzuziehen, das sie vor ihrem Bad getragen hatte. »Wie geht's ihr?«

»Ist vielleicht gar nicht so schlimm«, sagte Boyd. Adelines Japsen, wesentlich lauter als zuvor sein eigenes, trug nicht dazu bei, ihre Tochter davon zu überzeugen. Die Menge an Blut war beunruhigend, dennoch bedeutete sie nicht, dass ein dauerhafter Schaden entstanden war.

»Ich will's nicht anfassen und sie vielleicht noch mehr verletzen.«

»Fahren wir zur Notaufnahme. Mit euch allen beiden.«

Boyd nickte. »Warum hast du eigentlich nach uns gerufen?«

»Ich bringe Paige schon mal ins Auto. Wirf du noch einen schnellen Blick ins Badezimmer.«

Boyd konnte sich nicht vorstellen, was im Badezimmer wichtiger sein konnte – und sei es nur für einen flüchtigen Blick – als Paige schleunigst ins Krankenhaus zu bringen. Mit flinken Schritten lief er den Flur hinunter. Dabei staunte er darüber, wie schnell er sich erholt hatte, nachdem er sich nur Augenblicke vom Tod entfernt gewähnt hatte. Er schaute ins Badezimmer.

Auf dem Boden lagen mehrere Eisbrocken. Er ging hinein, um genauer hinzusehen. Das Wasser in der Wanne war vollständig gefroren.

Das war … nicht normal.

Draußen kreischte Naomi.

Eine Hand kam aus dem trüben Wasser, obwohl der Koiteich nicht annähernd tief genug war, dass sich jemand darin verstecken könnte. Das konnte nur dann wirklich geschehen, wenn Naomi einen Arm sah, der an keinem Körper mehr befestigt war.

Irgendwie sah es so aus, als könnte die Hand aus Wasser sein. Denn Naomi konnte ein wenig hindurchsehen.

Dann stieg ein Mann aus dem Teich. Ein Mann in voller Größe. Sogar viel größer und kräftiger als Papa, und sein Kopf war völlig kahl.

Naomi glaubte nicht, dass er aus Wasser bestand. Sie hielt ihn vielmehr für einen Geist. Zwar hatte man ihr so oft gesagt, dass es Geister nicht gab, dass sie es letztlich geglaubt hatte; andererseits musste sie auch darauf vertrauen, was sie direkt vor ihren Augen hatte.

Schließlich stand der Mann am Rand des Teichs. Es tropfte kein Wasser von ihm. Er sah sich um, als könnte er sich nicht erklären, wie er hierher geraten war. Dann richtete er den Blick auf Naomi.

Sein Mund öffnete sich, als wollte er ihr etwas sagen.

Dann gab er keuchende Laute von sich, als würde er ersticken. Er legte sich die Hände um den Hals und krümmte sich vornüber.

Da wurde Naomi klar, dass es an der Zeit war, zu kreischen und die Flucht zu ergreifen.

14

Davor

»Ihn!«, brüllte Maddox und zeigte auf Fletcher. »Bring ihn zuerst um!«

Heck nickte vehement. »Ja! Ja! Er verdient es am meisten!«

Fletcher öffnete den Mund, als wollte er sich verteidigen. Dann jedoch weinte er stattdessen nur stumm. Der Anblick des großen Kerls auf den Knien, dem die Tränen übers Gesicht strömten, während seine Schultern zitterten, gehörte mit zum Erbärmlichsten, was Maddox je gesehen hatte. Er hoffte, Gina würde damit einverstanden sein, Fletcher als Ersten zu töten.

»Klappe halten, alle beide!«, fauchte Gina. »Ich hab um Freiwillige gebeten, nicht um Vorschläge.«

»Ich schwöre, wir werden nichts darüber sagen, was ...«, begann Maddox.

»Halt. Sofort aufhören. Ihr könnt gern betteln, heulen, winseln, euch anpinkeln und tun, was immer ihr wollt, um eure Angst auszudrücken. Aber beleidigt nicht meine Intelligenz, indem ihr lügt und behauptet, ihr würdet hier einfach rausspazieren und nie wieder davon sprechen. *Ihr* seid die Bescheuerten, nicht ich. Vergesst das nicht. Entschuldige dich.«

»Es tut mir leid«, sagte Maddox.

»Ungeachtet dessen: Ja, ich glaube, Mr. Cliff Fletcher wird das erste Opfer der Nacht werden.«

Fletcher kippte nach vorn, bis sein kahler Schädel beinahe den Boden berührte.

»Danke«, stieß Maddox hervor, so benommen vor Erleichterung, dass ihn nicht einmal störte, wie lächerlich es war, ihr zu danken. »Vielen Dank.«

»Wir sollten besser nach draußen gehen«, meinte Gina. »Meine Nachbarn stecken zwar die Nase grundsätzlich nicht in meine Angelegenheiten, aber sie wohnen nah genug, um euch draußen schreien zu hören. Also ersuche ich euch, die Lautstärke gedrosselt zu halten. Das könnt ihr doch, oder?«

»Können wir«, bestätigte Heck. »Können wir, versprochen. Wir geben keinen Mucks von uns.«

»Aufstehen, alle miteinander«, befahl Gina. »Ich weiß, ihr habt Angst, aber versucht wenigstens, euch ein wenig Würde zu bewahren.«

Rasch rappelten sich Maddox, Heck und Fletcher auf.

»Gehen wir. Es ist schon spät, und ihr werdet eine ganze Weile leiden, also sollten wir besser in die Gänge kommen.«

Sie folgten ihr den Flur hinunter. Gina öffnete die Haustür. Die Männer trabten hinter ihr her nach draußen und um die Seite des Hauses zum Koiteich.

»Steig in den Teich«, verlangte Gina von Fletcher. »Keine Sorge, die Fische beißen nicht.«

»Muss ich?«, fragte Fletcher mit kleinlauter, verängstigter Stimme.

»Was glaubst du wohl?«

Fletcher watete in die Mitte des Teichs. Selbst an der tiefsten Stelle reichte ihm das Wasser nicht einmal bis zu den Knien. Der arme Teufel tat Maddox zwar leid, trotzdem fand er es richtig, dass er als Erster sterben würde. Dumm gelaufen für ihn.

»Das wäre zwar am tiefen Ende eines Swimmingpools einfacher, aber wir können auch damit arbeiten. Du wirst Folgendes für mich tun, Cliff: Du wirst dich ertränken.«

Fletcher schüttelte den Kopf.

»Sagst du etwa Nein zu mir?«

»Bitte, Gina. Es muss doch eine andere Möglichkeit geben.«

»Die gibt es. Zwei andere Möglichkeiten sogar. Und damit meine ich die viel schlimmeren Todesarten deiner Freunde. Du wirst nicht mehr leben, um dich glücklich schätzen zu können, aber glaub mir, du kommst noch einfach davon.«

»Okay.«

»Nicht dass Ertrinken eine erstrebenswerte Todesart wäre, weit gefehlt. Wenn das kalte Wasser anfängt, in deine Lunge einzudringen, wirst du dich alles andere als wohlfühlen, das kannst du mir glauben. Es ist eine schreckliche Art abzutreten, ganz schrecklich. Hol noch mal tief Luft, bevor du den Kopf ins Wasser tunkst. Dadurch lebst du ein kleines bisschen länger. Weißt du, wenn du den Atem längere Zeit anhältst, setzt Panik ein. Nur wenig verursacht eine so blanke Panik wie das Ertrinken. Du wirst den Kopf aus dem Wasser heben wollen. Nur eines sollte dir klar sein: Wenn du's tust, werd ich so wütend, dass sich das Schicksal deiner Freunde neben deinem Tod so ausnehmen wird, als wären sie nach einer Nacht voll spitzenmäßigem Sex friedlich entschlafen. Heb also den Kopf *nicht* aus dem Wasser. Mir egal, wie panisch du wirst, wie sehr es in deiner Lunge brennt oder wie sehr sich deine Brust anfühlt, als würde sie gleich explodieren – du behältst den Kopf unter Wasser. Hast du mich verstanden?«

»Verstanden«, bestätigte Fletcher, der sich dabei anhörte wie ein ausgeschimpfter Fünfjähriger.

»Hast du noch irgendwelche letzten Worte? Falls ja, behalt sie gefälligst für dich. Ich will sie nicht hören. Und jetzt ertränk dich.«

Fletcher kniete sich in den Teich und tauchte den Kopf ins Wasser.

»So ist's gut, du mordlüsternes Stück Müll. Schnapp ruhig da unten nach Luft. Saug das Wasser ein.« Statt laut zu sprechen, um auch unter Wasser gehört zu werden, flüsterte Gina. Die Worte waren eindeutig für sie selbst gedacht. »Qualen. Ich will, dass du unter *Höllenqualen* krepierst.«

Ihre Stimme wurde noch leiser, so leise, dass Maddox nicht mehr hören konnte, was sie sagte. Aber ihr Auge zuckte zornig, eindeutig weniger ein Ausdruck von gehässigem Spott als vielmehr von schlichter Wut.

Fletchers Körper begann zu strampeln und zu zucken.

»Bleib unter Wasser«, ermahnte ihn Gina.

Die Zuckungen wurden heftiger und heftiger.

Maddox glaubte nicht, dass er sich selbst ertränken könnte. Es spielte keine Rolle, ob einen über dem Wasser eine schlimmere Strafe erwartete – wenn man nicht atmen konnte, wollte man um jeden Preis Luft.

»So ist's gut – leide!«, rief Gina, die sich keine Mühe

mehr gab, leise zu sprechen. »Leide, du Dreckschwein. Ich hoffe, es tut weh. Ich hoffe, es tut *beschissen* weh.« Sie wischte eine Träne weg.

Nach einer kaum mit anzusehenden Weile hörte Fletcher endlich auf, sich zu rühren. Sein Körper trieb mit dem Gesicht nach unten regungslos auf der Oberfläche.

»Wie gesagt, meine Nachbarn kümmern sich zwar grundsätzlich um ihren eigenen Kram, trotzdem sollte ich keine Leiche in meinem Koiteich herumtreiben lassen«, meinte Gina. »Außerdem bin ich mir nicht sicher, ob die Fische anfangen würden, den Kadaver zu fressen. Muss ja nicht noch grausiger werden, als es schon ist. Könntet ihr ihn wohl rausholen? Zieht ihn einfach an die Seite. Um die Leiche kümmere ich mich, nachdem ihr beide tot seid.«

Maddox und Heck wateten platschend in den Teich. Jeder packte einen von Fletchers Armen.

Als sie die Leiche aus dem Teich schleiften, hoffte Maddox, Gina würde bemerken, dass er sich mehr Mühe gab. Hoffentlich würde sie ihn belohnen, indem sie Heck zuerst tötete.

»So ist's gut«, lobte Gina, als sie den Toten ins Gras schleppten. »Ich wollte ihn nicht ganz aufgedunsen und angenagt sehen. Gehen wir wieder rein.«

Maddox und Heck folgten ihr ins Haus. Gina erkundigte sich, ob sie ihnen etwas zu trinken machen sollte, doch Maddox wusste, sie wollte sie nur verarschen.

»Kellerzeit!«, verkündete Gina. »Dort beginnt eure Buße.«

Sie stiegen die Treppe in den Keller hinunter. Maddox gefiel der Anblick der großen auf dem Betonboden ausgebreiteten Plastikplane nicht. Ebenso wenig gefiel ihm der Anblick der Axt. Er wollte etwas Lustiges sagen, um die Stimmung aufzulockern, vielleicht wie sehr ihn überraschte, dass sie im Keller Brennholz hackte. Allerdings wollten sich die Worte in seinem Gehirn nicht zusammenfügen.

»Ich muss euch warnen, es wird gleich ziemlich grausig«, kündigte Gina an. »Hector wird in Kürze einige seiner jüngsten Lebensentscheidungen bedauern.«

»Ich war's nicht«, beteuerte Heck. Er zeigte auf Maddox. »Er hat alles eingefädelt! Ohne ihn wär das alles nie passiert!«

»Deshalb bist du auch derjenige, der zerstückelt wird«, erklärte Gina. »Sobald du die Arme und Beine los bist, wirst du recht schnell verbluten. Vermute ich zumindest. Hab so was noch nie gemacht.«

»Ich kann nicht«, sagte Heck. »Ich kann das nicht.«

»Hast du gedacht, ich will, dass du dich *selbst* in Stücke hackst?« Gina kicherte. »Eine Hand oder ein Fuß, ja, vielleicht. Aber ich wüsste nicht, wie das darüber hinaus funktionieren sollte. So was Verkommenes würde ich nie von dir verlangen.«

Sie ging zur Axt hinüber und ergriff sie.

»Leg dich auf den Boden«, befahl sie. »Hampelmann.«

»Ich weiß nicht, was das heißt.«

»Hampelmann?«

»Genau.«

»Wirklich? Ich dachte, das wüsste jeder. Bin mir ziemlich sicher, das ist kein regionaler Begriff. Es bedeutet, du streckst die Arme und Beine von dir, als würdest du einen Schnee-Engel machen, nur bewegst du sie nicht.«

Heck legte sich mit dem Gesicht nach unten auf die Plane und streckte alle viere von sich.

»O nein, nein, nein. Du musst sehen, was auf dich zukommt. Dreh dich um.«

Heck drehte sich um. Maddox war sich nicht sicher, ob sich Heck den Anblick der auf ihn herabsausenden Axtklinge ersparen wollte oder ob ihn niemand weinen sehen sollte. Maddox persönlich kümmerte es längst nicht mehr, ob ihn jemand weinen sehen würde.

Gina wandte sich an ihn. »Sei so gut und schnapp dir die Rolle Klebeband, die da drüben im Regal liegt, ja? Ich bin mir sicher, dein Freund wird Lärm veranstalten, und wenn er sich noch so redlich bemüht, tapfer zu sein.«

Maddox ging hinüber und holte die Rolle Klebeband. Er reichte sie ihr.

»Ein Gentleman würde anbieten, das für mich zu erledigen.«

»Entschuldigung.« Maddox kniete sich neben Heck und klebte ihm den Mund zu.

»Danke. Behalt die Rolle griffbereit; wir werden sie demnächst noch mal brauchen. Und jetzt bitte runter von der Plane.«

Maddox stieg von der Plane. Er wollte nicht sehen, was gleich passieren würde, aber er wusste, dass Gina ihn zum Zusehen zwingen würde. Hatte also keinen Sinn, auch nur so zu tun, als könnte er wegschauen.

Gina trat hinüber zu Heck. »Wir wissen beide, dass es wehtun wird. Da will ich dir gar nichts vormachen. Kannst dich trotzdem glücklich schätzen. Du bist der Psychopath, nicht ich. Denn ich könnte dir auch erst die Finger einzeln abhacken, dann die Zehen, die Ohren und anschließend den widerlichen, verseuchten Pimmel. Aber zu so einem Maß an Folter bin ich nicht bereit.« Sie holte mit der Axt über dem Kopf aus. »Wir halten es einfach.«

Sie hieb die Axt auf seinen rechten Arm, traf ihn knapp unterhalb der Schulter. Gedämpft durch das Klebeband schrie Heck auf. Obwohl Maddox beim Massakrieren von Ginas Schwester weitaus Schlimmeres gesehen hatte, schnappte er scharf nach Luft und legte die Hand über den Mund. Gina wand die Axt hin und her, um den Arm vollständig vom Rumpf abzutrennen.

Gleichzeitig rügte sie Heck. »Niemand hat gesagt, dass du die Augen schließen darfst«, sagte sie zu ihm. »Aufmachen. Sieh ruhig zu, wie du verblutest. Sieh zu, wie jeder gottverdammte Tropfen aus deinem Körper fließt.«

Heck öffnete die Augen.

»So ist's gut, du verdorbenes Stück Scheiße. Kein Wegschauen. Kein Rückzug an einen inneren Zufluchtsort.«

Sie drosch die Axt auf den anderen Arm. Diesmal erwischte sie ihn knapp über dem Ellbogen. Maddox hatte mit dem Klebeband gute Arbeit geleistet. Es blieb auf dem Mund. Die Nachbarn würden nichts hören. Er hoffte, es würde Gina auffallen und ihm ihre Anerkennung einbringen.

»Ich könnte kranke Dinge mit deinen abgetrennten Armen anstellen«, sagte Gina. »Abstoßende, geistesgestörte Dinge. Werd ich aber nicht. Halt dir eins vor Augen: *Das hier könnte schlimmer sein.*«

Heck sah nicht so aus, als wäre er ihrer Meinung.

»Als Nächstes sind deine Beine dran«, ließ Gina ihn wissen. »Ich werd mich zwar bemühen, kann aber nicht versprechen, dass ich sie mit einem Hieb abhacken kann.

Dein Kumpel hier könnte es vielleicht. Allerdings würde ich von ihm nichts verlangen, das eure Freundschaft beeinträchtigen könnte.«

Damit hievte sie die Axt hoch über den Kopf und ließ sie auf seinen linken Oberschenkel niedersausen. Das Blatt sank tief ins Fleisch, jedoch nicht annähernd tief genug, um die Gliedmaße abzutrennen. Gina zerrte die Axt aus seinem Bein. »Ich werd versuchen, dieselbe Stelle zu treffen«, versprach sie, als sie erneut ausholte.

Wuchtig schlug sie abermals zu. Und traf *nicht* dieselbe Stelle.

Es bedurfte mehrerer weiterer Anläufe, um das Bein abzutrennen. Gina wischte sich Blut aus dem Gesicht und schaute zu Maddox. »Das ist ja anstrengender, als ich erwartet hatte. Keine Ahnung, wie das Holzfäller den ganzen Tag durchhalten.«

Heck hatte die Augen immer noch offen, weit aufgerissen vor Grauen.

»Ich werd mir Mühe geben, es beim anderen Bein besser hinzubekommen«, gelobte Gina außer Atem. »Allerdings werden mir allmählich die Arme schwer. Gut möglich also, dass ich's eher schlechter hinkriege.«

Und tatsächlich: Sie bekam es schlechter hin. Aber soweit Maddox es beurteilen konnte, war Heck bereits verblutet, bevor sie fertig wurde. Die letzten sechs oder sieben Schwünge spürte er nicht mehr.

»Ich wollte ihn ja nicht grundlos verstümmeln, aber die Arbeit erscheint mir unvollendet, solange sein Kopf noch dran ist«, sagte Gina. Sie drosch die Axt auf seinen Hals und enthauptete ihn mit einem einzigen Hieb. Danach warf sie die Axt zu Boden.

Ginas Schuhe verursachten nasse, schmatzende Geräusche, als sie über den Rand der Plane zu Maddox ging. Blut troff von ihrer Kleidung.

»Ich muss ein Päuschen einlegen«, verkündete sie. »Bin nicht mehr so jung, wie ich mal war.«

»Schon gut«, meinte Maddox.

Mehrere Minuten lang stand sie da und verschnaufte. Maddox würde sterben. Auf grausame Art und Weise. Und er konnte nichts tun, um es zu verhindern.

»Hast du Kinder?«, fragte Gina.

»Einen Sohn.«

»Lebt er bei dir?«

»Nein.«

»Siehst du ihn je?«

»Nicht wirklich.«

»Dann wird es sein Leben wohl nicht groß beeinträchtigen, wenn er keinen Vater mehr hat, oder?«

»Schätze, nicht.«

»Hast du Angst, Larry?«

»Ja.«

»Wie viel Angst?«

»Nach allem, was Sie mit Fletcher und Heck gemacht haben? Was glauben Sie wohl?«

O Kacke – er hoffte, das war nicht unhöflich rübergekommen.

»Ich wünschte, ich könnte abstellen, was ich mit deinem Geist mache«, verriet Gina. »Es verringert nämlich deine Angst. Ganz gleich, wie sehr du dich gerade fürchtest, es ist nicht mal ein Bruchteil des Grauens, das du erleben würdest, wenn du nicht meine Marionette wärst. Ich hätte zu gern, dass du in vollem Umfang mitbekommst, was mit dir passiert – aber natürlich würdest du dann zu gefährlich für mich. Schließlich kann ich nicht zulassen, dass du dich wehrst und entkommst, oder?«

»Ich würde mich nicht wehren«, behauptete Maddox.

»Also wirklich – das stimmt nicht, wie wir beide wissen. Meinen Armen geht's inzwischen besser. Ich finde, es ist an der Zeit, sich wieder an die Arbeit zu machen. Ich hab keine Lust, zwei separate Sauereien aufzuräumen. Deshalb wirst du dich neben deinen Freund legen müssen.«

Maddox ging hinüber zu Hecks zerstückeltem Leichnam. Er schob mit dem Fuß Hecks rechten Arm und rechtes Bein beiseite, bevor er sich in die Blutlache neben den Rumpf legte. Sofort durchtränkte das rote Nass die Rückseite seiner Kleidung. Wenigstens war es warm und gelangte nicht in seine Ohren.

»Ich hoffe, es ist nicht zu nass und klebrig«, sagte Gina. »Weißt du, was ich mag, Larry?«

»Was?«

»Ich mag Knochen. Und das ist keine versteckte Anspielung auf ein steifes Glied. Ich meine buchstäblich Knochen. Die haben mich schon immer fasziniert. Ich finde, sie sind wunderschön. Was meinst du?«

»Ja.«

»Du musst mir nicht zustimmen. Ich weiß, dass es eine Schrulle ist.« Gina ging zu einem der Regale. »Ich will deine Knochen sehen, Larry. Im Moment ist mein Plan, alle 206 freizulegen. Bis ich fertig bin, könnte mein Ehrgeiz allerdings nachgelassen haben.«

»Sie wollen mich aufschneiden?«

Gina schüttelte den Kopf. »Nicht so präzise. Wir sind hier nicht bei einer Operation.« Sie griff sich einen Schürhaken. »Ich hab keinen Kamin. Aber ich wusste, dass ihr kommen würdet. Deshalb hab ich mir eigens dieses Teil gekauft. Das Preisetikett ist sogar noch dran.«

»Müssen Sie das wirklich tun?«, fragte Maddox.

»Ich bemühe mich, es nicht zu zeigen, aber ich bin sehr, sehr verärgert. Wenn du bescheuerte Fragen stellst, verärgerst du mich noch mehr. Ja, ich hab vor, mit diesem Schürhaken auf dich einzuprügeln, bis deine Knochen durch das Fleisch ragen. Daher spielt es wohl aus deiner Sicht keine große Rolle, ob ich wütend bin oder nicht. Aber trotzdem: Wenn du schon sterben musst, warum dann mit offenkundiger Dummheit abtreten?«

»Ich finde nicht, dass die Frage so dumm ist. Es muss doch eine Möglichkeit geben, wie wir uns einigen können. Ich könnte Ihr persönlicher Diener werden.«

»Was für ein Angebot. Ich könnte jeden wachen Augenblick in der Gegenwart von jemandem verbringen, den ich verachte. Nein, tut mir leid, kein Interesse.« Gina seufzte. »Aber da ich jetzt deine Dämlichkeit kritisiert habe, ist mir klar geworden, dass ich einen Schritt übersprungen habe. Ich kann ja nicht sehen, wie deine Knochen durch die Haut stoßen, wenn du Kleidung trägst. Du musst dich also hinsetzen und sie ausziehen.«

Maddox setzte sich auf. Blut lief seinen Rücken hinab.

»Das hat nichts damit zu tun, dass ich pervers bin oder so. Also behalt die Unterwäsche an. Aber der Rest muss runter.«

Langsam öffnete Maddox die Schnürsenkel, zog die

Schuhe aus und warf sie von der Plane. Als Nächstes entledigte er sich der Socken und warf auch sie beiseite.

»Schneller«, drängte Gina. »Wir haben's zwar grundsätzlich nicht eilig, aber wenn du dich so langsam ausziehst, fühlt sich das widerlich wie Verführung an.«

Maddox stand auf und streifte den Rest seiner Kleidung bis auf die blutgetränkten Boxershorts ab.

»Perfekt. Jetzt leg dich wieder hin.«

Maddox legte sich zurück ins Blut. Er spürte einen kleinen Fleischbrocken unter dem Schulterblatt und fragte sich, ob Gina wohl aufgebracht wäre, wenn er sich noch einmal aufsetzte und ihn wegschieben würde. Maddox beschloss, es lieber nicht zu riskieren.

Sie tippte mit der Spitze des Schürhakens gegen sein Schienbein. »Ich denke, das wäre einer der schmerzhaftesten Knochen, den man zertrümmern kann. Siehst du das auch so?«

»Ja.«

»Hab das Klebeband vergessen. Irgendwie scheine ich es nicht auf die Reihe zu kriegen, was?« Sie zog ihn nicht auf. Gina wirkte aufrichtig verärgert über ihre Zerstreutheit. Sie ging hinüber, holte das Klebeband und brachte es zu Maddox. »Du weißt, was zu tun ist.«

Maddox setzte sich auf und wickelte sich das Klebeband dreimal um den Kopf, um sicherzustellen, dass es sich nicht lösen würde. Dann gab er es ihr zurück und legte sich wieder in die rote Nässe.

»Danke«, sagte Gina. Sie brachte das Klebeband zurück ins Regal, bevor sie zur Plane zurückkehrte. »Okay, wir sind bereit. Mal sehen, wie viele deiner Knochen ich freilegen kann.«

Maddox wappnete sich für die Schmerzen. Gina ließ den Schürhaken hart auf sein linkes Schienbein niedersausen. Die Explosion der Qualen war heftiger, als Maddox erwartet hatte. Er schrie auf. Zwar brach mit Sicherheit ein Knochen, aber es ragte kein scharfkantiges Ende aus seinem Bein.

»Hätte auch nicht gedacht, dass es beim ersten Versuch funktioniert«, kommentierte Gina.

Es funktionierte beim vierten Versuch.

Theoretisch hätte Maddox irgendwann taub gegen die Schmerzen werden müssen. Anscheinend brauchte es jedoch mehr als zwei gebrochene Beine und Arme, um diesen Punkt zu erreichen. Jeder Treffer des Schürhakens marterte ihn mehr als der davor.

Heulend lag er da und wand die verkrümmten, misshandelten Gliedmaßen. Schließlich lehnte Gina den Schürhaken an die Wand. »Ich brauch 'ne Pause«, verkündete sie. »Ich lege mich oben mit einem Gläschen White Zinfandel für ein paar Minuten auf die Couch. Lauf nicht weg.«

Damit verschwand Gina nach oben und schaltete hinter sich das Licht aus.

Maddox lag in der Dunkelheit und wünschte, er könnte sterben. Obwohl er sich mächtig vor dem Tod fürchtete, musste diesem Leiden ein Ende gesetzt werden. Er fand es unfair, dass Heck und Fletcher so leicht davongekommen waren. Maddox war nicht schlimmer als sie. Er verdiente das nicht.

Vielleicht würde er gerettet werden.

Eine Weile später ging das Licht wieder an. Allerdings kam Gina wieder herunter, kein Schutzengel. Und sie wirkte ausgeruht. Sie lächelte ihn an, als sie den Schürhaken in die Hand nahm.

»Du bist nicht geflüchtet. Hast du's überhaupt versucht?«

Maddox schüttelte den Kopf.

»Daraus mach ich dir keinen Vorwurf. Ich würd mich auch nicht mit zerschmetterten Knochen durch die Gegend wälzen wollen. Autsch. Sieht jedenfalls nicht so aus, als bestünde bei dir ein großes Fluchtrisiko. Weißt du, was das bedeutet?«

Wieder schüttelte Maddox den Kopf.

»Es bedeutet, ich kann meinen mentalen Griff um dich lösen. Damit dir das volle Erlebnis zuteilwird. Das Ausmaß der Schmerzen wird sich zwar nicht ändern, aber wenn du jetzt schon glaubst, Angst zu haben …«

Sie schnippte nicht mit den Fingern, nichts dergleichen. Maddox' Bewusstsein kehrte einfach auf einen Schlag zu ihm zurück. Die Erkenntnis, wie selbstmörderisch dumm er bei Gina aufgekreuzt war, um ihr das Geld zu bringen. Das Grauen des miterlebten, grausamen Todes seiner Freunde – und ja, er betrachtete Heck und Fletcher als seine engsten Freunde. Und das uneingeschränkte Verständnis, dass er selbst kurz vor dem Tod stand.

Er schrie und schrie und schrie.

Gina lachte.

»Ich bin noch nicht bereit, die Sache enden zu lassen, also werd ich weiter deine Arme und Beine bearbeiten. Danach wende ich mich deinen Rippen zu. Ich hoffe aufrichtig, du wirst noch leben, um ein paar gebrochene Rippen zu spüren. Irgendwann wird einer deiner Knochen einen Lungenflügel oder sonst was durchbohren, und du wirst krepieren. Und ich wette, du denkst, damit wäre es vorbei, richtig?«

Maddox erwiderte nichts.

»Das Leiden deines Freundes hat *nicht* geendet, als sein Körper im Wasser zu zucken aufgehört hat. Und nur weil der abgetrennte Kopf deines anderen Freundes direkt neben dir liegt, heißt das *nicht*, dass er Frieden gefunden hat. O nein. Die zwei genießen grade keine schöne Zeit. Ganz und gar nicht.«

Maddox wünschte, er könnte durch das Klebeband sprechen. Er hätte gern gefragt: »Sind sie in der Hölle?«

Gina drosch mit dem Schürhaken auf sein linkes Handgelenk. Sie lächelte, als hätte sie seine unausgesprochene Frage gehört.

»Nah dran«, sagte sie.

Noch vor dem Morgengrauen schloss sich Maddox seinen Freunden an.

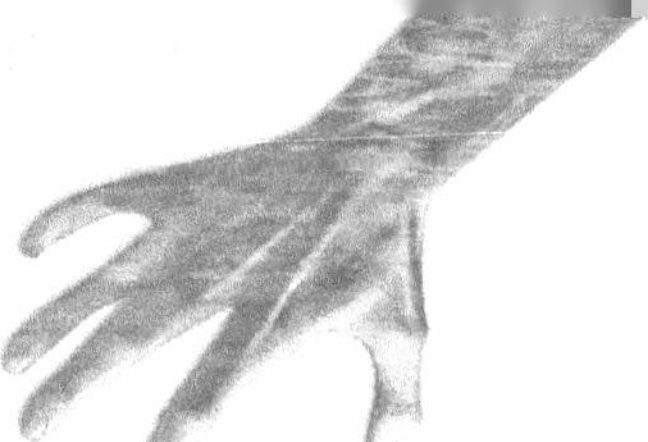

15

Naomi rannte zur Hintertür. Sie packte den Türknauf, doch sie war so verängstigt und hatte so verschwitzte Hände, dass sie ihn nicht drehen konnte. Braune Flecke, die vorhin noch nicht da gewesen waren, bedeckten das Holz.

Sie schaute über die Schulter. Der Mann hatte sich wieder aufgerappelt und kam hinter ihr her. Obwohl er sich nicht weit entfernt befand, stolperte er herum und umklammerte immer noch seinen Hals.

Er fiel auf die Knie. Brauchte er Hilfe?

Endlich gelang es Naomi, den Türknauf zu drehen. Als sie die Tür aufriss, stellte sie fest, dass einige der braunen Flecke größer wurden, wie Limonade, die sich aus einer fallen gelassenen Dose auf den Boden ergoss.

Sie warf einen letzten Blick auf den Mann, der sich nach ihr streckte, obwohl er sich viel zu weit entfernt befand, um sie zu erreichen. Dann stürmte sie ins Haus und zog die Tür hinter sich zu. Die braunen Flecke hatten sich auch auf der Innenseite der Tür festgesetzt, zusammen mit grünlichen.

Mama und Papa waren im Flur. Da Naomi somit in Sicherheit war, musste sie nicht mehr tapfer sein. Sie blieb stehen und schrie.

Adeline kauerte sich hin und schlang die Arme um Naomi. »Ist schon gut, Liebes. Ist schon gut. Was ist passiert?«

Naomi schrie weiter.

»Was hat sie?«, fragte Paige und klang der Panik nahe. Eine winzige Menge Blut war bereits durch den Waschlappen gesickert, den sie sich aufs Auge presste.

Boyd ging hinüber zur Tür. Was zum Teufel passierte mit dem Holz? Sah aus, als würde es vor seinen Augen verrotten.

Endlich hörte Naomi zu schreien auf. Stattdessen fing sie zu schluchzen an. »Da ist … Da ist … Da ist …«

Ein lautes, dumpfes Pochen ertönte von der anderen Seite der Tür, die auf den Angeln erzitterte. Boyd trat einen großen Schritt zurück.

»Naomi?«, fragte er. »Wer ist da draußen?«

Die Tür erzitterte erneut.

Boyd ging zu einem der Fenster, um hinauszuspähen. Er zog den Vorhang zurück. Winzige Bläschen füllten das Glas, so viele, dass er nicht hindurchsehen konnte.

»Ein Mann ist aus dem Fischteich gekommen!«, rief Naomi heulend.

Nach einem weiteren dumpfen Schlag schwang die Tür auf.

Ein großer Glatzkopf trat über die Schwelle.

Boyd war grundsätzlich ein Skeptiker. An Monster im Schrank oder unter dem Bett glaubte er schon wesentlich länger als seine Kindheitsfreunde nicht mehr. Ebenso wenig glaubte er an Außerirdische, übernatürliche Phänomene oder Sonstiges, wofür es keine solide wissenschaftliche Erklärung gab. Aber wenn bei einem eine

Gestalt ins Haus einbrach, durch die man hindurchsehen konnte … dann *musste* es sich um einen verfluchten Geist handeln.

Obwohl Geister natürlich nicht in der Lage sein sollten, Türen zu öffnen. Aber darüber würde er sich später den Kopf zerbrechen.

Adeline, Paige und Naomi schrien wie aus einer Kehle. Boyd hätte sich ihnen wahrscheinlich angeschlossen, wenn seine Stimmbänder funktioniert hätten.

Der transparente Mann setzte sich wankend in Bewegung. Seine Augen waren vor Verwirrung weit aufgerissen, und er verhielt sich, als könnte er nicht atmen. Als er die Tür hinter sich zutrat, erwies sich das Holz als fast vollständig verrottet. Er stützte sich mit einer Hand an der Wand ab, umklammerte mit der anderen den Hals und taumelte langsam weiter auf die Gardners zu.

»Schaff die Mädchen aus dem Haus«, sagte Boyd zu Adeline. Kaum hatte er die Worte ausgesprochen, bemerkte er, dass Adeline bereits Paige und Naomi an den Händen genommen hatte und mit ihnen in Richtung Wohnzimmer rannte.

Der durchsichtige Kerl verlor das Gleichgewicht und fiel zu Boden. Boyd würde seiner Frau und seinen Töchtern folgen. Gleich.

»Wer zum Teufel sind Sie?«, verlangte er zu erfahren.

Der Mann schaute zu ihm auf und gab einen erstickten Laut von sich.

»Sind Sie ein Geist?«

Der Mann antwortete nicht. Stattdessen benutzte er abermals die Wand als Stütze und begann, sich wieder aufzurappeln.

Die fünf Sekunden, die sich Boyd für das Lösen des Rätsels eines Lebens nach dem Tod zugestanden hatte, waren vorbei.

Er wandte sich ab und ergriff die Flucht.

Auch die Tür im Wohnzimmer entpuppte sich als verrottet. Sämtliche Fensterscheiben hatten sich mit Bläschen gefüllt. Adeline konnte nicht fassen, dass sie gedacht hatten, ihre Probleme könnten von einem nicht ordentlich ausgesaugten Luftschacht herrühren.

Rost bedeckte den Türknauf. Adeline ergriff ihn. Sofort schrie sie vor Schmerz auf – es fühlte sich an, als hätte sie die Hand auf einen Kaktus niedersausen lassen. Sie blickte auf ihre Handfläche hinab. Schwarze Male übersäten sie.

Adeline kämpfte Tränen zurück. Auf ihre Hand konnte sie sich später konzentrieren. Zuerst mussten sie weg aus dem Haus.

Wäre Adeline nicht barfuß gewesen, sie hätte versucht, gegen die Tür zu treten. Statt zurück ins Schlafzimmer zu rennen, um ein Paar Schuhe zu holen – spontan wünschte sie sich, sie wären keine jener Familien, bei denen die Schuhe nach dem Betreten des Hauses ausgezogen wurden –, würde es viel schneller gehen, wenn Boyd die Tür aufbräche. Er sollte ohnehin bei ihnen sein.

»Boyd!«, brüllte sie. »Wir brauchen dich!«

Boyd kam ins Wohnzimmer gestürmt. Er war eindeutig bereits unterwegs gewesen.

»Der Türknauf hat mir in die Hand gebissen«, klagte Adeline. Sie war sich nicht sicher, warum sie das Wort »gebissen« benutzte. Es rutschte ihr einfach heraus, ohne dass sie darüber nachgedacht hatte. »Du musst die Tür auftreten.«

»Ich hab keine Schuhe an.«

Kacke, schoss Adeline durch den Kopf. Boyd zog die Schuhe in der Regel erst aus, wenn er sich fürs Bett zurechtmachte. Ein wahrhaft idealer Tag, um mit alten Traditionen zu brechen.

Boyd ging zur Tür. »Ich mach's trotzdem.«

»Nein, nicht – du brichst dir höchstens den Fuß!«

Der Mann – der Geist? – betrat das Wohnzimmer. Er benutzte die Wand nicht mehr, um sich auf den Beinen zu halten, und er hatte die Hand nicht mehr am Hals, obwohl er immer noch klang und aussah, als erstickte er.

»Bleib weg von uns«, verlangte Boyd von dem Kerl. »Verschwinde verdammt noch mal aus unserem Haus!«

Der Mann legte den Kopf leicht schief, als bemühte er sich zu verstehen, was Boyd sagte.

»Wir wollen dir nichts tun«, versicherte ihm Boyd.

Der Gesichtsausdruck des Mannes ließ sich wegen seiner unklaren Züge schwer deuten, dennoch wirkte er von Boyds Äußerung eindeutig belustigt. Als er den Kopf zurückwarf und lachte, bestätigte er den Verdacht, auch wenn er dabei klang, als bekäme er keine Luft.

Das Wohnzimmer hatte nicht viel an Wurfgeschossen zu bieten, aber es stand eine Vase aus Glas herum. Irgendwann hätte sie Blumen enthalten sollen. Boyd ergriff sie und schleuderte sie erstaunlich treffsicher auf den Mann, zumindest wenn man davon ausging, dass er auf die Brust statt auf den Kopf gezielt hatte.

Die Vase segelte geradewegs durch ihn hindurch. Nicht wie durch Luft. Eher wie durch Gelee. Nachdem sie seinen Körper passiert hatte, verlor sie den Schwung und zerbrach auf dem Hartholzboden. Den Durchsichtigen mit einer geworfenen Vase zu verletzen, war ein weit hergeholter Versuch gewesen, aber er schien nicht gegen alle Gesetze der Physik gefeit zu sein. Deshalb war es einen Versuch wert gewesen.

Der Mann blickte auf seine Brust hinab, als überraschte ihn, was passiert war.

Die neue Erkenntnis schien ihn zu ermutigen. Er kam wieder auf Boyd und dessen Familie zu, bewegte sich dabei schneller als zuvor.

»Los! Los! Los!«, brüllte Boyd und schnappte sich Paiges Hand, während Adeline weiter die von Naomi festhielt.

Zu viert rannten sie an dem Mann vorbei zurück in den Flur. Aber bevor sie aus seiner Reichweite gelangen konnten, packte der Kerl Adeline am Handgelenk.

Sie rechnete erneut mit diesem Gefühl von Nadeln in der Haut. Für den Bruchteil einer Sekunde nahm sie es auch tatsächlich wahr, doch insgesamt fühlte sich die Berührung nicht *so* anders als die eines Menschen aus Fleisch und Blut an. Sie versuchte, sich mit einem Ruck zu befreien. Er ließ sie nicht los.

»Mami!«

Adeline wurde klar, dass sie immer noch Naomis Hand umklammerte und sie so davon abhielt, mit ihrem Vater und ihrer Schwester zu flüchten. Sie ließ ihre Tochter los, bevor sie nach dem Mann schlug. Die Vase mochte ihn nicht verletzt haben, aber vielleicht würde ihn ein Kinnhaken zumindest überraschen.

Es fühlte sich an, als schlüge man ein nasses Handtuch.

Ihre Faust ging durch seinen Kopf, ohne seine Gesichtszüge zu verändern. Der Mann öffnete weit den Mund. Transparente Zähne kamen zum Vorschein. Seine Miene verzog sich vor Wut.

Ob sie ihn verletzt hatte, konnte sie nicht sagen. Aber als sie ihre Hand mit einem Ruck zurückzog, flutschte ihr Handgelenk aus seinem Griff.

»Nicht den Türknauf anfassen!«, rief Adeline, als ihr klar wurde, dass Boyd genau das tun würde. »Lauft in unser Schlafzimmer!« Zum Glück handelte es sich um ein eingeschossiges Haus. Sie könnten einfach aus dem Fenster klettern.

Boyd schaute verwirrt drein, widersprach aber nicht. Zusammen mit Paige und Naomi raste er ins Schlafzimmer. Adeline folgte ihnen. Die Schlafzimmertür wies keine Spur von Moder auf. Adeline zog sie hinter sich zu und schloss ab.

»Was war das?«, fragte Paige. Ihre Hände zitterten so heftig, dass Adeline fürchtete, sie könnte sich ihr Auge zusätzlich verletzen.

»Keine Ahnung. Aber ich glaub nicht, dass er durch Türen gehen kann. Also kriegt er uns nicht.«

»Ich bewache die Tür, während du das Fenster einschlägst«, sagte Boyd.

Adeline nickte. Das Bett stand am Fenster, wodurch dieses schwierig zu öffnen sein würde. Sofern es sich überhaupt ohne Brecheisen öffnen ließe – es sah so aus, als könnte es übermalt und zugeklebt sein. Adeline wollte keine Zeit verlieren.

Sie öffnete die Schranktür und holte ein Paar roter Stöckelschuhe heraus. Damit stieg sie aufs Bett. Sie nahm sich einen Moment Zeit, um sich Boyds Handy vom Nachttisch zu schnappen und es zu ihm zu werfen. Dann riss sie die Jalousien weg.

Die Scheibe sah wie bei den Fenstern im Wohnzimmer und in der Küche aus, als bestünde sie aus kochendem Wasser, wenngleich sich die unzähligen winzigen Bläschen nicht bewegten.

»Bleib zurück, Liebes«, sagte Adeline zu Naomi. Ihre jüngere Tochter nickte und trat zurück.

Adeline wandte den Kopf vom Fenster ab und schlug mit dem Absatz eines der Stöckelschuhe auf das Glas ein. Das Fenster zerbrach nicht. Es gab nur ein wenig nach, als hätte sie angetrocknete Paste getroffen. Der Absatz sank etwa einen halben Zentimeter in die Scheibe und hinterließ ein kleines Mal. Am Absatz selbst blieben klebrige Rückstände zurück, als sie ihn herauszog.

»Null Empfang«, meldete Boyd. »Kein WLAN und nicht mal ein Balken.«

»Wie kann das sein?«, fragte Adeline. Eine dumme Frage. Wenn Fenster ihre Molekularstruktur verändern und Türgriffe Narben auf Händen hinterlassen konnten, dann konnten die Umstände natürlich auch den Mobilfunkempfang blockieren.

»Keine Ahnung!«, gab Boyd zurück. Er zog Naomi und Paige in eine Umarmung. »Es wird alles gut, versprochen. Nichts wird euch was tun.«

Adeline drosch den Schuh erneut mit aller Kraft gegen das Fenster. Der Absatz drang nicht tiefer ins Glas. Sie erreichte damit nur einen jähen, stechenden Schmerz in der Schulter. Als sie versuchte, den Absatz nach unten zu ziehen und einen Spalt ins Glas zu schaben, funktionierte auch das nicht. »Ich brauch was Schwereres«, rief sie zu Boyd.

»Tausch mit mir den Platz«, forderte er sie auf.

Adeline hopste vom Bett und stellte sich neben die Tür.

Im Schlafzimmer befand sich überraschend wenig, das man benutzen konnte, um ein Fenster zu zerbrechen. Boyd sah sich um.

Schließlich packte er den Nachttisch aus Holz und stieg damit auf die Matratze. Er drehte den Nachttisch um, hielt ihn an den Beinen, holte damit aus wie ein Schlagmann zu einem Homerun und wuchtete ihn dann gegen die Scheibe.

Der Nachttisch zerbrach, ohne das Fenster zu beschädigen.

»Soll das ein Scherz sein?« Boyd presste das scharfkantige Ende eines der Beine gegen das Glas und grunzte vor Anstrengung, aber das Holz drang einfach nicht hindurch. Er versuchte Adelines Trick, wollte es als Kerbwerkzeug benutzen. Das Beste, was er hinbekam, war ein leichter Kratzer an der Oberfläche.

Am Türknauf wurde gerüttelt.

Anscheinend konnte der Geist nicht durch feste Gegenstände gelangen. Gut. Solange er kein Schloss knacken oder die Tür aufbrechen konnte, waren sie in Sicherheit, bis Hilfe einträfe. Nur konnten sie keine Hilfe rufen …

Ein dumpfer Schlag ertönte von der anderen Seite der Tür. Adeline klatschte sich die unverletzte Hand auf den Mund, um nicht aufzuschreien.

Wumm. Wumm. Wumm.

Es klang zwar Furcht einflößend, aber das Hämmern würde die Tür nicht aus den Angeln reißen. Ihnen würde nichts passieren. Er konnte nicht herein.

Adeline konnte durch die Tür die erstickten Laute der Gestalt draußen hören.

Boyd zog das Handy aus der Tasche. »Paige, nimm das«, sagte er. »Halt Ausschau nach einem Signal. Versuch, dich im Raum herumzubewegen.«

Paige nickte und nahm das Telefon von ihm entgegen.

Wumm. Wumm. Wumm.

»Vielleicht können wir das Glas schmelzen«, schlug Boyd vor.

»Womit denn?«

»Wir haben doch Streichhölzer in der Küche, oder?«

»Wir sind aber nicht in der Küche!«

»Ich weiß selbst, dass wir nicht in der Küche sind! Hab auch nicht behauptet, das wäre unsere erste Wahl! Ich werfe bloß wahllos mit Ideen um mich!«

»Hast recht, tut mir leid«, entschuldigte sich Adeline. Sie durften im Augenblick keine Zeit mit Streiten vergeuden. Wenn sie aus diesem Raum entkämen, aber im Haus gefangen blieben, könnte es tatsächlich ihr Weg nach draußen sein, das Glas zu schmelzen. Im Augenblick hatte jede Idee ihre Berechtigung.

Wumm.

Diesmal klang es lauter und tiefer. Der Mann schlug nicht mehr gegen die Tür, er *trat* dagegen.

Boyd sprang vom Bett und rannte zur Tür. Er presste sich dagegen, während sich die Tritte fortsetzten. Adeline schloss sich ihm an.

»Tut sich was?«, wollte Boyd von Paige wissen.

»Nein«, antwortete sie mit dem Handy hoch über dem Kopf.

Die Tür erzitterte so heftig, dass Adeline glaubte, sie könnte davon blaue Flecke bekommen. Was natürlich zu den noch nicht abgeklungenen Schmerzen vom Eis und in der Hand hinzukam. Im Augenblick war sie zu verängstigt, um wirklich darauf zu achten. Aber sobald sie diese Notlage überwunden hätten, blühte ihr deftiges Unbehagen.

Nach einem weiteren Tritt gab das Schloss nach.

Noch ein Tritt, und sowohl Boyd als auch Adeline landeten auf dem Boden. Die Tür schwang auf.

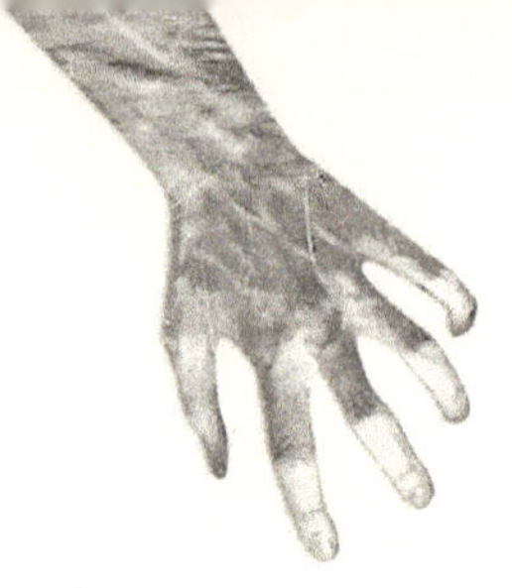

16

Boyd entging im Fallen nur um Haaresbreite dem Schicksal, sich den Schädel am Bettgestell anzuschlagen. Das Schlafzimmer wies einen Teppichboden auf – ein hässlicher, dünner, grauer Belag, den sie schleunigst ersetzen würden, wenn sie das Haus gekauft statt gemietet hätten. Jedenfalls schmerzte dadurch der Aufprall nicht so sehr, wie es auf dem Hartholzboden überall sonst im Haus der Fall gewesen wäre. Aber obwohl Boyd erst 32 Jahre alt war, erwies sich das als zu alt, um elegant zu fallen.

Einen Moment lang verharrte der durchsichtige Mann an der Tür. Dann griff er an.

Er nahm Boyd ins Visier. Der Mann ragte über ihm auf, bevor er in die Hocke ging und die Hände um Boyds Hals legte.

Boyd wollte Adeline auffordern, die Mädchen zu schnappen und aus dem Zimmer zu flüchten, doch er bekam keine Luft zum Sprechen.

Entweder verstand sie trotzdem, was er sagen wollte, oder sie hatte selbst die gleiche Idee. Jedenfalls stürmten die drei hinaus, als wäre ihnen der Leibhaftige höchstpersönlich auf den Fersen.

Der Griff des Unbekannten verstärkte sich. Aus nächster Nähe erkannte Boyd unscheinbare Details, die ihm zuvor nicht aufgefallen waren. So konnte er beispielsweise das Gehirn im Schädel des Mannes und die inneren Organe in der Brust sehen. Boyd versuchte, die Handgelenke seines gespenstischen Gegners zu packen und sich aus dessen Würgegriff zu befreien. Allerdings fuhren seine Finger durch sie hindurch zu seinem eigenen Hals. Anscheinend konnte der Geist andere Dinge berühren, aber selbst nicht berührt werden.

Der Mann hatte ein irres Grinsen im Gesicht, während er Boyd würgte. Ein Speichelfaden baumelte von seinem Mundwinkel, verschwand jedoch, sobald er fiel.

Auch wenn Boyd insgesamt wenig Zeit damit verbrachte, über die eigene Sterblichkeit nachzudenken, er hätte nie im Leben gedacht, dass ihn ein mordlüsterner Geist ins Jenseits befördern könnte.

Hätte Boyd reden können, er hätte versucht, an die Vernunft der Erscheinung zu appellieren. Es musste noch einen anderen Grund für die Anwesenheit des Geistes geben als den, die Bewohner des Hauses zu ermorden, oder? Tatsächlich konnte Boyd nicht nur nicht sprechen, er begann auch, allmählich das Bewusstsein zu verlieren.

Auch der Mann kämpfte weiter um Luft. Seine Augen traten leicht aus den Höhlen. Was für ein grauenhaftes Dasein.

Boyd setzte verzweifelt jedes Quäntchen Kraft für den Versuch ein, sich aufzusetzen. Aber nein, der Mann drückte ihn nieder.

»Geh verdammt noch mal weg von ihm!«, brüllte Adeline.

In der Hand hielt sie eine große Bratpfanne, die sie sich aus der Küche geholt haben musste. Sie ließ sie auf den

Schädel des Mannes herabsausen. Allerdings fuhr die Pfanne durch ihn hindurch. Adeline konnte sie gerade noch rechtzeitig bremsen, bevor sie in Boyds Gesicht gekracht wäre. Dann fuhr sie damit hin und her, fegte die Pfanne wieder und wieder durch den Kopf des Mannes. Anscheinend wollte sie ihn zumindest ablenken.

Der Griff des Mannes lockerte sich trotzdem nicht.

Adeline wechselte die Taktik. Sie warf die Bratpfanne beiseite, packte Boyds Hose an der Taille und zog mit einem Ruck an ihm.

Boyd rutschte zur Seite, aber nicht aus dem Würgegriff des Mannes.

Adeline zog erneut.

Diesmal funktionierte der Versuch. Es fühlte sich nicht so an, als flutschte Boyds Hals aus den Händen des Mannes, eher so, als glitten sie plötzlich hindurch.

Boyd schnappte röchelnd nach Luft. Er wirkte benommen, doch für eine Erholungspause blieb keine Zeit. Genau wie der Mann rappelte er sich auf die Beine und folgte Adeline aus dem Schlafzimmer. Boyd zog die Tür zu und umklammerte mit beiden Händen den Türknauf.

»Ich kann ihn dadrin festhalten!«, stieß Boyd hervor, wenngleich man das eine oder andere Wort kaum verstehen konnte.

Prompt rutschte er vom Türknauf ab.

Sie rannten in die Küche.

»Hab sie gefunden!«, rief Paige und hielt eine Streichholzschachtel hoch. Sie drückte sich nicht mehr den Waschlappen ins Gesicht. Blut verkrustete ihr Auge.

»Sieh zu, was du machen kannst«, sagte Boyd zu Adeline, dann stürzte er sich auf den Mann, der die

Tür mittlerweile geöffnet hatte, und glitt durch ihn hindurch. Obwohl der Körper des Unbekannten keinen Widerstand bot, fühlte sich Boyd schlagartig erschöpft, ausgelaugt. Er verlor das Gleichgewicht und landete auf dem nicht mit Teppich ausgelegten Boden.

Der Mann sah erst ihn an, dann schaute er in die Küche.

»Komm doch und hol mich, du Drecksack!«, forderte ihn Boyd heraus, rutschte rückwärts und hoffte, der Mann würde in ihm die leichtere Beute als in zwei kleinen Mädchen sehen.

Allerdings setzte sich der Mann in Richtung der Küche in Bewegung.

»Komm schon!«, brüllte Boyd. »Bring zu Ende, was du angefangen hast!« Er versuchte, sich einen geistreichen, vernichtenden Spruch einfallen zu lassen, doch sein Verstand erwies sich als leer. Er konnte sich schon glücklich schätzen, dass er auf »Drecksack« gekommen war.

Einen Moment lang schien der Mann unentschlossen zu sein. Dann schwenkte er in Boyds Richtung.

Obwohl Boyd das gewollt hatte, setzte sein Herz einen Schlag aus.

Das Geschirrtuch, das Adeline um die Türklinke wickelte, fiel in Form von geschwärzten, nassen, dampfenden Stücken zu Boden. Sie rochen so, wie sie sich den Gestank einer aufgeblähten, im Sarg aufplatzenden Leiche vorstellte.

Naomi suchte unter der Küchenspüle nach einem Paar Gummihandschuhen. Adeline hatte zwei Bratpfannen aus den Schränken geholt, bevor sie zurückgekehrt war, um Boyd zu helfen. Sie schnappte sich die zweite am Griff und eilte zur Tür. Unter normalen Umständen könnte sich niemand mit einer Bratpfanne durch eine Tür hämmern. Aber wenn das Holz durch und durch verrottet und morsch wäre, würde es vielleicht funktionieren.

Sie holte aus und traf genau in die Mitte. Das Holz gab nicht nach.

Eine Hälfte der schlagartig von Rost überzogenen Pfanne zerbröckelte und rieselte in Form von Flocken zu Boden.

Heilige Scheiße.

»Du musst unbedingt die Handschuhe finden!«, drängte sie Naomi. Sie schnappte sich die Streichholzschachtel aus Paiges Hand. »Hilf deiner Schwester.« Vielleicht würden Gummihandschuhe auch nicht mehr Schutz gegen den Türknauf bieten als das Handtuch. Aber wenn irgendeine seltsame chemische Reaktion im Spiel war, dann womöglich schon.

Paige schloss sich Naomi bei der Suche an.

Adeline öffnete die Streichholzschachtel und nahm ein Streichholz heraus, als sie die Küche durchquerte. Sie ging in die Ecke, in der ein Besen an der Wand lehnte. Nachdem sie das Streichholz angerissen hatte, hielt sie die Flamme an die Besenfasern. Sie entzündeten sich nicht. Während sie damit rechnete, dass der Geist jeden Moment in die Küche stürmen würde, hielt sie die Flamme weiter an den Besen. Der sich jedoch hartnäckig zu brennen weigerte. Jeden Tag starben Menschen an versehentlichen Bränden, und ihr gelang es nicht, einen gottverdammten Besen vorsätzlich anzuzünden.

Dann fing er doch Feuer.

Rasch hielt sie die Flammen des Besens ans Glas. Da sie noch nie zuvor Glas geschmolzen hatte, wusste sie nicht ansatzweise, wie lange es dauern mochte. Jedenfalls musste es sich gar nicht verflüssigen, nur weich genug werden, dass sie es durchstoßen konnte. Wenn das Glas die Textur einer Paste hatte, würde es sich vielleicht auch wie eine Paste verhalten.

Es schien sich nichts zu tun.

»Klappt es?«, rief Boyd aus dem Wohnzimmer.

»Noch nicht!«

Triumphierend streckte Paige die Gummihandschuhe hoch. »Hab sie gefunden!« Dass Naomi den Sieg nicht für sich beanspruchte, legte Zeugnis davon ab, wie verängstigt sie war.

Adeline hielt den brennenden Besen weiterhin gegen das Fenster und achtete darauf, nichts anderes anzuzünden. »Halt sie bereit, Schatz«, sagte sie zu ihrer Tochter.

Sie brauchten Boyd in der Küche. Auf keinen wie auch immer gearteten Fall würde sie Paige oder Naomi in die Nähe der Tür lassen. Zugleich jedoch war es schwierig für sie, allein zu testen, ob es funktionierte. Das Glas schien zwar unverändert zu sein, aber vielleicht war es inzwischen weicher, und sie konnte es bloß nicht sehen.

Vorsichtig verlagerte sie den Griff zur Mitte des Besenstiels. Dann drehte sie den Besen um und drückte das nicht brennende Ende gegen die Scheibe, so fest sie konnte. Ohne Wirkung. Sie schlug mehrmals mit dem Ende des Besenstiels gegen das Fenster. Das Glas bekam keine Sprünge.

Vielleicht brauchte es noch länger, um aufzuweichen. Andererseits konnte sie nicht ewig dastehen und einen brennenden Besen an die Scheibe halten.

Der Mann folgte Boyd ins Wohnzimmer. Der Geist hatte den Vorteil, dass er die Lebenden verletzen konnte, die Lebenden umgekehrt ihn aber nicht. Allerdings war Boyd schneller als er – wohl deshalb, weil er nicht ständig erstickte. Er fragte sich, ob der Mann so gestorben war. Ihm erschien vorstellbar, dass es eine andere Erklärung als den »Geist eines Verstorbenen« geben könnte. Nur sah Boyd im Augenblick keinen Grund, über alternative Theorien zu grübeln. Bis sich etwas anderes aufdrängte, hatte er es mit einem Geist zu tun, basta.

Solange Boyd in Bewegung blieb und sich nicht in die Enge treiben ließ, konnte er sich womöglich den Geist vom Leib halten, bis Adeline eine Möglichkeit für sie alle fand, aus dem Haus zu entkommen.

»He, Blödmann! Hier bin ich! Zeig mir, was du draufhast!«

Der Mann sah ihn einen Moment lang an, dann drehte er sich um.

Plötzlich fürchtete Boyd, er könnte sein Blatt überreizt haben. Wenn er zu offensichtlich erkennen ließ, dass er die Aufmerksamkeit des Geistes auf sich ziehen wollte, könnte der Geist – sofern er die kognitive Fähigkeit für Entscheidungen besaß – zu dem Schluss gelangen, dass sein Augenmerk anderswo mehr bewirken konnte.

Offenbar hatte Boyd es vermasselt, trotzdem durfte er nicht zulassen, dass der Geist in Richtung seiner Familie abwanderte.

Panisch winkte er. »Hier! Ich bin doch derjenige, den du willst!«, rief er, ohne zu wissen, ob es stimmte. Der Geist drehte sich wieder Boyd zu. Er hob die Hände und krümmte die Finger zu Klauen.

Dann grinste er und stapfte in Richtung der Küche los.

Adeline hielt einen der Gummihandschuhe an einem Finger und schlug damit gegen die Türklinke, während sie zum Austreten der Flammen gleichzeitig auf den Besen stampfte, den sie fallen gelassen hatte.

Bei der Berührung mit dem Metall begann der Handschuh Blasen zu bilden und zu schmelzen.

Dass es einen logischen wissenschaftlichen Grund für die Ereignisse in diesem Haus geben könnte, war von Anfang an ein weit hergeholter Gedanke gewesen. Aber an der Stelle musste sich Adeline zweifelsfrei damit abfinden, dass kein Forscher je in der Lage sein würde, eine zufriedenstellende Erklärung zu liefern. Sie befanden sich in einem verdammten Spukhaus, in dem ein verdammter, waschechter Geist umherlief.

»Bleib weg von ihnen!«, hörte sie Boyd brüllen.

Boyd rannte am Geist vorbei. Adeline hielt in der Küche einen triefenden Gummihandschuh. Demnach musste er davon ausgehen, dass sie nicht durch die Hintertür hinausgelangen würden.

»Runter in den Keller!«, rief er.

Adeline sah nicht so aus, als wäre sie mit dem Plan einverstanden, und Boyd konnte ihr keinen Vorwurf daraus machen. Er hatte es selbst für eine schlechte Idee gehalten, als es ihm eingefallen war. Ohne Handyempfang und

Aussicht auf nahende Hilfe schien es selbstmörderisch zu sein, sich im Keller in die Falle zu begeben.

Aber wie Harry Cooper in *Die Nacht der lebenden Toten* argumentierte, gab es dort nur eine Tür zu bewachen. Und zumindest in der Frage, ob sie nach oben oder nach unten gehen sollten, hatte er im Film letztlich recht behalten. Zugegeben, in ihrem Fall hatten auch die Badezimmer und Schlafzimmer des Hauses je nur eine Tür. Die beste Wahl stellte trotzdem der Keller dar, und zwar weil er wesentlich mehr Bewegungsfreiheit bot. Wenn der Geist die Tür einträte, könnten sie sich am anderen Ende des Kellers verstecken. Wenn er dann auf sie zukäme, könnten sie – hoffentlich – ohne allzu großes Risiko an ihm vorbei und zurück die Treppe hinauf. Dann hätten sie *ihn* unten in der Falle.

Da jedoch keine Zeit blieb, um seine Gedankengänge zu erläutern, sagte er nur: »Vertrau mir!«

Adeline öffnete die Kellertür und scheuchte Paige und Naomi hinunter. Dann folgte sie ihnen. Boyd bildete das Schlusslicht. Er zog die Tür zu, sparte sich jedoch die Mühe, sie zu verriegeln. Der Plan sah ohnehin vor, dass der Geist ihnen folgen sollte.

Er drückte den Lichtschalter, als Paige und Naomi den Fuß der Treppe erreichten.

»Daddy hat 'nen Plan«, versicherte Boyd ihnen. »Wenn er hier runterkommt, können wir locker an ihm vorbei. Wir rennen alle zurück nach oben, dann verbarrikadieren wir die Tür mit allem, was wir im Haus haben, und er sitzt hier unten fest, bis Hilfe kommt.«

»Aber wir können die Polizei nicht anrufen«, merkte Paige an.

»Ich weiß, ich weiß. Aber das heißt nicht, dass nie jemand kommen wird. Zumindest Jack wird nach uns sehen.«

»Wann?«

»Spielt keine Rolle. Wenn wir den Geist hier unten einsperren, können wir es oben so lange aussitzen, wie es eben dauert.«

»Was, wenn niemand hereinkann?«, fragte Naomi.

»Wir müssen jetzt positiv denken«, forderte Boyd ein, obwohl seine Töchter ausgezeichnete Argumente vorbrachten. Doch selbst wenn sämtliche Lebensmittel im Haus restlos verfaulten, konnten sie unmöglich lange genug festsitzen, um zu verhungern.

»Euer Vater hat recht«, stärkte ihm Adeline den Rücken. »Ich weiß, ihr habt Angst, aber ihr müsst nicht mehr lange tapfer sein. Was immer diese Kreatur da oben sein mag, sie ist langsam. Sie kann uns nichts tun, wenn sie uns nicht erwischt, und dafür sind wir zu schnell.«

Wumm.

Alle schauten zur Tür hinauf.

»Das ist gut«, sagte Boyd. »Das ist ja, was wir wollen. Ich glaub nicht, dass er einen Türknauf drehen kann. Also warten wir, bis er die Tür auftritt, falls er's überhaupt schafft. Und dann ziehen wir uns alle in den hinteren Teil des Kellers zurück. Paige, du bleibst bei deiner Ma. Ich bleibe neben Naomi. Wir teilen uns auf, und wenn ich ›Los‹ rufe, flitzen wir die Treppe zurück nach oben. Haben das alle verstanden?«

Paige, Naomi und Adeline nickten.

Boyd ergriff Naomis Hand. »Gut. So wird's funktionieren. Das versprech ich euch.«

Hinter ihnen ertönte das Geräusch von zerbrechendem Glas – nicht von einem Fenster. Davon gab es hier unten keine. Dann wurde es dunkel im Keller.

»Was ist passiert?«, fragte Naomi. Ihre Stimme überschlug sich.

»Die Glühbirne muss geplatzt sein. Ist schon gut. Immer noch alles in Ordnung.«

Allerdings nicht mehr *so* in Ordnung. Boyds Plan erforderte, dass sie den Geist sehen konnten. Aber wenn sich die Tür nach oben öffnete, würde Licht aus der Küche herunterscheinen. Vielleicht würde das reichen.

Zu viert standen sie in der Dunkelheit, während der Mann oben gegen die Tür trat.

Wumm. Wumm. Wumm.

Naomi weinte leise. Boyd legte ihr die freie Hand auf die Schulter.

Boyd war dem Geist entkommen, obwohl ihn die Erscheinung mit den Händen um seinen Hals zu Boden gedrückt hatte. Dann würden sie ihm wohl auch in der Dunkelheit entkommen können, oder?

Klang vollkommen logisch. Dennoch beruhigte die Überlegung nicht einmal Boyd selbst.

Als er in dem stockfinsteren Keller stand, während ein Monster gegen die Tür trat, konnte er nicht wirklich glauben, dass alles gut werden würde.

Außerdem hatte er aus einem Grund, den er sich nicht recht erklären konnte, das Gefühl, dass seine Familie und er nicht allein im Keller waren.

Boyd wollte nichts sagen, weil es sicher nicht stimmte … Trotzdem vermeinte er, dass sich irgendetwas hinter ihnen befand.

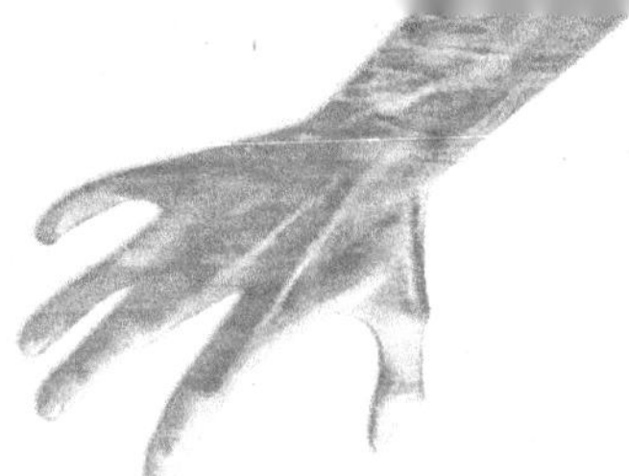

17

Ein Atemgeräusch.

Hörte er jemanden atmen?

Nein.

Nein, tat er nicht.

Das hieß, *doch,* schon, aber es handelte sich um die Atmung der anderen. Der anderen Lebenden. Mehr nicht. Er hörte die Atmung von Adeline, Paige und Naomi. Nichts Unheimliches.

Oben trat weiter der Geist gegen die Tür.

Boyd drehte den Kopf, schaute nach links und nach rechts. Er gab sich Mühe, es unauffällig zu tun.

»Was ist denn?«, fragte Adeline.

»Nichts.«

»Spürst du's auch?«

»Was spüren?«, fragte Paige.

»Behalt einfach die Tür im Auge, Schatz.«

»Sind wir hier unten allein?«

Sollte er lügen? Boyd wollte, dass seine Töchter unter den gegebenen Umständen so ruhig wie möglich blieben. Keine einfache Aufgabe, wenn zu den Umständen gehörte, dass man sich in einem dunklen Keller aufhielt und ein Geist versuchte, sich den Weg nach unten zu erkämpfen. Er wollte aber auch nicht, dass sie sich *nicht* zu Wort meldeten, wenn sie dachten, etwas befände sich bei ihnen.

Schließlich begnügte er sich mit: »Ich glaub, schon.« Wie viel verängstigter konnten sie an der Stelle noch werden?

Wumm. Wumm. Wumm.

Das Schloss der Kellertür schien robuster als das der Schlafzimmertür zu sein.

Vielleicht würde es dem Geist gar nicht gelingen, es aufzutreten.

Wumm. Wumm. Wumm.

Die Tritte klangen nicht, als würden sie kraftvoller werden. Und da der Geist vermutlich keine Werkzeuge benutzen konnte, hatte er vielleicht keine Möglichkeit, ihnen zu folgen. Vielleicht waren sie hier unten in Sicherheit.

Wumm.

Die Tür sprang einen Spalt auf.

Sehr langsam und knarrend – natürlich knarrend, auch wenn Boyd das Geräusch bisher noch nie bei dieser Tür gehört hatte – schwang die Kellertür auf. Licht schien die Treppe herunter. Der Geist stand bewegungslos an der Tür und starrte auf sie herab.

Naomi wimmerte.

Boyd sah sich um und versuchte zu erkennen, ob das Licht irgendetwas Beängstigendes um sie herum erhellte. Er entdeckte nichts.

Das fand er ein wenig beruhigend, obwohl nicht wirklich viel Licht herrschte.

Aus dieser Entfernung ließ sich der Gesichtsausdruck des Geistes unmöglich erkennen, dennoch war sich Boyd ziemlich sicher, dass die verdammte Kreatur lächelte. Und immer noch erstickte die Erscheinung.

Der Geist bewegte sich eine Stufe herunter. Obwohl ihn Boyd schon laut und deutlich an Türen hämmern und treten gehört hatte, überraschte ihn, dass auch den Schritt ein Geräusch begleitete. Dann folgte ein weiterer sehr langsamer Schritt. Wenn der Geist nicht daran gewöhnt war, Treppen zu steigen, dann wäre nur logisch, dass er sich zögerlich bewegte. Nur schien das nicht der Fall zu sein. Es wirkte vielmehr wie ein bewusster Versuch der Einschüchterung.

Die vier Gardners wichen zurück, als der Geist einen weiteren Schritt herunterkam.

Hinter ihnen rührte sich etwas.

Boyd wirbelte herum. Auch wenn derzeit seine Fantasie mit ihm durchging, glaubte er nicht, dass er sich die Bewegung nur eingebildet hatte.

»Was hast du gesehen?«, fragte Adeline.

»Weiß nicht.«

Sollten sie am Plan festhalten? Boyd gefiel der Gedanke nicht, sich weiter in den Keller zurückzuziehen, ohne zu wissen, was zum Teufel sich bei ihnen befand. Vielleicht sollten sie einfach auf den Geist losstürmen.

Nein. Der Plan war solide. Wenn sie gleich am Geist vorbeirannten – oder durch ihn hindurch –, bestand die Gefahr, dass sie die Tür vielleicht nicht rechtzeitig schließen konnten. Solange sie keinen Beweis hatten, dass sich hier unten etwas Gefährliches aufhielt, durften sie nicht in Panik geraten. Es würde alles gut gehen. Ihnen würde nichts passieren.

Der Geist kam die nächste Stufe herunter.

Der Mistkerl versuchte definitiv, ihnen Angst einzujagen.

Boyd hoffte inständig, dass dem Kerl das permanente Ersticken unsägliche Qualen bereitete.

Paige schrie überrascht auf. »Irgendwas hat mich berührt!«

Boyd drehte sich ihr zu … und erblickte *unmittelbar vor sich* eine weitere durchscheinende Gestalt.

Im Gegensatz zu dem großen Kerl auf der Treppe erwies sich dieser Geist als geradezu abartig dünn. Sein Kopf, nur wenige Zentimeter von Boyds Gesicht entfernt, neigte sich nach rechts. Zu weit nach rechts – als wäre er nicht vollständig am Rumpf befestigt.

Instinktiv entfernte sich Boyd von der Erscheinung. Als sich der Geist nach ihm streckte, sah er, dass auch die Arme nicht vollständig angewachsen waren. An den Schultern klafften Lücken von mehreren Zentimetern. Zwischen dem Körper und den Armen befand sich ein durchscheinender, rötlicher Glibber. Derselbe Glibber verband den Kopf mit dem Hals. Der Geist sah aus, als wäre er zerstückelt und dann wieder zusammengeklebt worden.

Er packte Boyd am Hemd.

Mittlerweile stand der erste Geist mit vor der Brust verschränkten Armen am Fuß der Treppe und versperrte den Weg zurück nach oben.

Naomi schrie.

Boyd wich vom zweiten Geist zurück und entriss ihm sein Hemd. Um ein Haar hätte er das Gleichgewicht verloren, doch es gelang ihm, auf den Beinen zu bleiben. Der Geist griff erneut nach ihm. Der Glibber dehnte sich, erhöhte seine Reichweite.

Adeline schrie. Da die Aufmerksamkeit des zerstückelten Geistes allein Boyd galt, musste es im Keller wohl noch einen geben.

Die Definition von Wahnsinn war, dasselbe zu tun und ein anderes Ergebnis zu erwarten. Allerdings handelte es sich um einen anderen Geist. Vielleicht folgten nicht alle den gleichen Regeln. Boyd schlug der zerstückelten Spukgestalt ins Gesicht. Wäre es ein Mensch gewesen, hätte er ihm die Vorderzähne ausgeschlagen. Stattdessen fuhr Boyds Faust harmlos durch seinen Kiefer. Sofort fühlte sich Boyd, als hätte er mehrere Minuten lang am Stück auf einen Sandsack eingedroschen. Erschöpft ließ er den Arm an die Seite sinken.

Der Geist packte ihn an den Schultern. Der Kopf schnellte mit weit aufgerissenem Mund nach vorn, die Zähne sanken in Boyds Wange. Was sich genauso anfühlte, als bisse ihm ein waschechter Mensch ins Gesicht.

Adeline zog Naomi in Richtung der Treppe. »Renn durch ihn durch!«, brüllte sie.

»Ich hab Angst!«

»Renn einfach durch ihn durch! Ich bin direkt hinter dir!«

Naomi rührte sich nicht von der Stelle. Adeline zerrte ihre Tochter zur Treppe hinüber, dann versetzte sie ihr einen Stoß nach vorn. Sie glitt durch den ersten Geist hindurch, dann stolperte sie auf die Treppe.

»Lauf! Lauf!«, rief Adeline.

Naomi sah aus, als versuchte sie, sich aufzurappeln, könnte aber nicht die nötige Kraft aufbringen.

Der Geist wirbelte herum und packte eine Handvoll ihrer langen schwarzen Haare.

Boyd riss sich von dem zerstückelten Geist los. Der durchscheinende rote Glibber, der den Kopf mit dem Hals verband, streckte sich weiter, und die Zähne blieben in Boyds Gesicht. Er spürte, wie ihm Blut über die Wange lief.

Der Geist auf der Treppe zerrte Naomi auf die Beine.

»Lauf durch!«, rief Adeline zu Paige.

Ohne zu zögern, rannte Paige durch das Gespenst und stieß mit Naomi zusammen. Beide fielen hin. Mehrere Strähnen schwarzer Haare blieben in der Faust des Geistes zurück.

Boyd erhaschte einen Blick auf eine dritte Spukgestalt unmittelbar rechts von Adeline.

Paige kreischte, als der Geist auf der Treppe sie an den Haaren packte.

Adeline pflügte durch den Mann. Dann lagen alle drei als wirrer Haufen erschöpft auf der Treppe, aber zumindest löste sich der Griff des Geistes aus Paiges Haar, anscheinend ohne ihr eine blonde Locke auszureißen.

In Boyds Arm kehrte bereits Kraft zurück, daher hoffte er, auch die Mädchen würden sich schnell erholen. Er wusste nicht, ob sich der Hals des zerstückelten Geistes wie der einer Zeichentrickfigur dehnen konnte, und er hatte keine Lust, es auszuloten. Wenn er zu stark zöge, würde ihm die Kreatur womöglich einen Riesenbrocken aus dem Gesicht reißen.

Auf einmal spürte er etwas zwischen den Zähnen. Kalt und schleimig. Eine Zunge.

Der Geist leckte an ihm, während er ihn biss.

Falls er Boyd damit in Panik versetzen wollte: gute Arbeit. Boyd geriet *hoffnungslos* in Panik.

Der Geist auf der Treppe griff nach unten. Diesmal schnappte er sich sowohl Adelines als auch Paiges Haar. Mit einem Ruck riss er ihre Köpfe zurück. Boyd betete, dass er nicht genug Kraft haben würde, um ihnen das Genick zu brechen.

Naomi wand sich unter den anderen hervor und hastete die Stufen hinauf.

Der zerstückelte Geist öffnete den Mund, ließ von Boyd ab. Aber offenbar wollte er lediglich einen weiteren Bissen, denn er griff ihn sofort wieder an. Als Boyd diesmal ausweichen wollte, verlor er tatsächlich das Gleichgewicht und knallte auf den Betonboden.

Der dritte Geist kam auf ihn zu.

Es herrschte nicht genug Licht für einen genaueren Blick auf die Erscheinung. Aber die Haut – wenn man es so nennen wollte – wirkte völlig anders. Sie bildete eine ungleichmäßige Mischung aus Schattierungen von Rot und Violett mit bizarren Schwellungen in einigen Bereichen.

Die Gestalt sah wie jemand aus, der einen brutalen Kampf gegen zehn Gegner verloren hatte.

Mittlerweile erklomm auch Paige die Stufen. Der Geist dort folgte ihr und ließ Adeline zurück.

Die Idee, einen Geist im Keller gefangen zu setzen, war längst verworfen, mutete wie das Produkt einer einfacheren, unschuldigeren Zeit in Boyds Leben an. Mittlerweile musste er nur noch weg.

Adeline stimmte ein wutentbranntes Geheul an: eine Mutter, deren Kinder in Gefahr schwebten. Aber es ließ sich nicht übersehen, dass sie noch zu schwach war, um Jagd auf den Geist zu machen.

Der andere Geist mit den unzähligen blauen Flecken kauerte sich neben Boyd. Im Gegensatz zu den anderen schien diese Kreatur das Erlebnis mit der Familie Gardner nicht zu genießen. Die Miene des Mannes zeugte von reinem Hass. Der Grad der Abneigung in seinen Zügen wäre schon bei einem normalen Menschen furchterregend gewesen, geschweige denn bei einer übernatürlichen Erscheinung.

Boyd rutschte davon weg.

Vielleicht konnte der Geist in der Dunkelheit nicht sehen.

Boyd blieb in Bewegung. Dadurch entfernte er sich von der Treppe, die in Sicherheit führte. Aber wenn es Adeline und die Mädchen dadurch nur mit einem statt mit drei Geistern zu tun hatten, war es die Gefahr wert.

Und tatsächlich: Der zerstückelte Geist und der Geist mit den blauen Flecken bewegten sich in seine Richtung, bis sie sich in der Dunkelheit verloren.

Adeline drehte sich um, wollte offenbar sehen, wie es Boyd erging.

»Ich komm zurecht!«, rief Boyd. »Pass du auf die Mädchen auf!«

Adeline wirkte zutiefst erschüttert bei der Vorstellung, ihn zurückzulassen. Aber wenn ihre Töchter in handfester Gefahr schwebten, gab es wirklich keine andere Wahl. Sie eilte die Treppe hinauf. Der Geist war fast oben angekommen. Adeline blieb hinter ihm stehen. Höchstwahrscheinlich kam ihr zu Bewusstsein, dass es den Zweck ad absurdum führte, wenn sie durch seinen Körper stürmte und danach ihrer gesamten Kraft beraubt wäre.

Der Geist bekam mit, dass sie sich unmittelbar hinter ihm befand. Er wirbelte herum und packte Adelines Gesicht. Dann versetzte er ihr einen Stoß.

Zum Glück kippte sie nicht einfach rückwärts, denn bei einem solchen Sturz hätte sie sich so gut wie sicher die Wirbelsäule und das Genick gebrochen. Es gelang ihr, sich zu drehen, seitwärts zu stolpern und das Holzgeländer zu fassen zu bekommen. Wenngleich sie sich nicht daran festhalten konnte, half es, ihren Sturz abzubremsen.

Trotzdem fiel sie heftig und rutschte auf dem Weg nach unten zweimal von den Stufen. Und als sie auf dem Boden aufschlug, stand sie nicht wieder auf.

Der Geist ging in die Küche und trat die Tür hinter sich zu.

Seine Frau verletzt – *tot?* – zu sehen, genügte, um Boyds Emotionen völlig zu überwältigen. Einen Moment lang vergaß er, dass er mit zwei Geistern in völliger Dunkelheit festsaß. Als er die Situation verarbeitete, konzentrierte er sich weniger auf sein Grauen und mehr darauf, Adeline in Sicherheit zu bringen. Obwohl immer noch reichlich Restgrauen verblieb.

Sie ist nicht tot, sie kann nicht tot sein, sie kann unmöglich tot sein.

Boyd mühte sich auf die Beine.

Etwas schlitzte vom Ellbogen bis zum Handgelenk über die Rückseite seines Arms. Er glaubte nicht, dass es ihn allzu tief geschnitten hatte, dennoch brannte es höllisch.

Hatten die Geister jetzt auch noch Waffen?

Bei Filmen verdrehte er immer die Augen, wenn

Charaktere die dämliche Frage stellten: »Was wollt ihr von mir?«

Nun jedoch, da er gegen Monster mit unbekannten Motiven kämpfte, kam es ihm wie eine verdammt gute Frage vor.

»Was wollt ihr von mir?« Die Geister antworteten nicht.

Er hörte Schritte, die sich von ihm entfernten und fast sicher in die Richtung von Adelines gefallenem Körper steuerten.

Dann hörte er das Geräusch von etwas, das auf den Boden tropfte. Boyd berührte seinen Arm. Er hatte sich geirrt; der Schnitt war sehr wohl tief und blutete stark.

Etwas stach ihm in den linken Oberschenkel.

Fühlte sich wie ein Messer an, hineingestoßen bis zum Griff. Er wollte Naomi und Paige nicht erschrecken, aber es waren die schlimmsten Schmerzen seines Lebens, und er konnte den Schrei nicht zurückhalten.

Als der Gegenstand aus seinem Bein gerissen wurde, tat es beinahe genauso weh.

Oben schwang langsam die Tür auf.

Boyd taumelte in Richtung der Treppe. Die Geister waren langsam. Selbst mit einem blutigen Loch im Bein konnte er ihnen entkommen. Nur Adeline musste aufwachen.

Die Tür öffnete sich weiter. Er konnte niemanden sehen, der sie aufdrückte. Wahrscheinlich ging sie von selbst auf, weil der Geist beim Aufbrechen das Schloss beschädigt hatte.

Im herabscheinenden Licht sah Boyd, dass Adeline nach wie vor regungslos auf dem Boden lag. Außerdem sah er ein dünnes Rinnsal von Blut, das seitlich von ihrem Mund bis hinunter zum Ohr verlief.

Etwas stach Boyd von hinten in den linken Arm, so tief, dass es den Knochen traf.

Er wirbelte herum, als die Waffe aus seinem Fleisch gerissen wurde.

Unmittelbar hinter ihm befand sich der Geist mit den blauen Flecken. Allerdings hielt er kein Messer. Tatsächlich hielt er gar nichts. Wie also hatte er Boyd gestochen?

Der Geist hob den Arm. Ein schartiger Knochen, die Speiche, ragte durch die Haut.

Der Geist stach mit dem Knochen zu. Boyd war beinahe zu verdattert, um sich zu rühren. Im letzten Moment trat er zurück und verhinderte knapp, dass ihm der gebrochene Knochen mitten in die Brust fuhr.

Dann verschwand der Knochen wieder im Arm des Geistes, und die Wunde schloss sich.

Prompt hob der durchscheinende Mann mit den zahlreichen blauen Flecken den anderen Arm. Er schien die Zähne zusammenzubeißen und sich für intensive Schmerzen zu wappnen.

Ein weiterer gezackter Knochen stieß aus dem Arm hervor. Von der Spitze baumelte ein transparenter Hautlappen.

Boyd wusste, dass er wegrennen sollte – was ihm nach dem Stich in den Oberschenkel nur eingeschränkt möglich wäre. Aber er war ohnehin wie versteinert, während er zu begreifen versuchte, was er sah. Man musste jemanden schon richtig, *richtig* dringend verletzen wollen, um absichtlich einen gebrochenen Knochen die eigene Haut durchstoßen zu lassen.

Blut tropfte vom Arm des Monsters. Boyd konnte den Kellerboden nicht deutlich genug sehen, um festzustellen, ob es eine Spur hinterließ.

Der zerstückelte Geist packte Boyd an der Schulter. Eigentlich hätte er sich zu weit entfernt befinden müssen, um ihn zu erreichen. Das konnte Boyd nur dem nachgiebigen roten Schleim zu verdanken haben, der die Gliedmaßen mit dem Körper verband. Sein Angreifer zog Boyd näher zum Geist mit den blauen Flecken, der sich ansatzlos hinkauerte und ihm ins Bein stach.

Boyd zuckte zurück. Dabei brach er den Knochen ab. Der Geist ließ einen gequälten, spitzen Aufschrei vernehmen; die Intensität kam dabei deutlich zur Geltung, obwohl er kaum ein Geräusch verursachte – wie ein Heavy-Metal-Album, das mit niedriger Lautstärke abgespielt wurde.

Der Knochen verblasste.

Irgendwie gelang es Boyd, nicht wieder umzukippen. Dennoch stand fest: Wenn er entkommen konnte, dann nur kriechend, nicht aufrecht. Er schaute hinüber zu Adeline. Immer noch bewusstlos. Gott, er hoffte, dass sie nur bewusstlos war …

Der Geist mit den blauen Flecken hatte sich schnell von seinen Schmerzen erholt. Sein Gesichtsausdruck zeugte wieder von blanker Wut. Er richtete sich auf und streckte die Arme zu den Seiten aus. Dann atmete er tief durch, putschte sich anscheinend dafür auf, was bevorstand.

Mehrere gebrochene Rippenknochen durchbrachen die Brust.

Letztlich gaben Boyds Beine unter ihm nach. Er landete auf dem Boden in seinem eigenen Blut.

Der Geist sah an sich hinab und wirkte entsetzt vom Anblick seines zerfleischten Oberkörpers. Dann richtete er die Aufmerksamkeit wieder auf Boyd. Als Boyd panisch davonzurutschen versuchte, kam der Geist auf ihn zu, bevor er sich auf die Knie niederließ.

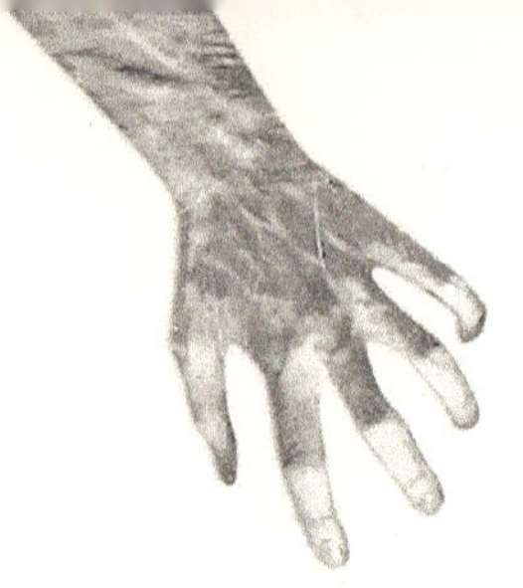

18

Bei Boyds Schrei schlug Adeline die Augen auf.

Sie erinnerte sich genau, wo sie sich befand und was passiert war, daher überraschten die Geister sie nicht. Allerdings hatte sie nicht damit gerechnet, bei einem gebrochene Rippenknochen aus der Brust ragen zu sehen. Oder damit, dass der Geist über Boyd kauerte, als bereitete er sich darauf vor, ihn in eine Umarmung zu ziehen, die ihm die Eingeweide zerfetzen würde.

Das andere Gespenst bemerkte, dass sie das Bewusstsein zurückerlangt hatte. Es kam auf sie zu und bewegte sich wie jemand, der sich erst daran gewöhnen musste, wie seine Arme und Beine funktionierten. Der Kopf schaukelte bei jedem Schritt hin und her und drohte beinahe nach hinten zu kippen.

Adeline stand auf.

Auch der Geist mit dem aufgebrochenen Brustkorb bemerkte sie.

Dadurch war er nur für einen Moment abgelenkt. Trotzdem verschaffte es Boyd genug Zeit, ein wenig weiter wegzurutschen. Er hinterließ eine Blutspur. Der Geist kroch hinter ihm her.

Der andere streckte sich nach Adeline. An sich befand er sich viel zu weit weg, um sie zu packen … Aber der rote Schleim, der seine Glieder mit dem Körper verband, dehnte sich wie geschmolzener Käse auf einer Pizza. Eigentlich hätte es albern aussehen müssen. Und wäre sie eine unbeteiligte Beobachterin gewesen statt diejenige, der sich der abgetrennte Arm entgegenstreckte, hätte sie den Anblick vielleicht auch so empfunden. In ihrer Lage jedoch sah es für sie überhaupt nicht albern aus.

»Geh und hilf den Mädchen!«, rief Boyd. »Mach dir um mich keine Sorgen!«

Der Geist schrammte mit den gebrochenen Rippenknochen über Boyds Bein, als er auf ihn kroch.

Der Arm des zerstückelten Geistes fiel zu Boden, kurz bevor er die Treppe erreichte. Also konnte sich der Glibber nicht endlos dehnen. Dennoch verschaffte er dem Geist eine Reichweite von gut und gern drei Metern. Nach einem Ruck seiner Schulter schnellte der Arm zurück an seinen Platz. Einigermaßen zumindest – die Gliedmaße hing trotzdem fast bis zum Boden.

»Geh, hab ich gesagt! Ich komm schon zurecht!«

Boyd kam ganz sicher *nicht* zurecht. Immerhin stand ein Geist kurz davor, seinen gesamten aufgebrochenen Brustkorb gegen seine Brust zu rammen.

Der erstickende Geist befand sich oben bei Paige und Naomi, und Adeline fürchtete entsetzlich um die Sicherheit der Kinder. Trotzdem würde sie zehn Sekunden opfern, um Boyd aus dem unmittelbaren Gefahrenbereich zu holen.

Sie rannte hinüber zu ihm und packte ihn unter den Achselhöhlen. Dann zog sie ihn *fast* rechtzeitig aus dem Weg, um zu verhindern, dass die Rippenknochen in seinen Bauch schnitten. Er erlitt mehrere tiefe Wunden, und sein Hemd war ruiniert, aber zumindest wurde er nicht ausgeweidet.

Der Geist packte Boyds Fuß, bevor er endgültig aus seiner Reichweite rutschen konnte.

Adeline zerrte mit einem kräftigen Ruck an Boyd und sein Fuß flutschte aus dem Griff des Geistes. Hastig schleifte sie ihn zur Treppe.

»Kannst du laufen?«, fragte sie ihn.

»Mach dir um mich keine Sorgen. Ich schaff es schon nach oben. Bitte lass mich hier!«

Adeline konnte wirklich keine weitere Zeit erübrigen. Sie musste dafür sorgen, dass ihren Töchtern nichts zustieß. Es blieb nicht einmal Zeit, Boyd einen schnellen Kuss zu geben. Stattdessen raste Adeline die Stufen hinauf. »Ich komm zurück und hol dich!«, versprach sie. Gern hätte sie hinzugefügt, dass sie ihn liebte. Aber *Ich liebe dich* fühlte sich zu sehr nach letzten Worten an, nach dem Eingeständnis, dass sie ihren Ehemann womöglich zum Sterben zurückließ. Also verkniff sie es sich.

Sie stürmte in die Küche, die sich als menschenleer erwies.

Am anderen Ende des Flurs sichtete sie den erstickenden Geist.

»He!«, brüllte sie.

Der Geist drehte sich ihr zu.

Adeline rannte in den Gang. Soweit sie wusste, hatte sie immer noch den Geschwindigkeitsvorteil. Daher konnte sie sich beim Versuch, den Geist wegzulocken, relativ dicht an ihn heranwagen. Gern hätte sie nach den Mädchen gerufen, doch sie wollte nicht, dass sie ihr Versteck verrieten, falls sie eines gefunden hatten.

Der Geist verschwand außer Sicht.

»Komm und hol mich!«, rief Adeline. »Ich bin diejenige, die du willst!«

Anscheinend verkörperte sie nicht die Einzige, die er wollte, denn der Geist kehrte nicht in den Flur zurück.

Vorsichtig, aber schnell, ging Adeline zum Ende des Flurs.

Der Geist stand unter der Falltür zum Dachboden. Er griff nach der Schnur. Allerdings fuhr seine Hand nutzlos durch sie hindurch. Die Geister verstanden sich darauf, zu treten und zu hämmern, weniger gut auf den Umgang mit Dingen wie Türknäufen oder Zugschnüren.

Adeline gefiel zwar die Vorstellung nicht, dass die Mädchen irgendwo gefangen waren, doch im Augenblick schien es ihr aufrichtig der sicherste Ort zu sein. Wenn Paige und Naomi auf dem Dachboden in Sicherheit waren, konnte Adeline zurückgehen und Boyd helfen. Danach könnten sie vielleicht zusammen versuchen, zu ihren Töchtern nach oben zu gelangen, bis Hilfe eintreffen würde.

Der Geist unternahm einen weiteren Anlauf. Die Schnur schaukelte leicht.

Was nichts bedeuten musste. Vielleicht hatte sie ein Luftzug der Klimaanlage erfasst.

Noch ein Versuch. Die Schnur schwang. Diesmal ließ es sich auf nichts anderes mehr schieben als darauf, dass der Geist allmählich den Bogen herausbekam. Wie lange noch, bis er tatsächlich an der Schnur ziehen konnte? Würde es ihm gelingen, die Klappleiter auszufahren? Wie groß wäre die Gefahr für Paige und Naomi, wenn Adeline sie allein ließe?

Der Geist bekam die Schnur zu fassen. Mit einem Ruck zog er daran, doch obwohl die Schnur wackelte, fuhr seine Hand hindurch, bevor er die Falltür öffnen konnte.

Adeline wünschte, es gäbe irgendetwas, das sie tun konnte, um den Geist zu *verletzen*. Was für eine Schwäche könnte er haben? Wie konnte sie ihn aufhalten, wenn alles harmlos durch seinen Körper hindurchging?

Sicher, es war vorstellbar, dass er eine Schwäche hatte, zum Beispiel Silber, Sonnenlicht oder Gebete. Aber wie zum Teufel sollte sie das je herausfinden? Sollte sie ihn einfach mit allem im Haus bewerfen und darauf hoffen, dass sich irgendeine verborgene Verwundbarkeit offenbaren würde wie bei einer Figur in einem Videospiel?

Der Geist erstickte noch immer. Sein Gesicht war aufgedunsen.

Ertrank er etwa?

Möglich, dass ihm ein Geisterhühnerknochen in der Kehle steckte, aber er konnte genauso gut auf ewig am Ertrinken sein. Wie würde ein Wesen, das in einer ewigen Schleife des Ertrinkens festsaß, auf Wasser reagieren?

Adeline raste an dem Geist vorbei ins Badezimmer. Sie drehte den Wasserhahn auf und hielt die hohlen Hände unters Wasser. Als sie zum Überlaufen voll waren, trat sie aus dem Badezimmer und schleuderte dem Geist das Wasser ins Gesicht.

Die Tropfen flogen durch ihn hindurch und platschten auf den Boden.

Der Geist drehte sich ihr zu und sah sie an. Er sprach kein Wort, aber sein Gesichtsausdruck besagte: *Was soll das jetzt werden, Lady?*

Na schön, der Geist litt an keiner magischen Verwundbarkeit durch Wasser. Zur Kenntnis genommen.

Er zog an der Schnur und die Falltür klappte auf.

Adeline schob die Falltür wieder nach oben.

Der Geist schlug ihr ins Gesicht. Adeline prallte gegen die Wand und sackte zu Boden. Ihr Mund füllte sich mit Blut. Sie hatte sich nicht auf die Zunge, sondern ein Stück aus der Wange gebissen. Auch ein Vorderzahn fühlte sich wackelig an.

Sie rappelte sich in dem Moment auf, als der Geist die Falltür wieder herunterließ.

Selbst wenn sie beide aus Fleisch und Blut gewesen wären, es wäre ein unfairer Kampf gewesen. Und da er sie schlagen konnte, sie ihn jedoch nicht, kam ein Kampf nicht infrage. Ihre einzige Möglichkeit bestand darin, es vor ihm auf den Dachboden zu schaffen und ihn davon fernzuhalten.

Paige lugte herab. »*Ma!*«

»Schon gut, Schatz! Ich komme!«

Adeline konnte auf jeden Fall schneller eine Leiter erklimmen als der Geist. Nur musste sie dafür durch ihn hindurch, womit dieser gewaltige Energieverlust einherging. Sie musste also hoffen, dass sie es auch in geschwächtem Zustand vor dem Geist nach oben schaffen konnte. Aber da diese gottverdammte Kreatur zwischen einer Mutter und ihren Kindern stand, war Adeline zuversichtlich, dass sie das Wettrennen gewinnen würde.

Sie entfernte sich von der Leiter und wich in Naomis Zimmer zurück, um Anlauf zu nehmen.

Der Geist setzte wackelig den Fuß auf die erste Sprosse.

Adeline preschte in vollem Lauf zur Leiter.

Sie pflügte durch den Geist und fühlte sich schlagartig matt, dennoch kämpfte sie sich fast ganz nach oben. Erst als sie sich der obersten Sprosse entgegenstreckte, brach sie zusammen. Aber sie sackte nach vorn statt nach hinten und bewahrte sich ihren Platz auf der Leiter.

Paige fasste herab und packte Adelines Arm. »Hilf mir!«, sagte Paige zu Naomi, die sich nach unten streckte und den anderen Arm ihrer Mutter ergriff. Indes bekam der Geist ihren Fuß zu fassen.

Adeline musste ihre letzten Kraftreserven mobilisieren. Sie wollte nicht die Leiter hinuntergezogen werden – oder, schlimmer noch, entzweigerissen werden. Schon gar nicht, da sie so kurz davor war, ihre Töchter zu erreichen.

Wild schüttelte sie ihr Bein, während Paige und Naomi versuchten, sie nach oben zu hieven. Es wäre so viel einfacher gewesen, wenn sie dem Geist einfach ins Gesicht treten könnte.

Naomi verlor allmählich den Halt.

Dann löste sich Adelines Fuß. Sie raste das restliche Stück hinauf, drehte sich oben um, packte die oberste Sprosse und begann, die Leiter hochzuziehen. Der Geist befand sich zwar darauf, hatte aber kein Gewicht, daher spürte sie keinen Widerstand. Würde er einfach mit auf den Dachboden gezogen werden?

Als die Leiter anfing, sich zu falten, ließ Adeline sie los. Die Leiter fiel auf den Boden zurück. Leider erwies sich der Aufprall als zu sanft und genügte nicht, um den Geist abzuschütteln.

Sie zog die Leiter samt Geist wieder hoch.

Als Adeline sie diesmal losließ, trat sie mit dem Fuß

hinterher, um ihr mehr Schwung zu verleihen. Die Leiter knallte auf den Boden. Der Geist fiel zwar nicht, aber er streckte die Arme aus, um das Gleichgewicht zu halten, und er stieg von den Sprossen. Rasch holte Adeline die Leiter wieder ein. Der Geist griff schnell danach, doch seine Arme fuhren geradewegs hindurch.

Adeline zog die Leiter vollständig hoch und schloss die Falltür.

Eines der Mädchen hatte das Licht angemacht, dennoch herrschte auf dem Dachboden eine schaurige Düsternis, da er nur von einer einzigen schwachen Glühbirne erhellt wurde.

Paige und Naomi warfen die Arme um Adeline. Sie hätte ihren Töchtern gern gesagt, wie sehr sie die beiden liebte, und ihnen versichert, es würde alles gut werden. Allerdings fürchtete Adeline, die Worte würden ihre beruhigende Wirkung verlieren, wenn beim Sprechen Blut aus ihrem Mund blubberte.

Also drehte sie stattdessen den Kopf weg und spuckte das Blut auf ein Stück Glaswolle.

»Bist du verletzt?«, fragte Paige. Den Waschlappen, den sie sich wieder aufs Auge gedrückt hielt, hatte inzwischen deutlich mehr Blut durchtränkt.

»Alles gut. Mach dir keine Sorgen um mich.« Adeline wischte sich mit dem Handrücken über den Mund.

»Wo ist Dad?«

»Dem geht's auch gut.« Vielleicht stimmte es sogar. Vielleicht war es eine Lüge. So oder so brauchten die Mädchen nicht zu wissen, dass ihr Vater schwer verletzt bei den Geistern im Keller lag.

»Kann der böse Mann hier rauf?«, fragte Naomi.

»Er ist zwar nicht gut darin, aber er kann an der Schnur ziehen. Egal, ich schaffe es schon, die Falltür geschlossen zu halten.«

»Ich wollte nicht, dass wir hier oben in der Falle sitzen, aber ich wusste nicht, wohin sonst«, meldete sich Paige zu Wort.

»Nein, nein, das hast du schon richtig gemacht. Hättet ihr euch in 'nem Schrank versteckt, hätte es keinen Fluchtweg mehr gegeben. Falls er es hier herauf schafft, können wir immer noch weg.«

»Wie?«, wollte Naomi wissen.

Adeline zögerte. Es war kein *guter* Fluchtplan.

»Ihr müsst für mich über die Bretter da kriechen«, sagte Adeline und zeigte nach links. »Bis zur Wand. Dort wartet ihr, während ich die Falltür bewache.«

»Aber dorthin könnte er uns immer noch folgen«, merkte Paige an.

Adeline schüttelte den Kopf. »Wenn ihr dorthin geht, wo ich sage, seid ihr direkt über der Wohnzimmercouch. Wenn's sein muss – und ich bin sicher, es wird nicht nötig sein, aber nur für alle Fälle –, könnt ihr durch die Decke brechen und landet auf der Polsterung.«

Paige legte die Stirn in Falten. »Bist du sicher, dass du genau weißt, wo die Couch steht?«

Adeline beschloss, nicht zu lügen. »Ziemlich sicher. Zu 90 Prozent.«

Paige und Naomi sahen sich gegenseitig an. Adeline rechnete mit einem Protest. Stattdessen nickte Naomi ernst.

»Okay.«

»Kriecht jetzt rüber. Du zuerst, Paige.«

Es erschien ihr nicht sicher, über die schmalen Balken zu krabbeln, und vielleicht gingen die Mädchen ein unnötiges Risiko ein, falls es der Geist nie zu ihnen herauf schaffte. Allerdings war im Keller die Glühbirne geplatzt, und wenn mit der Glühbirne auf dem Dachboden dasselbe passierte, müssten sie in der Dunkelheit kriechen, was unendlich gefährlicher wäre. Deshalb hielt es Adeline für besser, solange sie noch Licht hatten.

Paige zeigte sich furchtloser, als Adeline für möglich gehalten hätte. Prompt begann sie, den Balken entlangzukriechen. Sie bewegte sich rasch und hielt nur einmal inne, um sich Spinnweben aus dem Gesicht zu wischen. Bereits nach wenigen Augenblicken befand sie sich auf der anderen Seite des Dachbodens, genau über der Stelle, wo sich hoffentlich die Wohnzimmercouch befand.

»Du bist dran«, sagte Adeline zu Naomi.

»Was ist, wenn ich runterfalle?«

»Wirst du nicht.«

»Aber was, wenn doch?«

»Du bist winzig«, erwiderte Adeline. »Du wirst nicht durchbrechen. Dir passiert nichts. Kriech einfach rüber zu Paige.«

Von der anderen Seite der Falltür ertönte ein dumpfer Schlag. Naomi schrie.

»Los!«, forderte Adeline sie auf.

Naomi kroch wesentlich unsicherer auf den Balken als zuvor Paige. Adeline wollte, dass sie sich beeilte, aber sie wollte sie nicht zur Eile *drängen*. Wenn Naomi zu verängstigt war und vom Balken rutschte, konnte sie nämlich sehr wohl durch die Decke brechen und hinunter auf den Hartholzboden stürzen.

»Komm!«, spornte Paige ihre kleine Schwester an. »Ist ganz einfach! Das Holz ist robust. Dir passiert nichts.«

Naomi kroch weiter, langsam, aber stetig.

»Siehst du, wie leicht das ist?«, fragte Paige. »Du machst das toll!«

»Sei still!«, sagte Naomi. »Du machst mich nervös!«

Paige stellte die moralische Unterstützung ein.

Der Geist schlug weiter gegen die Falltür, die bei jedem Treffer erzitterte. Allerdings reichte die Kraft dahinter nicht annähernd aus, um Adeline zurückzuschleudern. Solange sie blieb, wo sie war, konnte der Geist theoretisch nicht auf den Dachboden.

Als Naomi die Hälfte hinter sich hatte, fiel Adeline ein Schatten auf, der über die Balken fiel.

Nein, kein Schatten.

Das Holz verfärbte sich.

Es verrottete.

19

Boyd schleppte sich die Treppe hinauf und zog eine beträchtliche Blutspur hinter sich her. Er konnte sich nicht zusammenreimen, warum ihn die Geister entkommen ließen.

In dem Moment, als er die Hand auf die oberste Stufe legte, packte einer der Geister seinen Fuß und zog ihn die gesamte Treppe wieder hinunter. Von einer der Stufen prallte Boyds Kinn so heftig zurück, dass er eine garstige Platzwunde befürchtete.

Die Geister lachten.

Na super, jetzt können sie lachen.

»*Geh und töte …*«, sagte der Geist mit den blauen Flecken. Mitten im Satz brach er ab, als wäre sein Mund plötzlich trocken geworden. »*Geh und töte seine Familie.*« Seine Stimme klang entfernt wie aus einem anderen Zimmer, außerdem so, als würden zwei Aufnahmen derselben Person fast gleichzeitig abgespielt, allerdings um den Bruchteil einer Sekunde zeitversetzt.

Der zerstückelte Geist, der die Arme fast wieder ganz eingezogen hatte, ging die Treppe hinauf und in die Küche.

Der Geist mit den blauen Flecken blieb auf der untersten Stufe sitzen. Er hob die rechte Hand und ballte sie zur

Faust. Ein durchsichtiger Knochen stieß durch die Haut des Zeigefingers. Er hielt den Knochen an Boyds Auge.

»*Willst du wie deine Tochter aussehen?*«, fragte der Geist.

Boyd drehte den Kopf weg.

»*Entspann dich*«, sagte der Geist. »*So präzise bekomm ich das nicht hin. Ich würde dir das Auge einfach ausstechen.*«

»Lass meine Familie in Ruhe«, verlangte Boyd.

»*Was sagst du das mir? Ich bin doch nicht derjenige, der hinter ihr her ist. Du redest mit dem Falschen. Meine Aufmerksamkeit gilt ganz dir.*« Zart fuhr er mit dem Zeigefingerknochen über Boyds Nacken. »*Meine uneingeschränkte, ungeteilte Aufmerksamkeit.*«

Damit rammte er den Knochen bis zum zweiten Knöchel in Boyds Schulter. Boyd schrie auf und krümmte sich weg.

»*Tut weh, was? Mir auch. Ist es aber wert.*«

»Was willst du eigentlich, verfickte Scheiße noch mal?«, verlangte Boyd zu erfahren.

»*Küsst du mit dem Mund deine Töchter?*«

»Ich hab dich was gefragt!«

Der Geist lächelte. Der Zeigefingerknochen zog sich in seine Faust zurück. »*Du lässt den harten Kerl raushängen? Das kann ich respektieren. Sehr sogar. Wenn ich so tief in der Scheiße säße wie du, würd ich wahrscheinlich heulen, schluchzen und um mein Leben betteln.*«

Boyd wollte sich nicht eingestehen, wie kurz er davorstand. Er sah keinen Ausweg mehr.

»Du hast mir immer noch nicht geantwortet«, warf er dem Geist vor und bemühte sich, ungefähr zehntausendfach mutiger zu klingen, als er sich in Wirklichkeit fühlte.

Der Geist hob die andere Faust. Der Zeigefingerknochen brach durch, und er stieß ihn tief in Boyds andere Schulter, verpasste ihm identische Wunden, aus denen Blut floss.

»*Wir nehmen uns eure Energie*«, erklärte der Geist. »*Und jetzt rate mal, wie wir das machen?*«

»Keine Ahnung.«

»*Rate.*«

»Indem ihr uns umbringt?«

»*Ja, genau. Langsam und grausig. Wir haben uns Energie für den Übergang gekrallt, und jetzt saugen wir euch die Energie aus, um zu bleiben. Ihr habt euch das falsche Haus ausgesucht.*«

»Was heißt das, ihr nehmt euch unsere Energie? Warum hat sich Paige selbst verletzt?«

»*Ich bin nicht dazu da, deine Fragen zu beantworten. Macht mir gar nichts aus, wenn du total verwirrt krepierst.*«

Ein Knochen brach durch seinen Arm.

»*Was meinst du, wie viele Löcher ich in dich stechen kann, bevor du stirbst? 20? 50? 100? Ich hoffe, es sind 100.*«

»Bring mich einfach um«, sagte Boyd. »Aber lasst meine Familie in Ruhe.«

»*Oh, das würden wir, wenn wir könnten. Glaubst du, wir wollen unschuldige kleine Mädchen ermorden? Genauso widerstrebt mir die Vorstellung, die heiße Braut abzumurksen, die viel zu gut für dich ist. Was für 'ne Verschwendung. Aber man muss tun, was man eben tun muss. Hätten wir 'ne andere Möglichkeit, würden wir sie nutzen.*

Haben wir aber nicht. Pech für dich und deine liebe Familie.«

Boyd fragte sich, wie lange es dauern würde, bis er verblutet wäre. Er hatte tiefe Stichwunden an einem Arm, einem Bein und jeder Schulter, dazu Schnitte überall an beiden Beinen und am Bauch, obendrein etwas, das sich nach einer hässlichen Platzwunde am Kinn anfühlte. Vielleicht würde er es auch überstehen. Helden in Actionfilmen hatte er schon Schlimmeres durchmachen gesehen.

Natürlich war er weder ein Actionheld noch befand er sich in einem Film. Er versuchte lediglich, sich von dem Wissen abzulenken, dass er durchaus sterben könnte und dass auch Adeline, Paige und Naomi vielleicht nicht den Einbruch der Nacht erleben würden. Sie konnten sogar bereits tot sein. Womöglich musste Adeline mit ansehen, wie ihre Kinder starben, während Boyd blutend auf der Treppe lag.

Er hatte das Gefühl, er könnte einen Kraftausbruch entfesseln. Nur was würde das bringen? Sollte er sich die Treppe hinaufschleppen, um gleich wieder nach unten gezogen zu werden?

Wie sollte er einen Geist überwältigen, den er nicht berühren konnte? Was konnte er tun? An seinen Anstand appellieren?

»Da dir keine erfreulichen Momente mehr bevorstehen, solltest du dir vielleicht glückliche Erinnerungen ins Gedächtnis rufen«, riet ihm der Geist. *»Für dich gibt's jetzt nur noch Leiden, bis alles schwarz wird.«*

Boyd wollte die Erscheinung gern schlagen, auch wenn es keine Wirkung erzielen würde. Nur um zu beweisen, dass sein Kampfgeist nicht gebrochen war. Andererseits wollte er auch klug rüberkommen, also ließ er es bleiben.

Stattdessen wischte er sich mit dem Ärmel übers Kinn. Der Stoff saugte mehr Blut auf, als Boyd erwartet hatte. »Sag mir wenigstens deinen Namen. Ich wüsste gern, wer mich umbringt.«

»Maddox.«

»Anständiger Name.«

»Kommen wir auf die Löcher zurück. Ich werd dich mit Löchern übersäen, Boyd. Mit vielen winzigen Löchern, bis du dich im Spiegel selbst nicht mehr erkennen würdest. Hätte ich 'ne Nadel, ich wette, ich könnte dich tagelang am Leben erhalten. Zu deinem Glück muss ich's ein bisschen schlampiger machen.«

Wieder hob der Geist die Faust. Diesmal durchstießen alle fünf Fingerknochen die Haut.

»Wo fangen wir an?«

»Geh zu Paige!«, rief Adeline. »Beeil dich! Mach so schnell, wie du kannst!«

Naomi bewegte sich schneller, während sich das Holz des Dachbodens weiter mit schwarzen und dunkelgrünen Flecken füllte. Der Fäulnisgeruch wurde Übelkeit erregend.

Eine Farbdose brach durch das Holz, stürzte ab und landete mit einem lauten Scheppern.

Adeline wollte auch zu Paige hinüberkriechen, aber das Holz faulte so schnell, dass sie nicht glaubte, sie könnte es rechtzeitig schaffen. Es erschien ihr besser, zu bleiben und gegebenenfalls hier zu fallen, wo sie sich an der Leiter festhalten könnte. Sonst würde sie mitten im Wohnzimmer landen.

Paige streckte die Hand nach Naomi aus, die sich noch ungefähr drei Meter entfernt befand. »Bitte, Naomi, beeil dich!«

Naomis Hand stieß durch den Balken. Sie erstarrte.

Adeline schaute auf. Würde das Dach verrotten, könnte sich ihnen ein Fluchtweg erschließen. Aber nein, das Dach blieb natürlich unverändert und hielt sie weiter gefangen.

Paige begann, auf ihre Schwester zuzukriechen. Ihre Hand sank in den Balken, als bestünde er aus dickem Haferbrei.

»Naomi, steh auf!«, rief Adeline. »Halt dich an den Dachbalken fest!«

Man hätte Naomi verzeihen können, wenn sie sich vor Angst erstarrt nicht von der Stelle gerührt hätte. Aber sie stand sofort auf und griff nach einem der Holzbalken der Dachsparren. Auf dem Spielplatz stellte sich Naomi am Klettergerüst geschickt an. Vielleicht könnte sie sich lange genug festklammern, dass sie die Couch unter sie schieben könnten.

Das Holz unter Adeline begann, sich zu verformen.

Naomi stellte die ganze turnerische Begabung einer Achtjährigen unter Beweis, indem sie sich zu dem Balken hochzog und die Beine hinüberschwang. Solange das Holz nicht verrottete, würde sie nicht fallen.

Dafür gab der Boden unter Paige nach. Mit einem schrillen Kreischen verschwand sie.

Es folgte kein dumpfer Aufschlag und kein Knirschen oder sonst irgendein Geräusch, das darauf hinwies, dass Paige die Couch verfehlt hatte. Es ging ihr gut. Musste es.

Mittlerweile war der Dachboden fast vollständig verrottet, ein Meer von Schwarz, Grün und Schimmelgrau. »Wir holen dich runter«, sagte Adeline zu Naomi.

Statt zu warten, bis sie durch den Boden stürzte, beschloss Adeline, die Falltür zu öffnen und hinunterzuklettern. Als sie am Metallgriff zog, brach er ab. Theoretisch könnte sie die Falltür an den Seiten anheben. Allerdings hielt sie es für keine gute Idee, das sich verflüssigende Holz anzufassen.

Sie begann einzusinken. Adeline ging direkt über der Leiter in Position und wartete.

Schließlich stürzte die gesamte Decke ein.

Sie fiel als dichter Schauer aus verrottetem Holz, Verputz, Isoliermaterial und elektrischen Leitungen. Adeline prallte gegen die Leiter und schlug sich die Knie an, konnte jedoch verhindern, dass sie bis zum Boden abstürzte. Sie klammerte sich an der obersten Sprosse fest, während um sie herum Geröll nach unten hagelte.

Dann stellte sie fest, dass sie sich im Inneren des erstickenden Geistes befand. Plötzlich wurde sie schwach, rutschte von der Leiter und landete auf einem Trümmerhaufen.

Sowohl Boyd als auch der Geist mit den blauen Flecken schauten bei dem gewaltigen Lärm auf.

Was zur Hölle war das?

Die Ablenkung währte nicht lange. Der Geist stieß Boyd einen weiteren gebrochenen Knochen in den Rücken.

»Ma!«, schrie Paige.

Adeline hob den Kopf. Paige war tatsächlich auf der Couch gelandet, Gott sei Dank.

Der erstickende Geist kletterte die Leiter herab auf Adeline zu. Der zerstückelte Geist steuerte in Paiges Richtung. Aber sich einen Weg durch die Trümmer zu bahnen, gestaltete sich für ein Gespenst offenbar genauso schwierig wie für einen Menschen.

Adeline vergewisserte sich, dass sich Naomi immer noch sicher am Dachgebälk festklammerte. Mehr als den Kopf konnte sie leider nicht bewegen. Der Rest ihres Körpers blieb bar jeder Kraft.

Paige stand von der Couch auf. Sie hatte den Waschlappen fallen gelassen. Blut verkrustete ihr Auge. Sie krabbelte über die Trümmer der Decke in Adelines Richtung. Der zerstückelte Geist streckte sich nach ihr.

Der erstickende Geist ließ die letzten Sprossen aus und sprang herab. Seine Füße landeten zu beiden Seiten von Adelines ausgestrecktem Körper. Dadurch hätte sich ihr die perfekte Gelegenheit geboten, dem Geist in die Nüsse zu boxen, wenn ihre Hand nicht harmlos durch ihn hindurchginge.

Der zerstückelte Geist streckte den Arm aus und packte Paige an den Haaren. Verzweifelt versuchte sie, sich zu befreien, aber der Griff erwies sich als zu fest. Der Geist zog sie auf sich zu.

Der erstickende Geist kauerte sich über Adeline, packte auch sie an den Haaren und rammte ihren Kopf auf den Boden.

»Mami!«, kreischte Naomi.

Dann klingelte es an der Tür.

20

»Wieso hat das so lang gedauert?«, fragte Donna den Polizisten, als er aus dem Wagen stieg. »Die schreien dadrin wie verrückt.«

»Ich wurde gleich nach dem Eingang Ihres Anrufs losgeschickt«, erwiderte der Beamte.

»Also, dadrin hat's gerade gekracht, als würde das ganze verdammte Haus einstürzen. Keine Ahnung, ob er sie grün und blau prügelt, ob sie ein Meth-Labor betreiben oder was sie sonst machen. Jedenfalls sind diese neuen Nachbarn völlig außer Rand und Band.«

»Danke, dass Sie uns verständigt haben. Sie können jetzt wieder nach Hause gehen.«

»Kommt nicht infrage. Ich will sehen, was hier los ist.«

Der Polizeibeamte ging zur Haustür, dann drehte er sich um und schaute zu Donna zurück. »Wie alt ist dieses Haus?«

»Die Tür war vorher nicht so. Ich sag Ihnen, diese neuen Leute sind allesamt Wahnsinnige. Die sind noch keine Woche hier, und schon sieht's aus, als stünde das Haus seit Jahren leer. Und es stinkt. Riechen Sie das?«

»Und ob.«

»Sie werden die doch rauswerfen, oder?«

»Ich werde herausfinden, warum sie geschrien haben, und mich dann in angemessener Weise darum kümmern.«

Der Polizist klingelte an der Tür.

Adeline hatte keine Ahnung, wer an der Tür sein mochte, doch ihr wurde plötzlich klar, dass die Person selbst dann in Gefahr schwebte, wenn sie nicht hereinkäme.

»Nicht die Tür anfassen!«, brüllte sie. Der Geist rammte ihren Kopf erneut auf den Boden. »Paige, sag, die sollen nicht die Tür anfassen!«

Officer Peter Farlind trat von der Tür weg, als ihn erst eine Frau und dann ein Mädchen brüllend aufforderten, sie nicht anzufassen. Hätten sie nicht so verzweifelt geklungen, er hätte vielleicht gedacht, sie wollten ihn bloß vor frischer Farbe warnen. Aber mit diesem Haus stimmte offensichtlich etwas ganz und gar nicht.

»Hier ist die Polizei«, verkündete er. »Wir haben einen Anruf erhalten, weil hier ein Tumult herrschen soll.«

»Ja!«, rief das Mädchen von drinnen. »Und ob hier Tumult herrscht! Aber fassen Sie nicht die Tür an!« Jemand anders sagte etwas, das Peter nicht richtig verstehen konnte.

»Richtig, wir haben eine Kontamination!«, rief das Mädchen. »Fassen Sie nicht die Tür an!«

Kontamination? Auch wenn das Haus keinen grünen Schein abstrahlte, es sah dennoch aus, als stünde es zu nahe an einem Atomkraftwerk.

Peter zog sein Walkie-Talkie vom Gürtel und forderte Verstärkung an. Selbst wenn sich die Sache als abartiger

Streich herausstellen sollte, er wollte jemanden als Zeugen dabeihaben.

»Sie müssen uns hier rausholen!«, brüllte das Mädchen. »Bitte helfen Sie uns!«

Peter schaute zurück zu der Frau mittleren Alters, die bei der Polizei angerufen hatte. »Ma'am, Sie müssen den Bereich verlassen. Ich glaube, hier ist es nicht sicher.«

Die Frau wich einige Schritte zurück, ging aber nicht weg.

Das Fenster neben der Haustür war völlig beschlagen. Nein, nicht beschlagen, sondern bedeckt von so vielen winzigen Bläschen, dass Peter nicht hindurchsehen konnte. Seltsam.

Unter normalen Umständen hätte »Kontamination« bedeutet, die Füße stillzuhalten und die Angelegenheit den Experten zu überlassen. Aber wenn Menschen, darunter ein Kind, in unmittelbarer Gefahr schwebten, dann musste er versuchen, sie zu befreien, bevor es zu spät wäre.

Rasch zog er sein Hemd aus, während die Schaulustige am Rand des Gartens ihn anstarrte. Er wickelte sich den Stoff über Mund und Nase, weil er fand, das sei besser als nichts, falls eine Gaswolke aus dem Fenster käme. Dann trat er gegen das Glas.

Sein Fuß prallte davon so heftig zurück, dass er beinahe umkippte.

Er trat noch einmal zu. Nichts. Fühlte sich weniger wie Glas an, eher wie richtig dicker Gummi.

Peter zog die Dienstwaffe aus dem Holster. »Ma'am, ich fordere Sie nicht noch einmal zum Gehen auf. Falls die Kugel als Querschläger endet, wollen Sie nicht mehr hier sein.«

»Bitte helfen Sie uns!«, kreischte das Mädchen drinnen erneut.

Die Frau machte kehrt und ergriff die Flucht.

»Sorg dafür, dass niemand in der Nähe des Fensters ist«, rief Peter ins Haus. »Ich werd durch das Glas schießen. Verstanden?«

»Jaja! Schießen Sie durch die Scheibe!«

Peter wartete, bis die Nachbarin die mögliche Gefahrenzone verlassen hatte. Er trat zur Seite, damit ein Querschläger ihn nicht treffen würde, dann zielte er und drückte den Abzug.

Das Projektil hinterließ ein kleines rundes Loch.

Dann zerfloss das Glas über dem Loch und versiegelte es.

In seinen 17 Dienstjahren als Polizist war Peter nie etwas Vergleichbares untergekommen. Er sollte lieber auf Verstärkung warten.

»Bitte!«, schrie das Mädchen.

Oder er sollte zu drastischeren Maßnahmen greifen.

»Bleibt alle weg von der Wand«, sagte er. »Hörst du mich? Sorg dafür, dass niemand in der Nähe der Wand ist!«

»Okay!«, bestätigte das Mädchen.

Unter normalen Umständen wäre Peter *niemals* auf die Idee gekommen, mit dem Auto durch die Mauer eines Hauses zu fahren. Und falls ihn die Leute drinnen nur verarschten, würde er zum Gespött des Reviers werden. Allerdings hörten sich diese Leute eindeutig nicht so an, als würden sie herumalbern. Und einen Streich musste man schon wirklich auf die Spitze treiben, um ihn nicht abzubrechen, wenn man von einem

Polizisten aufgefordert wurde, sich von der eigenen Hauswand fernzuhalten.

Er stieg ins Auto, startete den Motor, setzte ein paar Meter zurück und wendete das Fahrzeug, bis es dem Haus zugewandt stand. Dann legte er den Sitzgurt an, atmete tief durch und trat aufs Gaspedal.

Einen Herzschlag vor dem Zusammenstoß fragte er sich, ob er zu impulsiv handelte.

Dann brach der Streifenwagen durch die Vorderseite des Hauses. Peter trat auf die Bremse, als die Hälfte des Fahrzeugs durch die Mauer gepflügt war. Das hatte besser als erwartet funktioniert. Nun musste er nur noch den Rückwärtsgang einlegen und …

Großer Gott. Was ist denn hier passiert?

Die gesamte Decke war eingestürzt. Oben klammerte sich ein kleines Mädchen, vielleicht sieben oder acht Jahre alt, an den Dachsparren fest. Ein weiteres Mädchen im Teenageralter presste sich an die gegenüberliegende Wand. Auf dem Boden lag eine Frau.

Außerdem waren da … Nein, Peter musste halluzinieren. Im ersten Moment, nachdem man mit dem Auto geradewegs durch die Front eines Hauses gekracht war, nahm man die Welt nicht richtig wahr.

Von oben tropfte Flüssigkeit auf seinen Kopf.

Er schaute auf. Irgendetwas sickerte durchs Autodach. Obwohl sich in der Decke kein Sprung erkennen ließ, tropfte eine zähe schwarze Flüssigkeit davon herab. Öl? Konnte er bloß nicht sehen, wie es eindrang?

Schlagartig wurde aus dem Tröpfeln ein Wasserfall.

Peter wurde völlig durchnässt. Einen Herzschlag lang war er zu verblüfft, um zu bemerken, dass es zu brennen anfing.

Der Geruch war unsagbar beißend und widerlich – wie ein Schuppen, in dem man Lebensmittelreste bei Temperaturen jenseits der 40 Grad lagerte.

Als er nach dem Schalthebel griff, schrie er beim Anblick von Muskeln und Sehnen auf. Allerdings sah er sie bloß kurz, dann blieben nur noch Knochen zurück.

Das Teenagermädchen glotzte ihn entsetzt an.

Peters Skelettfinger fielen von der Hand ab, als er den Rückwärtsgang einzulegen versuchte. Sein rechtes Bein löste sich vom Rest des Körpers und rutschte vom Sitz auf den Boden des Wagens. Das linke Bein folgte. Sein Rumpf kippte zur Seite.

Er schrie weiter, bis ihm die Zunge aus dem Mund fiel.

»Wir haben ihn umgebracht!«, schrie Paige heulend. »Wir haben ihn umgebracht!«

Der schwarze Wasserfall war erstarrt und versperrte vollständig die Sicht nach draußen. Das Polizeiauto stand nach wie vor halb im Haus. Von dem Beamten war nichts übrig, zumindest nichts, das man durch die Windschutzscheibe sehen konnte.

Adeline ahnte bereits, dass sie ihr Gewissen dafür mit zahlreichen schlaflosen Nächten strafen würde. Vorläufig hatte das Opfer des Polizisten etwas nicht Unwesentliches für sie bewirkt: Die Geister schienen vom Geschehen genauso verblüfft zu sein wie die Menschen.

Adeline nutzte die Ablenkung und ergriff die Flucht. Paige tat es ihr gleich. Sie stürmten in Naomis Zimmer und zogen die Tür hinter sich zu.

»Er ist tot!« Paige schluchzte. »Ich hab ihn umgebracht!«

»Wir biegen das wieder hin«, versprach Adeline, obwohl ihr spontan nicht einfiel, wie man rückgängig machen könnte, dass sich ein Mann wie in Batteriesäure aufgelöst hatte.

Sie hatte erst Boyd und nun auch noch Naomi zurückgelassen, doch Naomi war vorläufig sicherer als sie alle. Solange das Holz, auf dem sie kauerte, nicht verrottete, würde ihr nichts passieren.

Paige presste sich gegen die Tür. »Es ist meine Schuld. Ich hab ihn angebettelt, uns zu Hilfe zu kommen.«

»Wir haben ja nicht gewusst, was passieren würde.«

»Aber wir haben gewusst, dass es schlimm sein könnte!«

»Schatz, es ist grauenhaft, was da gerade passiert ist, aber im Moment können wir dagegen nichts unternehmen. Wir müssen uns darauf konzentrieren zu überleben. Unsere Trauer und unsere Schuldgefühle verarbeiten wir, wenn wir alle in Sicherheit sind, versprochen.«

»Wir werden nie in Sicherheit sein.«

»Doch, werden wir.«

»Ein Polizist ist mit seinem Auto durch unsere Hauswand gefahren und umgekommen! Wie zum Teufel sollen wir gerettet werden?«

»Ausdrucksweise!«, warnte Adeline. Eine automatische Mutterreaktion, denn in Wirklichkeit juckte es sie im Augenblick kein bisschen, ob Paige fluchte. Selbst eine Lawine von Schimpfwörtern jeder Couleur wäre völlig angemessen gewesen.

»Tut mir leid«, entschuldigte sich Paige.

»Ich weiß, dass es übel aussieht. Aber wir kommen da raus. Wir alle vier.«

»Und wie?«

»Keine Ahnung. Aber es muss eine Möglichkeit geben.«

»Wie kommst du darauf? Warum muss es eine Möglichkeit geben?«

»Weil's einfach so ist.« Adeline hatte in ihrem Leben schon bessere Argumente vorgebracht, aber sie versuchte nicht bloß, eine optimistische Haltung vorzugaukeln. Sie glaubte aufrichtig, dass es einen Ausweg aus der Situation gab. Zwar hatte sie keinen verfluchten Schimmer, wie er aussehen mochte, trotzdem würde es eine Lösung für ihr Problem geben. Musste es. Sie konnten nicht einfach von Geistern in einem verfallenden Haus getötet werden. Das war lächerlich.

»Ist Dad tot?«, fragte Paige.

Adeline schüttelte vehement den Kopf. »Nein.«

»Wo ist er dann?«

»Im Keller.«

»Mit einem Geist?«

»Ja.«

»Also ist er doch tot.«

»Nein! Gottverdammt noch mal, Paige, hör auf, dich so aufzuführen! Dein Vater ist nicht tot, und wir finden einen Weg, sie zu besiegen. Sorgen wir zuerst mal dafür, dass sie weniger beängstigend wirken. Geben wir ihnen Spitznamen.«

»Was?«

»Spitznamen«, wiederholte Adeline. »Der mit den Knochen – den nennen wir jetzt Knochi. Denk nur noch als Knochi an ihn.«

»Du bist verrückt geworden«, sagte Paige.

»Und wenn schon. Vernunft hat uns bisher nicht weit gebracht. Warum also nicht was anderes ausprobieren? Knochi. Der andere, der nicht atmen kann – wie soll sein neuer Name sein?«

»Weiß nicht.«

»Überleg dir was. Sei kreativ.«

»Ersticki?«

»Ersticki! Perfekt! Knochi und Ersticki. Man kann sich nicht vor Geistern fürchten, die Knochi und Ersticki heißen, oder?«

»Schätze, nicht.«

»Was ist mit dem Letzten? Dem mit den losen Körperteilen. Was wäre für ihn ein guter Name?«

Paige überlegte kurz. »Schlappi?«

»Schlappi funktioniert.«

»Nein, Strecki.«

»Strecki! Knochi, Ersticki und Strecki. Die drei Stooges der Geisterwelt. Mir jagen sie keine Angst ein. Dir?«

»Weiß nicht.«

»Das sind Witzfiguren. Wir sollten über sie lachen. Genau das machen wir, wenn wir sie das nächste Mal sehen. Wir zeigen mit dem Finger auf sie und schütteln uns vor Lachen.«

»Warum versuchen sie nicht hereinzukommen?«

»Vielleicht ist ihnen langweilig geworden und sie sind gegangen.«

»Vielleicht sind sie hinter Dad her.«

Adeline rutschte ein unverhofftes Schluchzen heraus, das sich unbemerkt in ihr aufgebaut hatte. Paige hatte recht. Boyd war vermutlich tot, und alle albernen Spitznamen der Welt würden sie nicht retten.

Niemand würde ihnen helfen.

»Ich bewache die Tür«, sagte Adeline. »Hol dir eine Socke oder so aus Naomis Schublade. Dein Augenlid blutet wieder.«

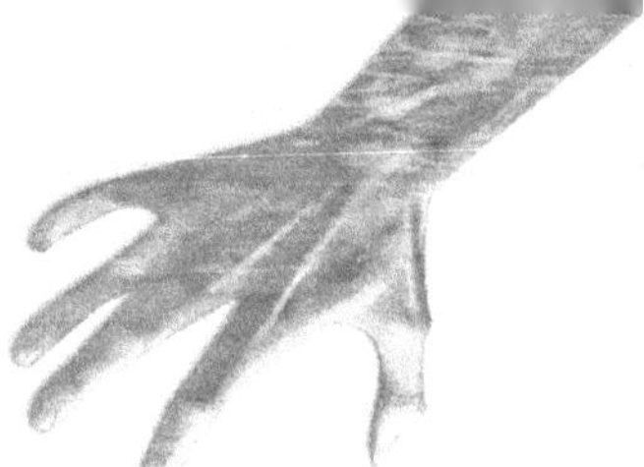

21

Was zur Hölle war das?

Es klang, als wäre ein Güterzug ins Haus gekracht.

Das und der donnernde Lärm von vorhin ließen nur einen Schluss zu: Oben spielte sich gerade heftige Scheiße ab. Maddox hoffte, dass es Fletcher und Heck nicht vermasselten.

»Ich hoffe, du hast 'ne Mieterversicherung«, sagte er zu Boyd und stach ihm mit dem Zeigefingerknochen in den Rücken. Er war halb damit fertig, den Mund eines Smileys aus blutigen Löchern zu zeichnen.

Boyd hatte keine schlagfertige Antwort auf Lager. Was in Ordnung war.

Maddox hatte auch nichts Geistreiches von sich gegeben, während seine Knochen mit einem Schürhaken zertrümmert worden waren. Also konnte er wohl kaum erwarten, dass ein braver Vater zweier Mädchen einen höheren Standard bieten würde.

Maddox fand, er sollte wohl oben nachsehen, was vor sich ging. Zwar gefiel ihm die Vorstellung nicht, Boyd unbeaufsichtigt zu lassen, aber wie weit würde der Mann schon kommen?

»Ich hab das Gefühl, ich sollte mal nachsehen, was da oben abläuft«, sagte Maddox. *»Ist das für dich in*

Ordnung? Ich müsste dir ein paar Sehnen durchschneiden, um sicherzustellen, dass du nicht wegläufst.«

»Ich geh nirgendwohin.«

Maddox grinste. *»Richtig, stimmt. Wirst du nicht.«*

Ganz ehrlich, Maddox hatte nichts gegen den armen Teufel. Er verdiente sein Schicksal nicht. Genauso wenig wie seine Frau und seine Kinder. Sie schienen eine durch und durch anständige Familie zu sein. Obwohl sie – auf grausame Weise – sterben mussten, war es definitiv nichts Persönliches. Könnte Maddox eine Familie von Arschlöchern abschlachten, würde er sich mit Freuden für diese Möglichkeit entscheiden.

Allerdings hatte er keine Kontrolle darüber, wer in dieses Haus einzog.

Tatsächlich war er nicht sicher, ob diese Leute wirklich auf grausame Weise sterben mussten. Sterben mussten sie, ja, aber die »grausame Weise« beruhte mehr auf einem Gefühl als auf einer Regel. Niemand hatte irgendwelche Regeln genannt. Es lief alles rein instinktiv ab.

Jedenfalls würde Boyd nicht so sehr leiden, wie es Maddox getan hatte. Die Schmerzen, die ihm diese Schlampe zugefügt hatte, waren über alles hinausgegangen, was er sich je hätte vorstellen können.

Und dann, kurz nach dem Übergang, hatte er sich geradezu nach einer Rückkehr zu den harmlosen, fast drolligen Qualen gesehnt, die damit einhergegangen waren, von einem Schürhaken erschlagen zu werden.

Gina hatte gesagt, sie würden nicht in die Hölle kommen, doch das war eine reine Formsache. Dieser Ort hätte selbst dann nicht höllischer sein können, wenn der Teufel höchstpersönlich ihnen eine Mistgabel in den

Arsch gerammt hätte, während Hitler den Morgendrill leitete. Ständiges Leid. Ständiges Grauen. Ein Ort, an dem man sich einfach in eine Ecke verkriechen und den Verstand verlieren wollte, damit man sich nicht mit seiner Existenz auseinandersetzen musste … Aber Wahnsinn wäre ein zu einfacher Ausweg gewesen. Ein kostbares Geschenk. Eine Zwangsjacke, in der man bis in alle Ewigkeit irre lachte? Das Paradies.

Die Umstände ihrer Lage waren verwirrend, um es harmlos auszudrücken. Manchmal fühlte es sich so an, als steckten sie in ihren Körpern, manchmal so, als beobachteten sie sich selbst. Zeit war irrelevant – Maddox hatte keine Ahnung, ob sie seit Tagen, Wochen, Jahren oder Jahrzehnten tot waren. Allerdings hatte diese Familie keine Androidendiener oder eine Teleportationsmaschine, also vielleicht doch nicht so lange. Der Ort, der offiziell nicht die Hölle war, glich einem Albtraum, in dem alles in flüchtig aufblitzenden Ereignisabfolgen passierte. Kurz danach verlor man es aus dem Gedächtnis, aber man wachte immer wieder auf und durchlebte nur noch Schlimmeres. Es war, als befände man sich in einem Horrorfilm, in dem der Protagonist aufwachte und sagte: »Oh, Gott sei Dank, es war nur ein Traum!« Und dann fiel das Monster auf sein Bett, denn er steckte *immer noch* in dem Traum. Haha, Publikum verarscht, unendlich oft wiederholt.

Klang alles irgendwie so, wie man die Welt als Wahnsinniger wahrnehmen würde. Nur war sich Maddox stets bewusst, was im jeweiligen Augenblick um ihn herum vor sich ging. Er wusste immer, dass seine höllische Existenz eine Folge dessen war, was Gina ihm angetan hatte. Er würde nicht letztlich in seinem eigenen Bett aufwachen und erleichtert seufzend aufatmen.

Andererseits – und er hatte keine Ahnung, wie lange es dauern würde – konnte er wieder die reale Welt sehen. Nur das Haus, in dem er gestorben war. Er war sich nicht sicher, *wie* er es sehen konnte. Es verhielt sich nicht so, dass sie vor dem Haus schwebten, durch einen magischen Spiegel blickten oder auf einen gehäuteten Körper projizierte Bilder sahen. Aber sie konnten es sehen. Sie alle drei.

Und sie wussten, sie konnten zurückkommen.

Sie konnten Energie stehlen. *Leben* aussaugen, auch wenn es sich kitschig anhörte.

Keiner von ihnen verstand wirklich, wie es funktionierte. Vielleicht strahlte die Kraft der Liebe oder irgendein ähnlicher Scheiß eine Art von Energie aus, von der sie zehren konnten. Und der Vorgang bewirkte Merkwürdiges. Ließ die Familie krank werden. Ihre Lebensmittel verfaulen. Brachte das ältere Mädchen dazu, einer Dunkelheit zu erliegen, die irgendwo in den hinteren Nischen ihres sich entwickelnden Gehirns lauerte. Ließ sie glauben, eine Kontaktlinse würde ihr Auge zerquetschen, obwohl sie in Wirklichkeit herausgefallen war und an der Seite der Toilettenschüssel klebte. Weckte im jüngeren Mädchen den Wunsch, mit den Fischen zu schwimmen.

Und schließlich, als Maddox, Heck und Fletcher genug abgesaugt hatten, wurde für die Familie schlagartig alles wieder normal. Die Welt hatte wieder besser für die Gardners ausgesehen – nur hatten sie leider plötzlich drei jenseitige Eindringlinge im Haus.

Und mittlerweile kam der lustige Teil.

Oh, ihre Lage blieb schrecklich. Alle drei litten ständig Qualen – zumindest er, und es gab keinen Grund zu der Annahme, es ginge seinen Partnern anders. Allerdings entsprach das schon so lange dem Normalzustand, dass sich Maddox letztlich mehr oder weniger daran gewöhnt hatte. Und es gestaltete sich schwierig, Kontrolle über diese neue Geisterversion seiner selbst auszuüben, aber er bekam den Dreh schnell raus. Als sie sich ursprünglich materialisiert hatten, war er besorgt gewesen, es könnte wie nach einem schweren Schlaganfall sein und er würde Monate oder gar Jahre brauchen, um wieder laufen zu lernen. Was überhaupt nicht zutraf.

Es war fast vorbei. Ein toter Ehemann, eine tote Ehefrau, zwei tote kleine Mädchen, und er wäre wieder normal.

Zumindest glaubte er, dass es sich so zutragen würde. Die erste Phase des Plans hatte wie erwartet funktioniert. Vermutlich würden seine Instinkte also auch beim zweiten Teil richtig sein.

Da Heck und Fletcher noch nicht aufgetaucht waren, um zu melden, dass die Familie entkommen war, ging Maddox davon aus, dass die Barriere ordnungsgemäß funktionierte. Niemand konnte aus dem Haus entkommen. Niemand konnte in das Haus gelangen. Und es tickte keine Uhr. Sie hatten so viel Zeit, wie sie brauchten, um die Familie Gardner zu töten. Boyd und seine Lieben konnten sich verstecken, konnten in Schichten schlafen und sich mit dem nicht verdorbenen Essen im Haus über Wasser halten, am Ende würden sie trotz allem sterben.

Was Boyd nicht zu wissen brauchte. Er wollte nicht, dass der arme Teufel alle Hoffnung fallen ließ. Es wäre nicht annähernd so vergnüglich, ihn zu Tode zu foltern, wenn er nihilistischer Verzweiflung erläge.

»Hey.«

Maddox schaute auf. Heck stand am oberen Ende der Treppe.

»Stimmt was nicht?«

»Alles paletti. Verfickt großartig sogar. Solltest raufkommen und es dir ansehen.«

»Was ansehen?«

»Ist besser, wenn du dir selbst ein Bild davon machst.«

»Gib mir 'nen Hinweis.«

»Toter Bulle.«

Maddox grinste. *»O ja, das will ich sehen.«*

»Total verrückt, was passiert ist. Du wirst's nicht mal glauben.«

»Habt ihr schon jemanden von seiner Familie umgelegt?«

»Nee. Noch nicht.«

Maddox klopfte Boyd auf die Schulter. *»Hast du das gehört? Hast noch was, wofür's sich zu leben lohnt. Ich wette, da fühlst du dich innerlich gleich ganz warm und flauschig. Nur zu, sag ruhig was Trotziges, wenn du willst. Ich werd auch nicht wütend.«*

»Fick dich.«

»Das war jetzt deine trotzige Äußerung? Oder hat das meiner Einladung an dich gegolten, was Trotziges zu sagen?«

»Komm schon, Maddox«, mischte sich Heck ein. *»Wir haben keine Zeit für diesen Scheiß.«*

»Stimmt doch gar nicht. Wir haben alle Zeit der Welt.«

»Na ja, ich persönlich hätt gern, dass die Höllenqualen so bald wie möglich aufhören.«

»Hast recht, hast recht, schon gut.« Maddox hielt den Zeigefinger hoch. Er wünschte, er würde nicht immer wieder von selbst heilen. Maddox wappnete sich für den Schmerz, dann stieß der Knochen durch seine transparente Haut. Es schmerzte genauso sehr, wie es wohl würde, wenn sein Körper noch aus Fleisch und Blut bestünde.

»Was hast du vor?«, fragte Heck.

»Ihm die Achillessehnen durchschneiden. Damit er mir nicht wegläuft.«

»Was, wenn er verblutet, während du weg bist?«

»Wäre das gegen die Regeln?«

»Scheint mir nicht schrecklich genug als Abgang zu sein.«

»Hmmm.«

»Brich ihm einfach das Bein.«

»Wie denn?«

»Keine Ahnung«, erwiderte Heck. *»Schubs ihn die Treppe runter. Oder weißt du was? Vergiss es einfach. Kannst es dir ja später ansehen.«*

»Nein, nein, das will ich nicht verpassen. Er wird nicht gleich alles verderben, wenn er ein paar Meter weit wegkriecht. Gehen wir einfach.«

Maddox stieg die Treppe hinauf und ließ den armen kleinen, blutenden Boyd zurück. Der Kerl war so schon in derart schlechter Verfassung, dass er auch ohne durchtrennte Achillessehnen verbluten könnte. Aber Maddox würde nicht lange weg sein.

Kaum hatten sie die Küche betreten, erblickte er all das Geröll auf dem Wohnzimmerboden. Die gesamte verdammte Decke war heruntergestürzt! Heilige Scheiße!

»Wie ist das denn passiert?«

»Fletcher hat den Boden unter ihnen wegfaulen lassen.«

»Das können wir?«

»Anscheinend.«

»Gut zu wissen. Wo ist der Bulle?«

Maddox folgte Heck ins Wohnzimmer. Auf der anderen Seite hatte er viele surreale, grausige Anblicke gesehen, konnte sich jedoch an keinen davon erinnern. Dennoch war er sich ziemlich sicher, dass er noch nie einen halb durch eine Wohnzimmerwand gefahrenen Polizeiwagen gesehen hatte.

Er ging hinüber und spähte durch die Windschutzscheibe hinein. *»Wo ist der tote Bulle?«*

»Er sollte eigentlich dadrin sein …« Heck linste ebenfalls ins Auto. *»Scheiße, ich glaub, der hat sich total aufgelöst. Auf dem Sitz ist noch 'n Stück von seiner Uniform. Hättest sehen sollen, wie er geschmolzen ist. Das war verflucht grausig.«*

»Ach, was soll's?« Maddox schaute hinüber zu Fletcher. *»Warum stehst du nur da rum? Was machst du?«*

»Babysitten.«

»Was?«

Fletcher zeigte beiläufig nach oben. Das jüngere Mädchen, Naomi, befand sich noch im ehemaligen Dachboden. Die Kleine schien nicht in Gefahr zu schweben abzustürzen, aber sie weinte und wirkte zutiefst verängstigt.

Maddox winkte ihr zu.

»Kommt ihr nicht an sie ran?«, fragte er.

»Nicht ganz.«

»Warum lasst ihr nicht das Holz verrotten, damit sie abstürzen?«, wollte Maddox wissen.

Fletcher versuchte zu antworten, brachte aber durch sein Ersticken keinen zusammenhängenden Satz heraus.

»Wir erreichen sie nicht«, sprang Heck für ihn ein. *»Wir haben die Mauer verrotten lassen, aber es geht nicht hoch genug hinauf.«*

»Dann bewerft sie mit irgendwelchem Scheiß.«

»Machen wir, sobald wir was aufheben können.«

»Wo sind die Mutter und das andere Kind?«

Heck deutete zu einer geschlossenen Tür. *»Verstecken sich dadrin.«*

»Dann geht rein und macht sie alle.«

»Werden wir. Dachte nur, du würdest vielleicht den geschmolzenen Bullen sehen wollen, das ist alles.«

»Und das hab ich ja jetzt. Ich geh wieder runter.«

Maddox kehrte in die Küche zurück. Er hielt inne und betrachtete den Kühlschrank. Das fehlte ihm mehr als alles andere: Essen. Nun ja, Essen und nicht ständig schier unerträgliche Qualen zu leiden. Als Erstes, wenn er wieder in einem normalen Körper wäre, würde er das größte, saftigste Ribeye-Steak verdrücken, das er finden konnte, ertränkt in Soße. Dazu eine große Ofenkartoffel und ein kaltes Bier.

Er stieg die Stufen hinunter. Boyd war von der Treppe weggekrochen, aber nicht besonders weit gekommen. Maddox konnte nicht wütend auf ihn sein. Tatsächlich wäre er eher angewidert von Boyd gewesen, wenn der

Kerl noch genau dort gewesen wäre, wo er ihn zurückgelassen hatte.

»Irgendwas erreicht, während ich weg war?«, fragte Maddox.

Boyd erwiderte nichts.

»Machen wir dort weiter, wo wir aufgehört haben.«

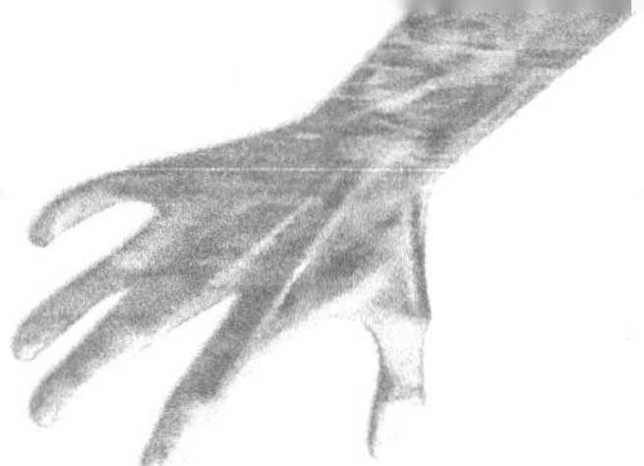

22

»Ma?«

Adeline schaute auf. Paige reichte ihr eines von Naomis Shirts. Adeline dankte ihr und wischte sich damit die Augen ab. Sie wünschte, sie könnte zu weinen aufhören. Unter den gegebenen Umständen fand sie trotzdem, dass sie ein gutes Beispiel für ihre Tochter verkörperte, indem sie sich nicht zu Boden warf und aus voller Kehle schrie. Oder in einen katatonischen Zustand verfiel.

Sie wusste, dass Naomi vorläufig in Sicherheit war, sonst hätte die Kleine mit einem Schrei auf sich aufmerksam gemacht. Allerdings hatte sie keine Ahnung, ob Boyd noch lebte oder nicht. Gern hätte sie geglaubt, dass sie tief in ihrem Herzen wusste, ihr Ehemann lebte noch. Aber das war Quatsch mit Soße aus Märchen. Es spielte keine Rolle, was sie tief im Herzen empfand. Wenn die Geister ihn nicht ermordet hatten, lebte er noch. Wenn doch, lag er tot im kalten Keller. Ihre Gefühle hatten nichts damit zu tun.

Warum versuchten diese Kreaturen nicht, in Naomis Zimmer zu gelangen?

Der Türknauf wackelte.

»Boyd?«, fragte Adeline, obwohl sie wusste, dass nicht er es sein würde. Boyd hätte sich angekündigt, bevor er versucht hätte, die Tür zu öffnen.

»Ja, ich bin's.«

Einen Moment lang dachte Adeline, der Geist wollte sie wirklich mit einer fürchterlich schlechten Imitation von Boyds Stimme täuschen. Dann wurde ihr klar, dass er sich bloß lustig über sie machte.

Adeline bedeutete Paige, in Position zu gehen. Ihr Plan war nicht sonderlich kompliziert. Tatsächlich war er absurd einfach: den Geist – oder hoffentlich mehr als einen – in Naomis Zimmer kommen lassen, daran vorbei hinausrennen und die Tür verbarrikadieren. Derselbe Plan, der schon im Keller nicht funktioniert hatte. Langfristig wäre es dafür besser, wenn der Geist die Tür nicht beschädigte, deshalb hatten sie das Schloss nicht verriegelt.

Paige schob sich unter Naomis Bett.

Der Türknauf wackelte weiter. Anscheinend konnte ihn der Geist nicht fest genug greifen, um ihn zu drehen.

Dann schwang die Tür auf. Adeline trat zurück, blieb dahinter. Der zerstückelte Geist – Strecki – betrat den Raum.

Wie geplant zupfte Paige an der Decke, um ihren Aufenthaltsort zu verraten.

Der Geist bewegte sich aufs Bett zu.

Als er das Zimmer durchquerte, kam Adeline hinter der Tür hervor. »Hier bin ich, du blindes Stück Scheiße!«

Der Geist drehte sich ihr zu und sah sie an. Paige rollte sich unter dem Bett hervor, sprang auf und raste zur Tür. Der rote Glibber dehnte sich, als der Geist sie zu packen versuchte. Sie wich seiner Hand aus und schaffte es aus Naomis Zimmer, gefolgt von Adeline, die sofort die Tür zuzog.

Beide rannten zur Couch und schoben sie quer durchs Wohnzimmer. Ersticki stellte sich in den Weg, aber die Couch pflügte geradewegs durch ihn hindurch und prallte gegen die Schlafzimmertür.

»Spring!«, rief Adeline. »Spring jetzt!«

Wenn Naomi zögerte, würde der erstickende Geist sie vielleicht erwischen. Aber sie zögerte nicht. Sie sprang von dem Balken. Die Couch befand sich nicht direkt darunter, aber nahe genug, dass sie keinen dramatischeren Sprung hinlegen musste als beim Turnunterricht.

Während sie durch die Luft fiel, fürchtete Adeline für den Bruchteil einer Sekunde, sie würde es nicht schaffen. Sie würde auf dem Boden aufschlagen und sich die Beine brechen. Plötzlich hatte Adeline das bizarre, unerklärliche Bild von Naomi vor Augen, die auf das Holz knallte, wo ihre Beine wie Glas bis zum Rumpf hinauf barsten und scharfkantige rote Splitter überallhin spritzten.

Stattdessen landete die Kleine auf der Couch, prallte von der Polsterung zurück und fiel erst dann auf den Boden. Es sah aus, als täte es weh, aber Naomi rappelte sich sofort auf und ergriff Adelines Hand. Dann rannten alle drei aus dem Wohnzimmer.

Wäre Ersticki nicht da gewesen, hätten sie mehr Möbel verschieben und seinen Freund wirkungsvoller in Naomis Zimmer einsperren können. So mussten sie hoffen, dass die Couch allein ihn eine Zeit lang darin festhalten würde.

Vor Boyds und Adelines Schlafzimmer blieben sie stehen. Adeline wollte verzweifelt in den Keller, um Boyd zu helfen, so man ihm noch helfen konnte – *hör auf, so zu denken*. Aber wenn es ihnen gelänge, Ersticki in einem anderen Raum einzusperren und dann jedes Möbelstück im Haus vor diese beiden Türen zu stellen, hätten sie nur noch Knochi, mit dem sie sich auseinandersetzen mussten.

Die Spitznamen halfen nicht.

Der erstickende Geist schaute zwischen ihnen und Naomis Schlafzimmertür hin und her, als wäre er unsicher, ob er versuchen sollte, die Couch zu entfernen oder Jagd auf seine Beute zu machen. Den Trick mit »Komm und hol mich!« hatte Adeline zu oft abgezogen. Unwahrscheinlich, dass er gegen den Geist noch einmal klappen würde. Ihre beste Chance bestand darin, ins Schlafzimmer zu gehen, als hofften sie, nicht verfolgt zu werden.

Adeline, Paige und Naomi verschwanden hinein, schlossen aber noch nicht die Tür. Zu dritt würde es sich zwar schwieriger gestalten, doch vielleicht würde es ihnen gelingen, noch einmal denselben Plan durchzuziehen. Ins Zimmer locken, an ihm vorbei, Tür blockieren. Schlicht und einfach.

»Ihr zwei versteckt euch unter dem Bett«, flüsterte Adeline. »Wenn er die Tür aufmacht, bewegt Paige wie zuvor die Decke, damit er weiß, dass ihr dadrunter seid. Wenn ihr mich mit ihm reden hört, kommt ihr beide unter dem Bett vor und rennt zur Tür hinaus, so schnell ihr könnt.«

Paige und Naomi nickten.

Adeline spähte in den Flur.

Mist. Der erstickende Geist versuchte, die Couch wegzuschieben.

Zurück zur anderen Taktik. »He!«, rief Adeline. »Hier drüben!«

Der Geist schenkte ihr keine Beachtung.

»Neuer Plan«, verkündete Adeline den Mädchen. »Ich hole euren Vater. Behaltet den Geist im Auge. Wenn er kommt, um euch zu holen, schließt ihr die Tür ab und zieht alles davor, was ihr könnt.«

»Bring ihn gesund zurück«, sagte Paige.

»Mach ich.« Bevor sie das Zimmer verließ, umarmte sie ihre Töchter kurz. Dann marschierte sie schnell, aber leise davon. Sie hoffte, der erstickende Geist würde sich zu sehr auf die Couch konzentrieren, um ihren Abgang zu bemerken.

Adeline gelobte sich, nicht zusammenzubrechen, falls Boyd tot wäre. Sie würde sofort zu ihren Töchtern zurückkehren, um sie zu beschützen. Für Trauer, Zweifel und Selbstverachtung würde später noch genug Zeit bleiben.

»Fast fertig mit dem Smiley«, verkündete der Geist mit den blauen Flecken und stach den Fingerknochen erneut in Boyds Rücken. *»Na ja, zumindest mit dem Mund. Sieht momentan noch bloß wie ein U aus. Aber ich versprech dir, es wird ein richtiges Kunstwerk.«*

Boyd wusste nicht genau, wie viele Löcher der Geist in seinen Rücken gestochen hatte – mindestens ein Dutzend. Jedenfalls wünschte er sich, er könnte sich an die Schmerzen gewöhnen oder zumindest gefühllos werden. Aber jedes Mal wenn der Geist seine Haut durchbohrte, tat es genauso weh wie beim Stich davor.

»Stört es dich, so hilflos zu sein?«

»Ja«, antwortete Boyd. Wozu lügen?

»Hättest du gern, dass ich dich von deinem Elend erlöse?«

»Nein.«

»Bist du sicher?«

»Fragst du das jetzt wirklich oder willst du mich bloß verarschen?«

Maddox schmunzelte. *»Eigentlich verarsch ich dich eher. Bin mir allerdings wirklich nicht sicher, ob ich das weiter rauszögern muss. Widerstrebt mir zwar, den Smiley unvollendet zu lassen, aber ich hab das Gefühl, ich hab dich fast genug gequält, um deine Rolle beim Ritual zu erfüllen. ›Fast‹ deshalb, weil du natürlich trotzdem sterben musst.«*

»Klar.«

»Kann dir nicht versprechen, dass es kurz und schmerzlos wird. Ich könnte dir 'nen Knochen durch den Augapfel ins Hirn stoßen. Aber ich tendiere eher dazu, dir ganz langsam die Kehle aufzuschlitzen. Das zieht sich nicht allzu lang hin, ist aber hinlänglich schrecklich.«

Boyd wusste nicht, was er sagen sollte. Er konnte sich nicht wehren. Konnte nicht fliehen. Und ganz bestimmt wollte er dem Arschloch keine Genugtuung bereiten, indem er um sein Leben bettelte.

Es gab nicht das Geringste, was er tun konnte.

Außer … so zu tun, als würde er nicht Adeline oben an der Treppe sehen.

Sie hielt einen Feuerlöscher in den Händen. Obwohl sich Boyd nicht erklären konnte, was sie damit vorhatte, war er zuversichtlich, dass sie einen großartigen Plan ausgearbeitet haben würde.

Seit Beginn der Folter war Boyd etliche Male zusammengezuckt und hatte spitz aufgeschrien. Beim nächsten Mal ließ er es bewusst laut ausfallen. »Genug!«, stieß er hervor. »Ich halt die Scheiße nicht mehr aus! Bring mich einfach um, Herrgott noch mal! Stich mir ins Genick, damit es endlich vorbei ist!«

»Haben wir das nicht grade erst besprochen?«

»Weißt du, es wird nicht funktionieren.«

»Was wird nicht funktionieren?«

»Das Ritual.«

»Du weißt vom Ritual einen Scheißdreck, nur das, was ich dir erzählt hab. Was soll das werden, versuchst du etwa, mich abzulenken oder …«

Es wäre zu viel gehofft gewesen, dass es Adeline den ganzen Weg die Treppe herunter schaffte, ohne von Maddox bemerkt zu werden. Tatsächlich kam sie nicht mal über die erste Stufe hinaus. Aber kaum hatte er zu ihr aufgeschaut, stürmte Adeline die Treppe herunter, legte mit dem Feuerlöscher los und besprühte sie beide.

Boyd wusste nicht, ob sie damit bei dem Geist irgendeine Wirkung erzielen würde. Der Gedanke, Geister würden sich durch den Schaum auflösen, war zwar wunderschön, doch er hielt es für äußerst unwahrscheinlich. Aber zumindest sorgte es für ziemlich gute Ablenkung.

Zeit für einen Kraftakt.

So rasch wie möglich kroch Boyd die Treppe hinauf. Sich so schnell zu bewegen, verursachte zwar höllische Schmerzen, trotzdem war es erträglicher als weitere Zeit mit Maddox im Keller zu verbringen. Adeline besprühte den Geist weiter mit dem Feuerlöscher. Vermutlich konnte man nichts blenden, das keine physischen Augen besaß. Demnach würde Maddox sich wohl nicht in sein Gesicht krallen und brüllen: *»Du hast mich geblendet!*

Du Miststück, du hast mich geblendet!« Aber wenn sie ihn noch ein paar Sekunden länger verwirren und desorientieren könnte, würde das vielleicht reichen.

Boyd schlug sich das bereits heftig blutende Kinn an einer der Stufen an. Man wusste, dass man in sehr schlechter Verfassung war, wenn man sich beim Kriechen eine Treppe hinauf versehentlich das Gesicht anschlug.

Das stete Rauschen des Feuerlöschers verkam zu einem stockenden Röcheln. War das Ding wirklich schon leer? Hatte Jack es nicht überprüft?

Adeline schleuderte den Feuerlöscher auf Maddox. Boyd schaute nicht zurück, vermutete aber, er würde wirkungslos durch das Gespenst hindurchsegeln. Adeline packte Boyd an den Händen und half ihm die Stufen hinauf, dann schlug sie die Tür zu.

Boyd hätte sie gern umarmt. Allerdings sah ihr Plan das nicht vor. Stattdessen preschte sie zur Tür ihres Schlafzimmers und klopfte an. »Wir sind's! Lasst uns rein!«

Der zerstückelte Geist schien im Wohnzimmer erfolglos zu versuchen, die Couch zu verschieben. War die gesamte Decke eingestürzt? Boyd hatte den Tag schon mit seinen persönlichen Erlebnissen für ziemlich ereignisreich gehalten, dabei hatte er offenbar einiges verpasst.

Die Schlafzimmertür öffnete sich.

Adeline und Boyd hasteten hinein und zogen die Tür zu.

»Schiebt alles vor die Tür, was ihr könnt!«, sagte Adeline. »Kommt, wir fangen mit dem Bett an.« Adeline, Paige und Naomi begannen, das Bett durch das Zimmer zu schieben, während sich Boyd an der Wand abstützte, um nicht die Besinnung zu verlieren.

Er war über und über von seinem eigenen Blut bedeckt, glaubte aber nicht, dass er sterben würde. Zumindest nicht so bald.

Natürlich gab es auch keinen Grund zu der Annahme, sie würden in absehbarer Zeit befreit werden.

Sobald sich das Bett mit einer daraufgestellten Kommode an Ort und Stelle befand, war Zeit für Umarmungen. Jedenfalls angedeutete Umarmungen – Boyd war viel zu mitgenommen, um sich von seinen Lieben richtig drücken zu lassen. Schon eine von Naomis Standardumarmungen könnte ihm vielleicht den Garaus machen.

»Haben wir einen Plan, der darüber hinausgeht?«, fragte er.

Adeline schüttelte den Kopf. »Nein. Ich würde ja gerne sagen, wir können einfach auf Hilfe warten, aber …«

»Wir haben einen Polizisten ermordet«, warf Paige ein.

»Was?«

»Das meint sie nicht wörtlich«, stellte Adeline klar. »Aber ein Polizist ist beim Versuch gestorben, uns zu retten.«

»Wie?«

Adeline erzählte eine Geschichte von einem Auto, das durch die Wand gekracht war, und von ätzendem Schleim, der einen Ordnungshüter zersetzt hatte. Boyd wurde speiübel. Einerseits weil ein Unschuldiger gestorben war, andererseits weil das bedeutete, es gab keinen Ausweg. Das Haus war vollständig versiegelt.

»Aber die Leute draußen müssen doch irgendwas tun können, oder?«, sagte er. »Ich meine, was, wenn eine riesige Abrissbirne das Dach wegfegt? Würde diese Schmiere dann wieder alles versiegeln?«

»Keine Ahnung«, gab Adeline zurück. »Aber ich fürchte, die Geister finden einen Weg hier rein, bevor jemand auf die Idee kommt, das Dach vom Haus zu fegen. Meine Sorge ist, dass jemand draußen was weniger Drastisches versuchen und dasselbe Schicksal wie der Polizist erleiden könnte.«

Boyd seufzte. Ihm war nicht mal der Gedanke gekommen, dass Unschuldige beim Versuch draufgehen könnten, sie zu retten. Hoffentlich waren die Umstände beim Tod des Polizisten bizarr genug, um andere fernzuhalten.

»Also warten wir einfach ab?«, fragte Boyd.

»Ich werd nicht einfach warten«, meldete sich Paige zu Wort. »Ich werd ein Loch in die Wand brechen. Vielleicht funktioniert es nicht überall gleich. Ich werd auch nicht die Hand durchstecken oder so.«

»Das ist zu gefährlich«, sagte Adeline.

»Das Zeug ist nicht auf ihn gespritzt. Es hat sich direkt von oben auf ihn ergossen. Wenn ich vorsichtig bin und weiß, was mich erwartet, passiert mir nichts.«

»Du hast grade selbst gesagt, dass es vielleicht nicht überall gleich funktioniert.«

Paige legte die Stirn in Falten.

»Okay. Aber ich will nicht einfach nur rumsitzen, bis sie uns kriegen.«

»Will ich auch nicht«, sagte Adeline. »Wir überlegen uns was. Verarzten wir erst mal euren Vater.«

Zum Glück schloss ein Badezimmer an das Schlafzimmer an. Es enthielt zwar keine voll ausgestattete Hausapotheke, aber reichlich Verbandsmaterial. Boyd schrie nicht, als das Desinfektionsmittel auf seine Wunden aufgetragen wurde. Sehr wohl jedoch vergoss er ein paar Tränen und schämte sich nicht, dass ihn seine Töchter weinen sahen.

»Hört ihr das?«, fragte Adeline.

»Was?«

Sie schaute nach oben. »Klingt wie ein Hubschrauber.«

»Achtung«, ertönte von draußen eine mittels Megafon verstärkte Stimme. *»Hier spricht die Polizei. Kommen Sie mit erhobenen Händen aus dem Haus. Ich wiederhole, kommen Sie mit erhobenen Händen aus dem Haus.«*

»Hm«, brummte Adeline. »Ist die Lage gerade besser oder schlechter für uns geworden?«

Gina Atherton genoss eine heiße Tasse koffeinfreien Kaffee und sah sich im Fernsehen *Parks and Recreation* an. Ihr Neffe Danny hatte ihr erklärt, dass man das neuerdings *Binge-Watching* nannte. Sie war früher nie eine große Fernsehfanatikerin gewesen. Aber dass sie sich unabhängig vom Fernsehprogramm aussuchen konnte, was sie sehen wollte, noch dazu mit allen Episoden hintereinander, ließ sie diese beinahe magische technische Innovation aufrichtig schätzen. Zugegeben, sie verbrachte dadurch bereits die sechste Stunde am Stück vor der Flimmerkiste, statt auszugehen, aber sie war ohnehin nie ein übermäßig geselliger Mensch gewesen.

Als das Telefon klingelte, wäre sie um ein Haar nicht rangegangen. Allerdings erschien auf dem Display ein

Foto von Jack Ponter. Dass man bildlich sehen konnte, wer einen anrief, fand sie wunderbar. Sie hatte keine Ahnung, wie Danny das eingerichtet hatte. An sich hatte Gina keine Lust, mit Jack zu reden. Aber wahrscheinlich brauchte er ihre Zustimmung zu irgendetwas für das Miethaus, und sie wollte sich nicht vor ihren Pflichten drücken.

»Hallo, Jack«, meldete sie sich. Sie fragte sich, ob ihn überraschte, dass sie wusste, dass er es war. Höchstwahrscheinlich nicht. Er war jünger als sie und kannte sich daher wohl bestens mit Mobiltelefonen aus.

»Hi, Gina. Tut mir leid, Sie zu stören.«

»Gar kein Problem. Was kann ich für Sie tun?«

»Ich glaube ja nicht wirklich, dass Sie oder ich etwas tun können, aber die Polizei hat das Haus umstellt, das Sie an die Familie Gardner vermietet haben …«

23

Als Gina zehn Minuten später eintraf, stand Jack bereits mit etlichen Reportern und verschiedenen Schaulustigen unmittelbar vor einer Absperrung, die von der Polizei um das Haus errichtet worden war. Innerhalb der Absperrung befanden sich mindestens sechs Polizeiwagen und ein Feuerwehrauto. Am Himmel darüber kreiste ein Helikopter.

»Was um alles in der Welt geht dadrin vor sich?«, wollte sie von Jack wissen. »Wieso sieht das Haus so aus?«

»Keine Ahnung«, gestand Jack. »Es kann niemand rein. Und von drinnen antwortet niemand. Anscheinend ist ein Polizist gestorben – schauen Sie, man sieht noch das Heck seines Wagens.«

Gina verengte die Augen. Tatsächlich: Ein Polizeiwagen steckte in der Front ihres Hauses. Was ihre Aufmerksamkeit jedoch noch mehr erregte, war die schwarze Substanz in den Lücken. Es sah aus, als hätte jemand das Loch mit Teer gekittet, aber vergessen, zuerst das Auto zu entfernen.

Worum es sich handelte, wusste sie nicht, auf jeden Fall war es nicht natürlich. Und wenn sich in dem Haus etwas Unnatürliches abspielte … Nun, dann suchte sie vermutlich ihre blutige Rache von vor über einem Jahr heim.

Gina duckte sich unter dem gelben Absperrband der Polizei hindurch.

»Oha, wo wollen Sie denn hin?«, fragte Jack.

»Das ist mein Haus.«

»Das heißt noch lange nicht, dass Sie einfach durch die Absperrung können! Das ist womöglich nicht sicher!«

Gina ignorierte ihn und ging weiter. Prompt sprach sie ein Polizeibeamter an. »Bitte bleiben Sie hinter der Absperrung, Ma'am.«

»Das ist mein Haus.«

»Dann kommen Sie bitte mit.«

Der Beamte führte sie zu einem grauhaarigen, müde wirkenden Mann mit einem Megafon. Gina bezweifelte, dass es sich bei dem Kaffee, den er trank, um entkoffeinierten handelte.

»Die Frau hier sagt, das ist ihr Haus«, erklärte der Beamte.

Der Mann nickte, trank einen Schluck von seinem Kaffee und sah Gina an. »Dann können Sie mir ja vielleicht sagen, was zum Teufel dadrin los ist.«

»Leider nicht. Aber ich würde gern reingehen und es herausfinden.«

»Wir können nicht rein. Eine Nachbarin hat ausgesagt, dass einer meiner Männer versucht hat, durch ein Fenster zu schießen, das sich sofort von selbst wieder versiegelt hat. Die Leute dadrin reden jetzt nicht mehr, aber anscheinend haben sie vorhin davor gewarnt, die Tür anzufassen. Bis wir rausgefunden haben, was das für Zeug um das Auto herum ist, gehen wir kein Risiko ein.«

»Ich schon.« Gina steuerte auf das Haus zu.

»He!« Der Mann packte sie am Arm. »Sie gehen da nicht rein.«

»Wollen Sie wirklich eine alte Frau mit körperlicher Gewalt aufhalten?« Gina riss ihren Arm von ihm los. »Wollen Sie mir in den Rücken schießen?«

»So alt sind Sie nicht.«

»Danke.«

»Aber ich kann Sie da nicht reingehen lassen.«

»Ich ersuche Sie nicht um Ihren Segen. Ich will nur, dass Sie mich nicht von den Beinen reißen oder erschießen.« Gina setzte den Weg zum Haus fort. Sie war zuversichtlich, dass man nicht das Feuer auf sie eröffnen würde. Wenn jedoch jemand entschiede, sie wegzuschleifen, könnte sie nur ein gewisses Maß an Widerstand leisten.

Aber sie schaffte es bis zur Haustür.

»*Alle Mann zurückhalten*«, befahl der leitende Beamte über das Megafon. Gina vermutete, dass es sich um den Polizeichef handelte, doch sie war keine Expertin dafür, wer das Megafon halten durfte. »Ma'am, bitte seien Sie vorsichtig.«

Gina öffnete die Eingangstür.

Was zum Teufel hatten diese Leute mit ihrem Eigentum gemacht? Es sah von außen schon schrecklich aus, aber sie hatte nicht damit gerechnet, dass die gesamte Wohnzimmerdecke eingestürzt sein würde! Die Reparaturarbeiten würden ein Vermögen kosten! Gottverdammte Mieter.

Aber eigentlich versuchte sie bloß, sich vorzumachen, dass der Schaden durch eine exzessive Party statt durch etwas Unheimliches verursacht wurde. Sie schloss die Tür hinter sich. Wenn die Lage im Haus so schlimm war, wie sie vermutete, würde sie eher keine Zeugen wollen.

»Hallo?«, rief sie.

Jemand antwortete mit einem erstickten Laut.

Es war der große Glatzkopf. Cliff Fletcher. Der, den sie gezwungen hatte, sich im Koiteich zu ertränken. Sie wusste nicht, ob er ein Geist, eine Astralprojektion oder sonst was war, jedenfalls konnte sie direkt durch ihn hindurchsehen.

Das kam unerwartet.

Während sie ihn anstarrte, füllte er sich ein bisschen. Wurde weniger durchscheinend. Sie konnte zwar nach wie vor durch ihn hindurchsehen, allerdings nicht mehr so deutlich wie noch vor wenigen Sekunden.

Er schien es auch zu bemerken. Zuerst hob er sich die Hand vors Gesicht, dann fasste er mit beiden Händen nach unten und zog eine Couch von der Tür ihres ehemaligen Gästezimmers weg.

Die Tür schwang auf. Hector Clarke kam heraus, der Dünne, dem sie Arme, Beine und den Kopf abgehackt hatte. *»He, sag mal, geht für dich auf einmal auch alles leichter?«*, fragte er.

Cliff zeigte auf Gina. Spontan setzte Hector ein breites Grinsen auf.

»Das ist sie! O mein Gott, sie ist's wirklich! Ich halt's nicht aus! He, Miststück, ich glaub, deine Gegenwart macht uns stärker!«

Gina entschied, dass es an der Zeit für einen Abgang wäre. Zwar hatte sie schon vermutet, dass die Kerle, die sie so brutal ermordet hatte, für das verantwortlich zeichneten, was mit dem Haus geschah, aber sie hatte nicht erwartet, sie tatsächlich *zu sehen*.

Sie drehte sich um, griff nach dem Türknauf und schrie spitz auf, als sie das Gefühl überkam, von 20 Wespen auf einmal gestochen zu werden. An ihrer Handfläche blieb ein dicker, schwarzer Brandfleck zurück.

Sie war doch nicht etwa plötzlich auch hier gefangen, oder? Das konnte nicht sein.

Na schön. Dass der Türknauf beim Drehen wehtat, hieß noch lange nicht, dass er sich überhaupt nicht drehen würde. Sie hob einen Packen rosa Isoliermaterial auf und benutzte es, um ihre Hand zu schützen, als sie den Türknauf erneut ergriff.

Funktionierte nicht. Es schmerzte genauso sehr wie beim ersten Mal. Und obwohl sie sich zwang, die Höllenqualen mehrere Sekunden lang zu ertragen, gab der Türknauf nicht nach.

Sie hätte die Tür doch nicht hinter sich schließen sollen.

»Niemand kommt hier raus«, sagte Hector. *»Anscheinend nicht mal du.«*

»Ist jemand im Haus?«, rief die Stimme einer Frau. Hörte sich an, als befände sie sich hinter einer geschlossenen Tür im Flur. Gina hatte zwar noch nie mit ihr gesprochen, aber vermutlich handelte es sich um Adeline Gardner. Hoffte Gina jedenfalls – sie wollte nicht noch mehr Beteiligte an diesem Albtraum.

Gina war keine große Läuferin. Schien ein guter Zeitpunkt zu sein, um damit anzufangen.

Sie rannte los. Die Mörder folgten ihr.

»Gina Atherton!«, brüllte sie. »Ich bin die Besitzerin! Lassen Sie mich rein!«

Sie hörte das Geräusch von Möbeln, die verschoben wurden. Allerdings nicht annähernd schnell genug. Sie rannte stattdessen in den Raum daneben, schlug die Tür zu und verriegelte sie. Zum Glück verhielt sich dieser Türknauf nicht wie der andere. Anscheinend waren nur die Türen nach draußen mit übernatürlichen Fallen versehen.

»Nicht die Tür öffnen!«, rief sie. »Die waren direkt hinter mir!«

»Können Sie uns helfen?«, fragte Adeline.

Darauf hatte Gina keine gute Antwort. Vermutlich war sie wertvoller als irgendeine beliebige Person von der Straße. Aber sie war keine überragende Zauberin, die täglich hexte. Ihre Schwester war die Expertin gewesen. Gina hätte nie gedacht, dass diese drei Männer zurückkehren könnten. Und sie konnte nicht einfach mit den Fingern schnippen, um sie wieder ins Jenseits zu befördern.

»Vielleicht«, antwortete sie vorsichtig.

An der Wand neben der Tür prangte ein schwarzer Fleck, der ihr zuvor nicht aufgefallen war. Nein, halt, plötzlich waren es zwei. Und sie wurden größer.

»Sie lassen unsere Wand verrotten!«, rief Adeline.

Ah, das also passierte. Na toll.

Hätte Gina gewusst, dass sie mit den drei Männern, die sie getötet hatte, im Haus gefangen sein würde, sie hätte sich die Zeit genommen, sich einen Plan zurechtzulegen, bevor sie durch die Haustür gekommen war. Zwar hatte sie ein paar spontane Ideen, wie sie vorgehen könnte, doch sie schienen alle *äußerst* mangelhaft zu sein.

»Meine auch«, gab Gina zurück. Sie wünschte, sie

könnte vertraulich mit der Familie sprechen, statt laut genug, um sich durch die Wand Gehör zu verschaffen. »Wir treffen uns im Keller.«

Es widerstrebte ihr zwar, die relative Sicherheit des Zimmers schon so bald zu verlassen, aber wenigstens würde sie ein gewisses Überraschungsmoment auf ihrer Seite haben, wenn sie gleich verschwand, statt zu warten, bis die Wand in sich zusammenfiel. Sie öffnete die Tür und rannte in den Flur hinaus. Hector versuchte, sie zu packen, griff jedoch daneben. Er unternahm einen weiteren Anlauf und diesmal streckte sich sein Arm. Nein, in Wahrheit blieb sein Arm gleich lang, aber das undefinierbare rote Zeug, das seine Gliedmaßen am Rumpf hielt, dehnte sich.

Im Grunde hatte ihm Gina so was wie Superkräfte verliehen, indem sie ihn in Stücke gehackt hatte. Was für eine Ironie.

Die andere Tür öffnete sich. Die Gardners kamen hervor und sahen aus, als hätten sie einen Krieg durchgemacht. Besonders mitgenommen sah der Vater aus, Boyd. Das ältere Mädchen schien womöglich ein Auge verloren zu haben. Es war nicht Ginas Schuld. Das alles hätte sie unmöglich ahnen können. Sie hatte drei Psychokiller von der Erde verbannt. Ganz abgesehen von ihrem eigenen gestillten Durst nach Rache hatte sie versucht, zukünftige Opfer dieser Drecksäcke zu retten. Sie weigerte sich, die Schuld für die Ereignisse hier zu akzeptieren.

Hector versperrte ihr den Weg ins Wohnzimmer, aber zum Glück wollte Gina gar nicht in die Richtung. Problematischer war: Fletcher, der anscheinend die Wand zum anderen Zimmer hatte verrotten lassen, versperrte den Weg zum Keller.

Noch problematischer: Ihr Anführer Maddox, der in Geisterform genauso fürchterlich aussah wie damals, als sie ihn verscharrt hatte, befand sich ebenfalls im Flur und stand hinter Fletcher.

Ein Geist links, zwei Geister rechts …

»*Na so was, na so was, na so was*«, sagte Maddox. »*Hätte nicht gedacht, dass wir dich hier sehen würden. Hab eher gedacht, wir müssten nachts bei dir zu Hause einbrechen.*«

Die Geister näherten sich.

»Können sie uns körperlich verletzen?«, wollte Gina von Boyd wissen. Da er überall voll Blut war, hatte sie damit wohl eine dumme Frage gestellt.

Die naheliegendste Vorgehensweise wäre, schleunigst zurück in die Zimmer zu verschwinden. Aber wenn sich die Geister durch die Wände arbeiten konnten, wäre das eine entschieden zu vorübergehende Lösung.

Gina hatte keine Macht über diese Männer. Aber wussten sie das?

»Halt!«, brüllte sie ihnen entgegen und hob die Hand. »Einen Schritt näher, und ich schicke euch zurück!«

Alle drei Geister blieben stehen.

»Ihr habt vielleicht einen Weg gefunden, euren Qualen zu entkommen. Aber wenn ihr nicht kooperiert, schicke ich euch schnurstracks zurück! Wollt ihr das etwa? Wollt ihr weitere höllische Folter, oder geht ihr uns verdammt noch mal aus dem Weg?«

»*Warum bist du hier?*«, fragte Maddox.

»Ich bin hier, um eine Vereinbarung mit diesen netten

Leuten zu treffen. Sie haben mit all dem hier nichts zu tun.«

»Doch, haben sie. Eine ganze Menge sogar.«

Gina schüttelte den Kopf. »Du irrst dich. Ihr versucht doch, physische Körper zurückzuerlangen, oder?«

»Das stimmt.«

»Dann braucht ihr sie nicht. Es gibt einen anderen Weg.«

»Der da wäre?«

»Der da wäre, dass ihr uns verdammt noch mal aus dem Weg geht, wie ich's schon gesagt hab.« Gina spielte mit dem Gedanken, theatralisch die Hand zu schwenken, als würde sie einen Zauber wirken. Aber sie gelangte zu dem Schluss, das wäre übertrieben.

»Okay«, erwiderte Maddox und trat beiseite.

Hector rührte sich nicht.

»Heck, tu, was sie sagt.«

Widerwillig wich Hector an die Wand zurück und gab ihnen genug Platz frei, damit sie vorbeigehen konnten. Gina, Boyd, Adeline, Paige und Naomi bewegten sich langsam durch den Flur in die Küche.

»Was kommst als Nächstes?«, fragte Maddox.

»Als Nächstes lasst ihr uns unbehelligt nach unten gehen. Ich will deine hässliche Visage nicht sehen, während ich mich mit diesen Leuten unterhalte. Verstanden?«

»Woher weiß ich, dass du uns nicht übers Ohr hauen willst?«

»Gar nicht. Ihr findet euch damit ab, dass es besser ist, mich ein paar Minuten mit euren unschuldigen Opfern beratschlagen zu lassen, als dass ich euch sofort wieder verbanne. Und je mehr du redest, desto unmutiger werde ich.«

Maddox wirkte nicht überzeugt. Trotzdem versuchte er nicht, dazwischenzugehen, als Gina die Gardners die Treppe hinunter in den Keller führte. Sie gingen langsam. Einerseits um nicht den Eindruck einer überstürzten Flucht zu erwecken. Andererseits weil Boyd aussah, als könnte er sich kaum bewegen.

Gina drückte den Lichtschalter. Nichts geschah.

»Die Glühbirne ist geplatzt«, teilte Adeline ihr mit.

»Dann plaudern wir eben im Dunkeln.« Als die anderen vor ihr hinuntergingen, schloss sie die Tür.

»Können Sie die Geister wirklich zurückschicken?«, flüsterte Paige.

»Nein. Sonst hätte ich's längst getan. Und das werden sie sich bald zusammenreimen, obwohl sie alle drei nicht besonders helle sind. Uns bleibt also nicht viel Zeit.«

»Sie können sie nicht zurückschicken, aber Sie können sie aufhalten?«, fragte Boyd.

Gina zögerte.

»Sie können sie *nicht* aufhalten?«

»Ich bin nicht in einer strahlenden Rüstung auf einem weißen Ross angeritten und hab behauptet, ich wäre Ihre Retterin«, sagte Gina. »Aber zumindest kann ich sagen, Sie sind besser dran als vor meiner Ankunft. Das ist doch schon mal was, oder?«

»Möglich. Gibt's irgendwas, das Sie tatsächlich tun können, um uns zu helfen?«

»Vielleicht.«

»Und was?«

»Meine Antwort wird Ihnen nicht gefallen.«

24

»Wie lautet Ihre Antwort?«, fragte Boyd.

»Zunächst mal ist das alles streng vertraulich«, erklärte Gina. »Ihr dürft zu niemandem sonst ein Wort darüber verlieren, was ich euch gleich erzähle, in Ordnung?«

»Weil es verrückt klingen wird?«

»Das wohl auch, könnte man sagen. Aber hauptsächlich, weil ich eure Hausfriedensbrecher ermordet habe. Redet nicht mit der Polizei darüber. Wenn ich euch hier raushelfe, sagt ihr aus, dass wir nicht miteinander gesprochen haben. Ihr habt nicht mal gewusst, dass ich im Haus war. Verstanden?«

»Verstanden«, bestätigte Boyd. Dass sie ermordet worden waren, bevor sie zu Geistern wurden, hatte er ohnehin schon vermutet.

»Ich hab sie damals manipuliert. Hab ihnen meine Gedanken in die Köpfe gepflanzt und sie glauben lassen, sie müssten in mein Haus – dieses Haus – kommen, um sich zu entschuldigen. Einen hab ich im Koitcich ertränkt, einen anderen genau hier, wo wir jetzt stehen, mit der Axt zerhackt, den Letzten hab ich mit einem Kaminschürhaken zu Tode geprügelt. Auch genau hier, wo wir jetzt stehen. Es war nicht kaltblütig. Sie haben mit meiner Schwester viel Schlimmeres angestellt.«

»Warum haben die Ihre Schwester umgebracht?«, wollte Naomi wissen.

»Sie wurden damit von jemandem beauftragt, der eine Hexe töten musste.«

»Warum musste er eine Hexe töten?«

»Für ein echt grauenhaftes Ritual, das ihm noch mehr Macht beschert hätte. Keine Sorge, ich hab seinen Plan vereitelt. Jetzt müssen wir uns darauf konzentrieren, die Geister loszuwerden.«

»Richtig«, pflichtete Boyd ihr bei. »Ich warte immer noch auf die Antwort, die mir nicht gefallen wird.«

»Wären die drei Leichen im Boden vor uns, wäre das perfekt. Dann würde ich sie zurückschicken und Sie wären sie los. Das Problem ist, dass ich nur einen im Garten vergraben habe. Die anderen liegen Hunderte Kilometer entfernt verscharrt. Ich dachte, wenn ich ihre Leichen verteile, sind sie auf der anderen Seite allein gefangen. In der Hinsicht hab ich mich wohl geirrt.«

»Also müssen wir 'ne Möglichkeit finden, die anderen Leichen herbeizuschaffen?«, fragte Adeline.

»Nein. Ich meine, ja. Theoretisch würde das funktionieren. Aber selbst wenn ich jemandem, der bereit wäre, es zu tun, eine Nachricht zukommen lassen könnte, es würde etliche Stunden dauern. Und dabei ist noch gar nicht die Zeit fürs Ausbuddeln eingerechnet. Ich kann ja noch nicht mal an Cliffs Leiche ran. Selbst wenn ich nach draußen könnte, die Polizei würde wohl kaum tatenlos dabei zusehen, wie ich einen Toten ausgrabe.«

»Welcher ist Cliff?«

»Der große Glatzkopf. Cliff Fletcher.«

»Der Erstickende.«

»Genau. Ihn hab ich in meinem Blumengarten vergraben. Was bedeutet, dass seine Leiche …« Gina drehte sich um und zeigte hin. »… auf der anderen Seite dieser Wand ist.«

»Dann brauchen wir ja nur eine Betonunterkellermauer zu durchbrechen«, meinte Adeline. »Null Problemo. Oh, ich schätze, wir dürfen auch nicht die schwarze Grütze außer Acht lassen, die den Polizisten geschmolzen hat. Aber keine große Sache.«

»Ihr Sarkasmus ist ein schlechtes Beispiel für Ihre Töchter. Ich behaupte ja nicht, dass wir an seine Leiche herankönnen. Ich will damit nur sagen, dass es mir vielleicht – *vielleicht* wohlgemerkt – gelingen könnte, den guten Mr. Fletcher zurück zu seinem Körper zu verbannen, wenn wir ihn hier runter und *einigermaßen* nah zu seiner letzten Ruhestätte locken können.«

»Also würde er lebendig begraben sein?«, hakte Boyd nach.

»Ja.«

»Die Antwort gefällt mir sogar.«

»Lebendig begraben zu sein, ist immer noch besser als das, was er auf der anderen Seite durchgemacht hat. Aber, ja, er würde kein Problem mehr für uns sein. Damit bleiben allerdings immer noch die beiden anderen.«

»Richtig.«

»War es Ihnen möglich, sich zu wehren?«, fragte Gina. »Ich bin mir zwar sicher zu wissen, wie die Antwort lauten wird. Trotzdem will ich sicherstellen, dass ich die richtigen Informationen habe.«

»Nein«, sagte Boyd. »Sie können uns verletzen, aber wir sie nicht.«

»Aber vielleicht könnten Sie gegen sie kämpfen, wenn Sie ihnen unter gleichen Voraussetzungen begegnen.«

»Soll heißen?«

»Ich hab das noch nie gemacht. Hab es noch nie versucht. Hab noch nie auch nur in Erwägung gezogen, es zu versuchen. Von daher: keine Ahnung, ob es funktionieren wird. Und selbst wenn's funktioniert, weiß ich nicht, ob es das Richtige ist. Es könnte auch bewirken, dass die Lage noch unendlich schlimmer als jetzt wird.«

Die Frau trug mehr Haftungsausschlüsse vor, als man in einem Werbespot für ein Antidepressivum zu hören bekam. »Bitte rücken Sie einfach damit heraus, was Ihnen vorschwebt«, sagte Boyd.

»Ich kann einen von Ihnen auf die andere Seite schicken.«

»In die Hölle?«

»An den Ort, der nicht ganz die Hölle ist, ja.«

Die Frau hatte vollkommen recht gehabt. Die Antwort gefiel Boyd ganz und gar nicht. »Und der Vorteil daran ist, dass ich dann tatsächlich gegen sie kämpfen kann?«

Gina nickte. »Wenn's funktioniert und wenn Sie die Qualen und das Grauen aushalten und sie finden können, dann glaube ich, Sie könnten in der Lage sein, gegen sie zu kämpfen.«

»Aber sind sie nicht hier im Haus?«

»Sie sind nicht *ganz* hier im Haus.«

»Das versteh ich nicht.«

»Ich auch nicht. Deshalb bringe ich auch andauernd Ausreden vor.«

»Nehmen wir an, es funktioniert«, sagte Boyd. »Wenn Sie im besten Fall Cliff Fletcher aus der Gleichung nehmen, wäre es immer noch ein Kampf einer gegen zwei, richtig?«

»Ja. Aber Sie hätten einen Vorteil: das Wissen, das ich Ihnen mit auf den Weg gebe. Betrachten Sie es wie einen kranken Witz, wenn Sie hinübergehen. Haben Sie Spaß dabei. Das könnte Ihnen die Macht verleihen, es zu kontrollieren.«

»Das klingt ziemlich abgefahren.«

Gina nickte.

»Ist es.«

»Können Sie mich auch wieder zurückholen?«

»Ich glaube, schon.«

»›Ich glaube, schon‹ ist ein bisschen lahm.«

»Da haben Sie recht«, pflichtete Gina ihm bei.

»Okay, fassen wir also zusammen: Ich kann das Risiko eingehen, für immer in der Hölle festzusitzen, oder wir können hier herumhocken und darauf warten, dass die Geister uns allemachen. Richtig?«

»So würde ich das sehen. Sie sind schon länger im Haus gefangen als ich, also haben Sie vielleicht eine andere Perspektive.«

Boyd schüttelte den Kopf. »Klingt plausibel für mich.« Wenn er länger darüber nachdachte, würde das unvorstellbare Grauen dieses Plans unweigerlich dazu führen, dass er »auf den Tod durch die Geister warten« als den besseren Weg betrachtete. Also entschied er, eben nicht darüber nachzudenken. »Tun wir's.«

»Nein, Boyd!«, protestierte Adeline.

»Wir haben keine Wahl«, beharrte Boyd. »Bei einem fairen Kampf kann ich diese Scherzbolde aufmischen.«

»Es wäre aber kein fairer Kampf!«

»Ich kann sie schlagen, versprochen.« Natürlich wusste Adeline, dass er nichts dergleichen versprechen konnte; er sagte es mehr für Paige und Naomi.

»Wenn jemand gehen muss, dann ich«, erklärte Adeline. »Du bist zu schwer verletzt.«

»Auf der anderen Seite würden seine Verletzungen keine Rolle spielen«, warf Gina ein.

»Siehst du?«, sagte Boyd. »Es wird sich schon dafür lohnen, damit ich nicht verblute.«

»Ihr Körper hier wird weiterhin bluten«, merkte Gina an.

Boyd wollte nicht mehr mit ihr reden. Er zog Paige und Naomi an sich, wenngleich nicht nahe genug, um seine zahlreichen Wunden zu verschlimmern. »Ich muss das tun«, sagte er. »Ich werd die ganze Zeit an euch und eure Mutter denken, das wird mir helfen. Mir passiert nichts.«

Er wusste, seine Töchter würden ihn anflehen, es nicht zu tun, aber was hatte er schon für eine Wahl? Wenn er sich opfern müsste, um seine Familie zu retten, würde er nicht zögern. Nicht einmal wenn er sich dadurch zu einer Ewigkeit des Leidens verdammte. Dennoch blieb es eine Entscheidung, die er rasch endgültig treffen wollte, ohne anzufangen, die Vor- und Nachteile abzuwiegen.

»Was muss ich tun?«, fragte Boyd. »Sie müssen meinen Körper doch nicht wirklich töten, oder?«

»Ich schicke Sie an einen sehr üblen Ort«, sagte Gina. »Das erfordert den Tod oder Blut.«

»Den Tod *oder* Blut, nicht den Tod *und* Blut, richtig?«

»Ja.«

»Tja, den Teil mit dem Blut hab ich schon erledigt.«

»Zuvor vergossenes Blut wird nicht funktionieren.«

»Natürlich nicht.«

»Geh nicht, Daddy«, sagte Naomi und vergrub ihr Gesicht an seiner Brust. Es tat weh, dennoch hielt er sie nicht davon ab.

»Mir passiert ganz bestimmt nichts«, versicherte ihr Boyd. Sie war acht Jahre alt. Zu alt, um an den Weihnachtsmann zu glauben. Daher auch zu alt, um zu glauben, ihrem Vater könnte nichts passieren, wenn ihn eine Hexe in die Hölle schickte.

»Kinder, tretet zurück«, ergriff Gina das Wort. Obwohl sie leise sprach, schwang in ihrer Stimme ein furchterregender Ton mit, der Paige und Naomi von Boyd zurückweichen ließ, ohne zu zögern. »Boyd, geben Sie mir Ihren Arm.«

»Was haben Sie damit vor?«, fragte Boyd. Plötzlich sorgte er sich, die Antwort könnte lauten: *abhacken*.

»Frisches Blut vergießen.« Sie packte seinen Arm mit beiden Händen und wrang kraftvoll Blut aus dem langen Schnitt, den Maddox ihm verpasst hatte. Es waren nicht die schlimmsten Schmerzen, die Boyd an diesem Tag erlebt hatte, und sie entlockten ihm ein heftiges Zusammenzucken statt eines lauten Schreis, trotzdem war es eine höchst unangenehme Erfahrung. Gina machte mindestens 30 Sekunden lang so weiter. Boyds Augen hatten sich nicht gut genug an die Dunkelheit gewöhnt, um die Größe der Blutlache auf dem Boden abzuschätzen. Sehr wohl jedoch konnte er sehen, dass die Schnittwunde mittlerweile ungefähr zwei Zentimeter mehr an jedem Ende maß.

Er hörte Adeline, Paige und Naomi. Alle weinten.

Gina hörte auf zu wringen.

»Sind wir fertig?«, fragte Boyd zwischen zusammengebissenen Zähnen hindurch.

»Wir sind fertig mit *diesem* Teil.«

Oben öffnete sich die Tür. Alle drei Geister standen auf der Schwelle. Letzten Endes würden sie zwangsläufig durchschauen, dass sie angeschmiert worden waren, doch Boyd hoffte, dass sie noch nicht zu der Erkenntnis gelangt waren.

»Fertig mit eurer Plauderei?«, fragte Maddox.

»Fast«, antwortete Gina. Sie fuhr mit den Fingern Boyds Wunde entlang, benutzte beide Hände.

»Wir haben's satt zu warten.«

Gina krümmte die Finger.

O Scheiße, sie wird doch nicht …

Sie bohrte die Finger in den Schnitt.

Die Geister setzten sich die Treppe herab in Bewegung. Maddox befand sich ganz vorn. Aus seinem Brustkorb schossen wieder die Rippen.

Gina zog die Finger auseinander und spreizte die Wunde. *Das* waren die schlimmsten Schmerzen, die Boyd an diesem Tag erlebt hatte.

Und dann befand er sich plötzlich nicht mehr im Keller.

Er wusste nicht, wo er war. In einer Wüste? Warum sollte er in einer Wüste sein?

Nein, er befand sich auf einem Eisberg.

In einem Dschungel?

Einem Mutterleib?

An all den Orten gleichzeitig? An keinem davon? Hielt er sich in Wirklichkeit noch im Keller auf und halluzinierte nur?

Eins wusste er mit Sicherheit: Die Schmerzen, die ihm Gina mit dem Spreizen seiner Wunde am Arm bereitet hatte, waren bereits auf den zweiten Platz verwiesen worden.

Er schrie, bis sein Kiefer explodierte und Fleischbrocken, Knochensplitter und Blut in unendliche Weiten verspritzte.

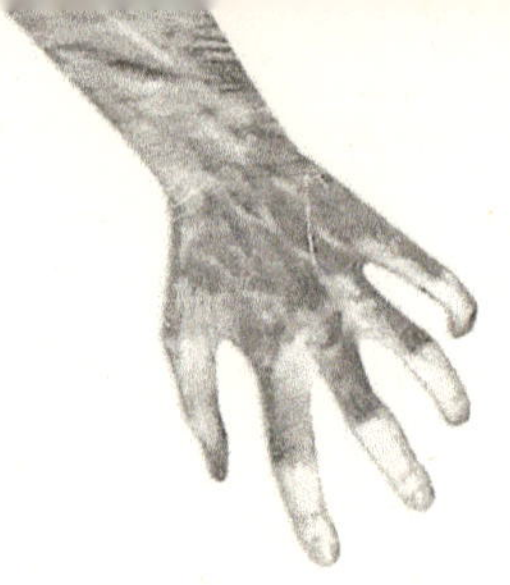

25

Boyd fiel zu Boden.

Adeline betete, dass er nur bewusstlos war. Sie kauerte sich neben ihn und griff nach seinem blutüberströmten, glitschigen Handgelenk, wo sie nach einem Puls tastete.

»Halt!«, rief Gina scharf.

Einen Moment lang dachte Adeline, sie hätte mit ihr geredet. Dann wurde ihr klar, dass Gina natürlich mit den Geistern sprach.

»Was hast du mit ihm gemacht?«, fragte der Geist mit den blauen Flecken.

»Er hat jetzt seinen Frieden gefunden. Ihr könnt ihn nicht mehr mit zurück ins Jenseits nehmen.«

Der Geist grinste höhnisch. *»Ich hab das Gefühl, du verstehst unsere Absichten nicht richtig.«*

»Verlasst dieses Haus«, verlangte Gina. »Sofort.«

»Wenn wir das könnten, wären wir längst weg aus diesem Drecksloch.« Das Gespenst zeigte auf Paige und Naomi. *»Du hast diese Kinder grundlos zu Waisen gemacht. Das geht allein auf deine Kappe.«*

»Ich übernehme die Verantwortung.«

»Du zitterst ein bisschen, Mütterchen. Bist du sicher, dass du nicht grade versuchst, uns zu verscheißern? Wenn du uns wirklich mit einem Fingerschnippen zurück in die

Hölle schicken könntest, warum wirkst du dann so ängstlich?«

»Das ist eine lächerliche Frage, und das weißt du auch.«

»Ach ja? Denn irgendwie hab ich das Gefühl, ich könnte dich einfach zu Boden werfen und zu Tode vergewaltigen.« Der Geist fuhr mit der Hand über die hervorstehenden, gebrochenen Rippenknochen. *»Du kriegst 'nen ganzen Haufen Knochen auf einmal reingesteckt. Sie werden alle wehtun, aber manche mehr als andere.«*

»Du bist auf der anderen Seite gewesen, hast den Beweis für ein Leben nach dem Tod gesehen, hast Kenntnisse, die seit dem Beginn der Schöpfung von der Menschheit gesucht werden. Und das Beste, was du zustande bringst, sind Schwanzwitze?«

Der Geist trat näher. Die beiden anderen Erscheinungen folgten seinem Beispiel.

»Ist ja drollig, dass du glaubst, das wär ein Witz gewesen. Wenn's ein Witz wäre, gäb's 'ne saukomische Pointe. Ich hab das vollkommen ernst gemeint. Ich würde dich buchstäblich auf den Boden werfen und vergewaltigen. Dabei würden meine gebrochenen Rippenknochen im Takt in deine Brust und wieder rausfahren, rein und raus, rein und raus. Scheint mir 'ne ziemlich unangenehme Möglichkeit zu sein, abzunippeln. Nicht ganz so schlimm wie das, was wir mit deiner Schwester gemacht haben, aber …«

Adeline wollte sich gar nicht vorstellen, welche Traumata es bei Paige und Naomi verursachen würde, das zu hören – aber das war eine Sorge für später. Vorerst bereitete ihr Kopfzerbrechen, dass sie nach wie vor keinen Puls fand, weder an Boyds Handgelenk noch an seinem Hals, und sie glaubte nicht, dass er atmete.

»Über mich kannst du sagen, was du willst«, erwiderte Gina. »Aber sei nicht respektlos gegenüber meiner Schwester.«

»Oh, ihr gegenüber waren wir schon respektlos bis zum Tod. Weißt du überhaupt alles, was mit ihr passiert ist? Oder hast du nur das Endergebnis gesehen? Ich kann dir 'ne detaillierte Schilderung liefern, wenn du willst.«

»Du spielst gerade mit dem Feuer.«

»Nee. Wir spielen mit 'ner jämmerlichen, mitleiderregenden alten Vettel, die längst etwas mit uns angestellt hätte, wenn sie's könnte. Eine Warnung war noch überzeugend – aber du gibst uns eine Chance nach der anderen. Warum solltest du? Ich glaub – und schick uns gern schnurstracks zurück in die Hölle, falls ich mich irre –, du kannst uns einen Scheißdreck antun.«

»Wir können euch nicht verletzen«, ergriff Adeline das Wort. »Aber wir können euch retten.«

»Uns retten?« Die Rippen des Geistes mit den blauen Flecken glitten zurück in die Brust. *»Und warum genau glaubst du, wir müssten gerettet werden?«*

»Genug von dem Scheiß«, mischte sich der zerstückelte Geist ein. *»Die versuchen bloß, dich in ein Gespräch zu verwickeln. Wir sollten sie umbringen, also lass sie uns umbringen.«*

Adeline richtete sich auf. »Was ist der große Fehler in eurem Plan?«

»Opfer, die nicht die Scheißklappe halten.«

»Denk angestrengter nach.«

»Nur zu, denk du doch für mich. Ich bin fertig mit den Spielchen.«

»Willst du 'nen Hinweis?«

»*Gern.*«

»Ausstiegsstrategie.«

»*Okay.*«

»Ich lass dir von meiner achtjährigen Tochter erklären, was ihr übersehen habt. Naomi, wenn diese Geister als echte Menschen zurückkommen, welches Problem haben sie dann immer noch?«

Naomi schüttelte den Kopf und schwieg. Adelines Standpunkt hätte mehr Wirkung erzielt, wenn er von einem kleinen Mädchen vorgetragen worden wäre. Andererseits hätte sie nicht erwarten sollen, dass Naomi mitspielte, nachdem ihr Vater eben erst zusammengebrochen und womöglich tot war.

»Das Haus ist von der Polizei umstellt«, ergriff Gina das Wort. »Ihr habt doch den Hubschrauber gehört, oder? Vielleicht gelingt es euch, das Ritual zu vollenden – aber ihr seid trotzdem im Arsch. Wie wollt ihr erklären, dass ihr in einem Haus mit fünf Leichen wart, zwei davon Kinder?«

»*Das ist tatsächlich ein wenig haarig. Zu eurem Glück werdet ihr dann schon tot sein und müsst euch nicht den Kopf über das Problem zerbrechen.*«

»Dann kommt doch und holt uns«, sagte Gina. Sie sah den erstickenden Geist an. »In wie vielen Zentimetern Wasser bist du ertrunken? Ich wette, ich könnte dich in der Lache von Boyds Blut noch mal ertrinken lassen.«

Davon schien der Geist ziemlich unbeeindruckt zu bleiben. Mit ausgestreckten Armen ging er auf Gina los, als wollte er die Hände um ihren Hals legen und als ausgleichende Gerechtigkeit das Leben aus ihr würgen.

Gina packte eine seiner Hände, schwang ihn wie bei einem seltsamen Tanz herum und ließ ihn dann los. Der erstickende Geist segelte quer durch den Keller, bevor er dort durch die Wand drang, wo Gina seine Leiche vergraben hatte.

Einen Moment lang starrten alle hin.

»Was hast du gemacht?«, fragte der Geist mit den blauen Flecken.

»Hab ihn zu seiner Leiche zurückbefördert. Jetzt verrottet er in seinem alten Körper bei vollem Bewusstsein, aber zwei Meter unter der Erde gefangen. Wer will als Nächster?«

Der Geist mit den blauen Flecken und der zerstückelte Geist wechselten einen betretenen Blick.

»Was denn? Habt ihr gedacht, ich bluffe?«, fragte Gina. »Hexen bluffen nicht. So sieht das Schicksal von Cliff Fletcher aus: in alle Ewigkeit lebendig begraben. Ihr könnt euch ihm anschließen oder ihr könnt zurück nach oben verschwinden. Jetzt ist Schluss mit lustig. Ich fordere euch nicht noch mal höflich auf.«

»Du Miststück.«

Gina streckte ihm den Arm entgegen. »Komm näher und sag das noch mal.«

Die Geister kamen zwar nicht näher, sie kehrten aber auch nicht nach oben zurück. Obwohl Adeline gern geglaubt hätte, dass die Menschen endlich die Oberhand errungen hatten, verhielt es sich in Wirklichkeit so, dass Gina *selbstverständlich* bluffte. Es gab nicht das Geringste, was sie gegen die zwei anderen Geister ausrichten konnte. Es lag allein an Boyd. Falls er noch existierte.

»Ich habe euch aufgefordert zu gehen«, sagte Gina.

Die Geister rührten sich nicht. Ebenso wenig sagten sie etwas. Beide starrten an die Stelle der Wand, an der ihr Freund verschwunden war.

Auch Adeline schaute hinüber. An der Betonmauer hatte sich ein kleiner grüner Kreis gebildet, als würde sich dort Schimmel rasch ausbreiten. Der Fleck wuchs und wuchs, wurde ungefähr so groß wie ein schiefer Hula-Hoop-Reifen.

Sie spähte zu Gina. Aus dem Gesichtsausdruck der Frau ließ sich deutlich ablesen, dass sie keine Ahnung hatte, was vor sich ging.

Der Fleck hörte auf zu wachsen.

Eine Hand erschien.

Dann ein ganzer Arm. Ein *menschlicher* Arm, kein Geisterarm.

Und dann kroch der große Glatzkopf aus dem Loch in der Wand. Allerdings erstickte er nicht mehr. Er wirkte überhaupt nicht wie ein ertrunkener Leichnam, der eine ganze Weile unter der Erde verbracht hatte. Abgesehen vom Dreck sah er gesund aus. Stark. Zornig.

Von oben troff der schwarze Schleim herab und versiegelte das Loch.

Gina schien einer Panik nahe zu sein. Adeline wusste nicht, was die Frau erwartet hatte, aber das eindeutig nicht.

»*Fletcher?*«, fragte der Geist mit den blauen Flecken.

Fletcher wischte sich Erde aus dem Gesicht. Seine finstere Miene verschwand. Plötzlich wirkte er nicht mehr stinksauer, sondern entschieden freudig.

»Ja«, sagte er. »Ich bin zurück.« Er holte lange und tief Luft, bevor er langsam und selig ausatmete. »Das ist nicht das, was du mit mir machen wolltest, oder?«, fragte er Gina.

Sie erwiderte nichts.

»*Mach mit uns dasselbe*«, verlangte der Geist mit den blauen Flecken. »*Steck uns zurück in unsere Körper. Dann verschwinden wir alle von hier und gehen getrennter Wege.*«

»Ich …«

»*Wir kommen nicht zurück, um uns euch zu krallen. Alle leben glücklich weiter. Glaubst du wirklich, wir würden hierbleiben? Wir würden uns schnurstracks zur Grenze absetzen. Ihr seht uns nie wieder.*«

»Ich kann nicht. Sein Körper war als einziger auf dem Grundstück vergraben.«

Scheiße. Adeline wünschte, Gina hätte ihm nicht die Wahrheit gesagt. Sie hätten sich etwas anderes einfallen lassen und die Geister noch ein bisschen länger hinhalten können.

»*Dann machen wir mit Plan A weiter. Alle sterben.*«

Fletcher ließ ein Kichern vernehmen. Bei einem kleinen Kind hätte sich der Laut übermütig angehört. Bei einem überaus großen Erwachsenen kam er psychotisch rüber. Er rannte in Richtung der Treppe.

»*Wo zum Teufel willst du hin?*«, verlangte der Geist mit den blauen Flecken zu erfahren.

»Ich hau ab von hier!«

»*Gottverdammter Verräter!*«

Fletcher zeigte ihm den Stinkefinger und hastete die Treppe hinauf.

Für Boyd konnte Adeline im Augenblick nichts tun. Aber wenn Fletcher nunmehr aus Fleisch und Blut war, konnte sie ihn vielleicht aufhalten. Im besten Fall würde er beim Öffnen der Haustür von einem Kugelhagel der Polizei durchsiebt. Adeline würde nicht versuchen, ihn davon abzuhalten. Da jedoch niemand wirklich zu verstehen schien, wie hier irgendetwas funktionierte, musste sie sicherstellen, dass Fletcher keine Bedrohung darstellte, falls sich herausstellte, dass er mit ihnen im Haus gefangen war.

Sie wollte Paige und Naomi oben nicht in mögliche Gefahr bringen. Andererseits konnte sie die beiden auch nicht mit zwei Geistern hier unten lassen. Sie zog an ihren Händen. »Gehen wir!«, rief sie und rannte hinter dem Psychopathen her die Treppe hinauf.

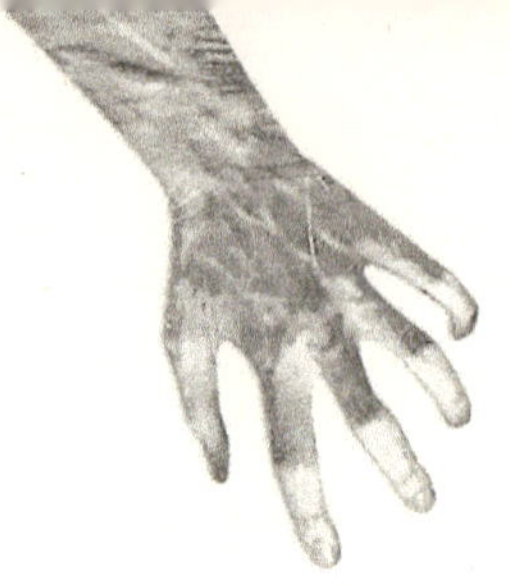

26

Boyds Zähne schwebten in der Luft um seinen Kopf herum und bildeten mit blutigen Wurzeln Wörter, die er nicht ablesen konnte. Sein Blut kochte. Er konnte es fühlen, konnte es hören, konnte Dampf durch seine Poren aufsteigen sehen. Irgendwie fiel er gleichzeitig endlos und baumelte an einem riesigen rostigen Fleischhaken.

Seine Eingeweide ergossen sich aus seinem Bauch. Und hörten nicht auf. Niemand besaß so viele Eingeweide. Trotzdem quollen sie immer weiter heraus und heraus und heraus …

Endlich folgte das letzte Gedärm und riss sein Rückgrat mit. Boyd klappte zusammen. Der Rest seiner Knochen verschwand. Sie brachen nicht wie bei Maddox durch die Haut hervor, sie verschwanden einfach, als wären sie nie in ihm gewesen. Er sackte zu einem Haufen Mist zusammen.

Aus dem Mist sprossen tintenfischartige Tentakel. Oder waren sie eher wie die Tentakel eines Kraken? Boyd wusste es nicht genau. Ebenso wenig wusste er, wieso er überhaupt darüber nachdachte, welchem Weichtier die Tentakel ähnelten. Denn ihr Wachstum war so unerträglich schmerzhaft, dass er eigentlich gar nicht in der Lage hätte sein sollen, irgendetwas zu denken. Er hätte ja geschrien, aber Misthaufen schrien nicht, selbst dann nicht, wenn Tentakel aus ihnen sprossen.

Dann war er wieder normal.

Nur hatte er überall am Körper schreiende Münder.

Dann begannen die schreienden Münder, eine widerliche, gelblich-braune Substanz mit Schnäbeln und Federn darin auszukotzen. Die Substanz brannte wie angezündetes Benzin. Oder vielleicht auch nur wie Feuer. Boyd war sich nicht sicher.

Als die Münder zu Ende gekotzt hatten, lösten sie sich auf Stängeln von Boyd, drehten sich um und fingen an, Boyds Körper zu verschlingen. Jeder Mund hatte glänzende Reißzähne und dadurch kein Problem, mit jedem Biss ein großzügiges Stück Fleisch aus Boyd zu reißen. Es ging daher relativ flott, ihn in ein Skelett zu verwandeln.

Ein Skelett zu sein, tat beschissen weh.

Boyd war froh, dass er sich nicht als Skelett sehen musste. Dann jedoch erschien vor ihm – seitwärts – ein gigantischer, schimmernder See in der Luft, der ihm sein Spiegelbild 15 Meter hoch zeigte. Nein, 20 Meter hoch. Nein, 30 Meter hoch. Nein, Tausende Meter hoch.

Sein Fleisch wuchs nach. Boyd wusste nicht, warum das so verflucht schmerzte – tat es aber. Bald hatte er sein gesamtes Gewebe zurück, allerdings an den falschen Stellen. Mindestens die Hälfte davon befand sich am Kopf, der durch das Gewicht nach hinten kippte. Er konnte nicht atmen. Vielleicht würde er sterben.

Ha, ha, ha, ha, ha, ha, ha, ha, ha. Auf keinen Fall würde ihn dieser Ort sterben lassen. Er war wahnsinnig, dass er es auch nur für eine Fünftelsekunde gedacht hatte. Kein Tod für ihn! O nein!

Boyd Gardner würde die volle Höllenerfahrung bekommen, auch wenn er sich nicht wirklich in der Hölle befand. Bedeutete das, es gab keine Hölle? Oder bedeutete es, dass es eine Hölle gab und er bloß nicht dort war?

Spielte wohl keine Rolle. Doch. Es spielte eine große Rolle.

Oder?

Nein. Gar keine. Er war, wo er war. Hölle, nicht die Hölle – eigentlich zählte nur, wie unfassbar sein Körper schmerzte. Ihn überraschte, dass er überhaupt denken konnte.

Das Gewebe, durch das sein Kopf zu schwer für den Hals war, fing an, wie winzige Hautwürmer über den Rest seines Körpers zu krabbeln.

Als sich sein Fleisch wieder an den richtigen Stellen befand, explodierte erneut sein Kiefer. Beim zweiten Mal war es nicht weniger grauenhaft. Oder war es das dritte Mal? Gestaltete sich schwierig, den Überblick zu behalten.

Wieso war er noch mal hier?

Es musste einen Grund geben. Bestrafung für ein schlechtes Leben?

Das erschien ihm nicht richtig. Boyd hatte sich doch immer bemüht, ein guter Mensch zu sein. Hatte nie seine Frau betrogen, sich immer Zeit für seine Töchter genommen, war nett zu Tieren gewesen und …

Moment: Durfte man eigentlich behaupten, nett zu Tieren zu sein, wenn man nicht vegan lebte? Er aß Fleisch. Eine Menge Fleisch. War er wegen all der Hamburger in der Hölle gelandet?

Spontan gelobte er, nie wieder einen Burger zu essen.

Funktionierte nicht. Er blieb in der Hölle.

Boyd gelobte, nie wieder ein Glas Milch zu trinken.

Funktionierte auch nicht. Immer noch in der Hölle.

War er nun draußen aus der Hölle? Oder immer noch in der Hölle, bis zum Hals vergraben, während ihm Skorpione übers Gesicht krabbelten? Er glaubte Letzteres.

Boyd ...

Wer war das?

Boyd ...

Klang nach ihm selbst.

Das bist du selbst.

Oh, gut.

Du bist auf der anderen Seite.

Das weiß ich.

Du musst deine Familie retten.

Bring mich zurück, dann mach ich das.

Nein.

Dann fick dich.

Du hast eine Aufgabe zu erledigen.

Und welche?

Finde die Männer, die deine Familie terrorisieren. Sie sind noch da. Find sie und töte sie.

Ich soll sie töten? Gehört das nicht zu den Dingen, durch die man überhaupt erst in der Hölle landet?

Finde sie. Töte sie. Das kannst du, wenn du deinen Verstand zurückerlangst.

Meinen Verstand zurückerlangen? Ich finde, in Anbetracht aller Umstände hält sich mein Verstand ziemlich gut. Oh, sich nur, meine Hand ist 'ne Schlange.

Finde sie. Töte sie.

Ooooh, sieh nur, wie sie sich schlängelt. Ich hoffe, ich bin nicht giftig.

Finde sie. Töte ...

Sie finden, sie töten, schon gerafft. Kann ich warten, bis meine Haut aufhört, sich zu schälen wie 'ne Banane? Oder rieselt die Zeit bereits durch die Sanduhr? Hast du schon mal die Rückseite deiner Haut gesehen? Kein schöner Anblick. Ich wünschte, ich wüsste nicht, wie das aussieht, aber jetzt ist es zu spät.

Finde sie. Töte sie.

Genug von dem Mantra. Ich hab's kapiert! Sie finden, sie töten. Irgendwann musst du davon ausgehen, dass die Botschaft angekommen ist, statt sie bis zum Erbrechen zu wiederholen. So was mögen die Leute nicht.

Für wen mache ich das noch mal?

Jaja, schon klar, Ehefrau und Töchter, so viel weiß ich, aber die Einzelheiten sind verschwommen. Adeline, richtig? Sie ist eine davon. Page? Paige? Paige, ja, und sie ist die ältere Tochter. Naomi. Ist Naomi die Ehefrau oder die jüngere Tochter? Ich hoffe, ich kriege das richtig hin. Will mir gar nicht ausmalen, wie peinlich es für alle wäre, wenn ich da was verwechsle.

Adeline, Ehefrau. Paige, ältere Tochter. Naomi, jüngere Tochter. Gordon, tote Haustarantel. Das sind alle. Ich kenne meine Familie. Ha! Wer immer behauptet hat, ich wäre wahnsinnig, kann mich am Arsch lecken.

Adeline. Paige. Naomi.

Plötzlich begriff Boyd, weshalb er hier war. Er hatte sich geopfert oder sich zumindest einem deftigen Risiko ausgesetzt, um die Eindringlinge in seinem Haus aufzuhalten.

Gequält schrie er auf. Die Schmerzen wurden auf einmal viel schlimmer als davor, als er den Verstand verloren gehabt hatte, aber er kämpfte sich durch.

Er musste sich konzentrieren.

Im Augenblick befand er sich auf einem Floß aus abgetrennten Armen mitten in einem dunkelroten Ozean. Tausende Haifischflossen umkreisten das Floß. Aber nichts davon war real.

Oder falls doch, so handelte es sich um eine flexible Realität.

Vielleicht so ähnlich wie Klarträume. Nicht dass er jemals selbst einen Klartraum gehabt hätte, aber er hatte darüber gelesen. Wenn er seine Umgebung kontrollieren könnte, dann könnte er die Männer finden. Und er würde das Überraschungsmoment auf seiner Seite haben – sie würden nicht erwarten, dass er zu ihnen in die Hölle gekommen war.

Sein Hals brach auf.

Es war nicht real.

Oder zumindest nicht dauerhaft.

Boyd ignorierte das herausspritzende Blut – mehr Blut, als hundert Körper enthalten konnten, Blut mit Bildern von verdorrten Gesichtern darin.

Das Blut stoppte. Erstarrte wie ein Wasserfall im tiefsten Winter. Boyds Hals war daran festgefroren. Weitere Haut löste sich von seinem Hals, als er zurückzuckte. Es war, als klebte sein Hals wie eine Zunge an einer frostigen Metallstange fest.

Der Blutwasserfall platschte in den Ozean.

Die abgetrennten Arme begannen, sich unter Boyd zu winden.

Einer der Haie stieg über die Oberfläche auf. Knötchen und Narben überzogen seine Haut, seine Augen wirkten gespenstisch menschlich.

Der Hai spielte keine Rolle. Wenn er Boyd in zwei Hälften bisse, würde es keine Rolle spielen. Boyd würde geradewegs zum nächsten Schrecken übergehen.

Klarträumen. Klarträumen.

Wo wollte er sein?

Er war wieder in der Schule. Stand an der Tafel. Hatte sich in die Hose gepisst. Alle Kinder zeigten mit dem Finger auf ihn und lachten.

Nein, sie zeigten mit dem Finger auf ihn und lachten, weil er keinen Penis hatte.

Nein, sie zeigten mit dem Finger auf ihn und lachten, weil Blut aus seinem Schritt schoss.

Hatte er an die Schule gedacht?

Er war sich nicht sicher.

Boyd hatte tatsächlich einen wiederkehrenden Traum über eine peinliche Begebenheit in der Schule. Aber darin ging es um die High School, und im Moment standen an der Tafel Matheaufgaben wie 5 + 2 und 7 – 3.

Er ignorierte seine Klassenkameraden und schrieb an der Tafel zu Ende. Dann trat er zurück und betrachtete, was er geschrieben hatte: *Meine Familie ist tot.*

»Tut mir leid, Boyd«, sagte Miss Quincy, seine Lehrerin, die kein Oberteil trug. Aus ihren schlaffen Hängebrüsten sickerte verdorbene Milch, die in Klumpen auf den Boden fiel. »Diese Antwort ist falsch.«

Die anderen Kinder lachten über seine Dummheit.

Boyd hätte sie am liebsten angebrüllt, sie aufgefordert, gefälligst die Klappe zu halten, ihnen gesagt, dass er ein menschliches Wesen sei und etwas Würde verdiente. Aber es waren keine echten Kinder, sie spielten keine Rolle, und es war gut, dass seine Antwort falsch war.

Die beste falsche Antwort, die er je gegeben hatte.

Dann befand er sich in einem Schlafzimmer. Nicht in seinem eigenen. Das Zimmer kam ihm fremd vor, abgesehen von einem Detail – einem Detail, das er nie vergessen würde. Ein Poster eines weißen Kätzchens. Er war in Louise' Zimmer. Seine erste feste Freundin. Ihr kleiner Bruder hatte dem Kätzchen mit Filzstift einen Schnurrbart und Teufelshörner aufgemalt. Louise' Vater hatte ihn dafür direkt vor Boyd verprügelt. Obwohl Boyd nur wenige Male dort gewesen war, hatte Louise' Vater keine Hemmungen gehabt, seinen neunjährigen Sohn in Gegenwart eines Gasts in seinem Haus zu schlagen.

Louise hatte das verunstaltete Poster in ihrem Zimmer hängen gelassen. Boyd fand das irgendwie witzig. Er war jetzt 16. Das wusste er, weil er im Alter von 16 mit ihr gegangen war und sie sich vor seinem nächsten Geburtstag getrennt hatten. Und er wusste auch, was gerade passiert war, weil Louise ihren BH wieder anzog.

Seinen Freunden hatte Boyd erzählt, er habe seine Jungfräulichkeit bereits verloren. Hatte er nicht. Es sei denn, man zählte, dass er schon fertig war, bevor er auch nur die Jeans ausgezogen hatte. Damals fühlte er sich so gedemütigt, dass er weinte, wodurch sich die Demütigung offensichtlich nur tausendfach verschlimmerte. Louise bot ihm keinen Trost. Kein »Ist schon gut«. Nicht einmal ein Taschentuch, damit er sich sauber machen konnte. Stattdessen war sie wütend. Sie hatte einen spitzenmäßigen Abend für sie beide geplant, und er hatte alles vermasselt. Ursprünglich hatte sie ihm damit gedroht, allen von seiner Schande zu erzählen, obwohl sie es letztlich nur ihrer besten Freundin anvertraute. Das wusste Boyd, weil Cecilia von da an jedes Mal grinste, wenn sie ihn sah.

Wenn er in der Hölle war: Ja, dann suchte ihn damit eine durchaus geeignete Erinnerung heim.

»Ich hab jetzt eine wunderschöne Frau«, sagte Boyd zu Louise. »Und wir haben haufenweise tollen Sex. Unglaublichen Sex. Jetzt, wo wir Kinder haben, nicht mehr ganz so viel. Aber ich halte durch, solange es nötig ist.«

»Wovon redest du?«, fragte Louise.

Ihr Vater betrat den Raum. »Was zum Teufel geht hier ab?«, verlangte er zu erfahren.

Das war eine falsche Erinnerung. In Wirklichkeit war es Boyd gelungen, sich in seiner nassen, klebrigen Hose aus dem Haus zu schleichen, ohne dass ihre Eltern es bemerkten. Er wusste, dass es sich nicht so wie jetzt zugetragen hatte, und er wusste, dass es auch jetzt nicht wirklich geschah. Dennoch schämte er sich. In Grund und Boden.

Louise würde es allen erzählen.

Alle würden es erfahren.

Seine Freunde würden es erfahren.

Seine Eltern würden es erfahren.

Er konnte hier nicht mehr leben.

Nein. Halt. Diese lähmende Schande war reine Fiktion. Louise war nicht wirklich hier. Und selbst wenn doch, es wäre egal, sie lag in einer fernen Vergangenheit. Mittlerweile war er mit Adeline verheiratet und hatte zwei wunderschöne Töchter. Eine peinliche Erfahrung mit Teenagersex hatte keinerlei Relevanz mehr für sein Leben.

Dennoch fühlte er sich so gedemütigt, dass er sich umbringen wollte.

Dann befand er sich nicht mehr in Louise' Zimmer. Sondern in Paiges Zimmer. Sie hatte eine Flasche mit Adelines Schlaftabletten gestohlen.

Das war real. Es war wirklich passiert.

Paige hatte keine der Pillen genommen. Sie hatte sie in einer geraden Linie auf ihrem Schreibtisch ausgelegt. Als Boyd sie dort mit Tränen im Gesicht erwischte, schwor sie, keine davon geschluckt zu haben. Sie wollte sie nur ansehen.

Paige hob eine Pille auf und steckte sie in den Mund.

Der Teil war nicht real.

Sie nahm eine weitere.

Auch nicht real.

Boyd konnte nicht tatenlos herumstehen und mit ansehen, wie seine Tochter Selbstmord beging. Das ertrug sein Verstand nicht, obwohl er wusste, dass es sich um eine Illusion handelte. So stark war er nicht.

»Tu das nicht, Schatz«, sagte er zu ihr.

Paige fegte mit dem Arm über den Schreibtisch und wischte sämtliche Pillen auf den Boden. Dann ergriff sie ein Teppichmesser – sie besaßen keines, auch nach dem Umzug nicht –, fuhr die Klinge aus und setzte sie am Handgelenk an.

»Bitte nicht.«

Paige schlitzte sich die linke Pulsader auf. Sie machte es falsch. Man sollte die Ader längs entlangschneiden, nicht quer übers Handgelenk. Trotzdem sprudelte das Blut nur so aus der Wunde. Paige klemmte die andere Hand darüber, als würde ihr gerade voll Grauen bewusst, was sie getan hatte.

»Es tut mir leid, Dad«, entschuldigte sie sich. »Das wollte ich nicht.«

Boyd wollte ihr helfen. Nur konnte er sich nicht bewegen.

Sie nahm das Teppichmesser in die blutverschmierte Hand und schlitzte damit über das andere Handgelenk. Dann ließ sie es zu Boden fallen und hob beide Arme. Das Blut floss in Strömen, ergoss sich in ihr Haar und auf ihr Nachthemd.

Alle Farbe entwich aus ihrem Gesicht.

Schließlich versiegte das Blut.

Paige bückte sich, hob das Teppichmesser auf und schnitt erneut über ihre Handgelenke.

Frisches Blut sprudelte.

Ich kann nicht länger hierbleiben. Das schaffe ich nicht. Mir egal, ob ich diese Männer finden sollte. Ich kann nicht hier stehen und dabei zusehen, wie sich meine Tochter wieder und wieder umbringt. Bitte, Gina, beenden Sie das. Es war ein Fehler. Ein entsetzlicher Fehler. Bitte, bitte, bitte, ich flehe Sie an, holen Sie mich zurück.

Gina antwortete nicht.

Zwar wollte er nicht, dass seine Familie im wahren Leben starb – aber wie sollte er das hier verkraften? Das war zu viel verlangt. Es war nicht fair.

Paige griff sich eine Schere. Sie stieß sie so tief in die Wunde an ihrem Handgelenk, dass die Klinge auf der anderen Seite wieder austrat.

»Warum kann ich nicht sterben?«, fragte sie. »Ich bin abgrundtief hässlich, alle hassen mich, und ich will einfach nur sterben!«

»Ich will nicht hier sein«, sagte Boyd.

Paige rammte sich die Schere in den Hals.

»Ich will nicht hier sein. Ich will nicht hier sein. Ich will nicht hier sein.«

»Ich will auch nicht hier sein«, sagte Paige, ohne die Schere aus dem Hals zu entfernen. »Hier geht's nicht um dich.«

Sie hatte recht.

Sie hatte vollkommen recht.

Er konnte das wegstecken.

Immerhin hatten sogar diese drei Arschlöcher herausgefunden, wie dieser Ort funktionierte. Wieso sollte es ihm nicht gelingen? Er war stärker als sie. Hatte mehr, wofür es sich zu leben lohnte. Er hatte *alles,* wofür es sich zu leben lohnte.

Ihm Paige zu zeigen, die sich umzubringen versuchte, funktionierte nicht. Es erinnerte Boyd nur daran, was er hatte und wofür es sich zu leben lohnte. *Netter Versuch, Hölle.*

Paige riss die Schere aus ihrem Hals. Sie öffnete die Klingen und steckte die Unterlippe dazwischen.

Tu's ruhig. Ist nicht real.

Paige lachte gackernd, als sie sich die Lippe abschnitt. Kurz hielt sie die Hand unter den Mund, dann schnippte sie Blut auf Boyd.

Es war nicht real.

Dann brannte alles. Er stand in einem Tümpel aus Flammen. Um ihn herum schrien lodernde Seelen. Am

Rand des Tümpels stand ein riesiger, 100 Meter großer Mann. Rote Haut. Hörner. Dreizack.

Es war nicht real.

Boyd fiel durch den Himmel. Sein Fallschirm öffnete sich nicht. Sein Herz fühlte sich an, als könnte es vor Panik jeden Moment explodieren.

Es war nicht real.

Boyd war von Blutegeln übersät. Er hatte sie überall am Körper, in den Haaren, an den Augen, im Mund, im Magen.

Es war nicht real.

Nur ein kranker Witz.

Boyd befand sich in einem Kino. Das auf die Leinwand projizierte Bild zeigte ihn auf dem Kellerboden liegend. Er sah tot aus.

Maddox saß in der vordersten Reihe und sah sich den Film wie gebannt an.

Der zerstückelte Geist – nicht zerstückelt und kein Geist mehr – saß neben ihm und wirkte genauso begeistert von den Bildern auf der Leinwand.

War *das* real?

Es fühlte sich so an.

Boyd würde ihren Film unterbrechen.

27

Fletcher ergriff den Türknauf. Er schrie auf. Adeline sah ihn zucken, als erhielte er einen Stromschlag. Trotzdem ließ er nicht los, nicht mal als sich bereits Rauch von seiner verbrannten Hand emporkräuselte.

»Wartet im Flur«, sagte Adeline, als Paige und Naomi an ihr vorbeieilten.

Fletcher drehte sich um und sah sie an. Er hatte die Zähne vor Schmerz zusammengebissen. Adeline hätte es unheimlich genossen zu sehen, wie seine Augäpfel in den Augenhöhlen explodierten. Stattdessen ließ er den Türknauf letztlich los. Geschwärzte Hautstreifen baumelten von seiner Hand.

»Ich sollte nicht hier drin gefangen sein«, sagte er und klang dabei so verzweifelt, dass jemand, der ihn ohne Kontext hörte, vielleicht tatsächlich Mitleid für ihn empfunden hätte.

»Tja, bist du aber«, gab Adeline zurück. »Wollen wir zusammenarbeiten, um hier rauszukommen, oder wollen wir weiter Zeit mit dem Versuch vergeuden, uns gegenseitig umzubringen?«

Mit diesem Wahnsinnigen zusammenzuarbeiten, kam natürlich nicht wirklich infrage. Sie hoffte lediglich, ihn zu einer Unachtsamkeit zu verleiten, während sie versuchte, ihn zu töten. Den Luxus, ihn nur zu überwältigen, konnte sie sich nicht leisten. Er musste sterben.

»Ich würde sagen, wir müssen versuchen, uns gegenseitig umzubringen«, meinte Fletcher.

Adeline rannte zu dem Schrank, in dem sie die Töpfe und Pfannen aufbewahrte. Fletcher rannte zu einer Schublade. In der Küche gab es mehrere Schubladen, doch irgendwie hatte der Widerling das Glück, ausgerechnet die zu erwischen, in der sich die Messer befanden.

Adeline schnappte sich eine Pfanne aus Metall.

Fletcher schnappte sich ein Fleischermesser.

Adeline hielt die Pfanne in Abwehrhaltung vor sich. Er könnte sie wesentlich leichter erstechen, als sie ihn zu Tode prügeln könnte. Dennoch hatte sie einen beträchtlichen Vorteil: Sie war eine Mutter, die ihre Kinder beschützte. Wer nicht lebensmüde war, legte sich besser nicht mit einer Mutter an, die ihre Kinder beschützte.

Fletcher war größer, stärker und furchterregender, trotzdem wusste Adeline, dass sie ihn mit schierer Willenskraft besiegen konnte.

Vielleicht würde er nicht damit rechnen, dass sie ihn direkt angriff – also tat sie es. Wenn ihr Plan perfekt funktionierte, würde sie ihm das Fleischermesser aus der Hand schlagen. Sie würde ihn mit einem brutalen Treffer auf die Stirn niederstrecken, sich vergewissern, dass Paige und Naomi nicht zusahen, und dann mit der Pfanne auf seinen Schädel eindreschen, bis das Gehirn zum Vorschein käme.

Adeline dachte, er würde sich nur verteidigen. Sie sah nicht vorher, dass er das Fleischermesser werfen würde.

Es traf sie in die rechte Schulter. Wahrscheinlich nicht die Stelle, auf die er gezielt hatte. Das Messer bohrte sich zwar tief hinein, blieb aber nicht stecken, sondern fiel klirrend auf den Fliesenboden. Gleich darauf landete daneben klappernd die Pfanne, die Adeline aus den krampfhaft zuckenden Fingern glitt.

Fletcher griff sich ein weiteres Messer aus der offenen Schublade. Das größte hatte er ihr bereits entnommen, aber auch das Brotmesser war kein Witz.

Adeline bückte sich und hob mit der linken Hand die Pfanne auf. Die Finger ihrer rechten Hand zuckten noch immer, trotzdem gelang es ihr, sich auch das Fleischermesser zu greifen. Sie richtete sich auf und hielt ihre Beute wie ein Schwert und einen Schild.

Prompt fiel ihr das Fleischermesser wieder aus der Hand.

Fletcher schmunzelte.

Seine belustigte Reaktion erwies sich als nützlich, denn sie bescherte Adelines Wut einen zusätzlichen Energieschub. Sie stürmte ihm entgegen, bereit auszuweichen, falls er das andere Messer würfe.

Aber er warf es nicht. Ebenso wenig stach er damit auf sie ein.

Als sie die Pfanne gegen seinen Kopf schwang, wehrte er sie mit der freien Hand ab. Dabei handelte es sich natürlich um die vom Türknauf malträtierte Hand. Adeline glaubte, neben dem dumpfen Scheppern der Pfanne das Geräusch brechender Knochen zu hören.

Ehre, wem Ehre gebührte: Statt einen schrillen Schrei auszustoßen und unter Tränen zu Boden zu sacken, wie es jeder vernünftige Mensch getan hätte, schlug Fletcher ihr ins Gesicht. Er hätte ihr auch ins Gesicht stechen können, da er mit der Hand das Messer umklammerte, doch aus irgendeinem Grund entschied er, sie stattdessen zu schlagen.

Und wie. Adeline spuckte einen Zahn aus und verschluckte einen anderen versehentlich. Sie hoffte, sie würde lange genug leben, um zu spüren, wie sich der Zahn den Weg durch ihren Körper bahnte.

Er schlug sie erneut. Sie krachte gegen die Arbeitsplatte.

»Mami!«, kreischte Naomi.

»Bleib, wo du bist!«, rief Adeline, wenngleich die Worte ziemlich undeutlich klangen. Blut strömte ihr aus dem Mund. Aber sie hatte die Pfanne nicht fallen gelassen.

Fletcher hob das Messer. »Willst du's in den Bauch oder in den Hals?« Sein Gesicht war schmerzverzerrt, weshalb Adeline den Eindruck hatte, dass kein Herzblut in der höhnischen Drohung lag.

»Überrasch mich«, erwiderte sie. Ein erschütternd lahmer Konter, aber hoffentlich verdeutlichte der halbherzige Versuch einer schlagfertigen Antwort, dass ihr Kampfgeist nicht gebrochen war.

Fletcher stürmte ihr entgegen. Sie schwang erneut die Pfanne, zielte auf sein Gesicht. Er blockte den Angriff mit derselben Hand ab, die bereits so in Mitleidenschaft gezogen war. Adeline konnte nicht nachvollziehen, warum er immer wieder diese Hand benutzte. Anscheinend konnte er Schmerz durch seine Zeit in der Beinahe-Hölle gut vertragen.

Diesmal war sie sicher, dass sie ihm einen Finger gebrochen hatte, denn der mittlere war plötzlich über den Handrücken nach hinten gebogen. Adeline schlug erneut zu. Statt der gebrochenen, geschwollenen, verbrannten und blutenden Hand benutzte Fletcher diesmal das Brotmesser zum Abwehren. Sie ließen beide die Waffen nicht fallen, und weder er noch sie erlitt zusätzlich Schaden.

Fletcher stampfte auf Adelines Fuß. Bei einem Kampf, bei dem Adeline bereits ein Schlachtermesser in die Schulter bekommen hatte, wäre an der Stelle mit etwas Wirkungsvollerem seinerseits zu rechnen gewesen. Aber er war ein großer, kräftiger Kerl, weshalb es sich anfühlte, als hätte er ihren Fuß zu Brei gematscht.

Diesmal fiel ihr Versuch, ihm die Pfanne ins Gesicht zu hauen, jämmerlich aus.

Er rammte ihr das Messer in die Schulter, beinahe an die gleiche Stelle wie zuvor, die er nur um etwa einen Zentimeter verfehlte. Als er den Griff des Messers losließ, blieb es stecken. Er rang ihr die Pfanne aus der Hand und schlug sie ihr mitten ins Gesicht.

Adeline glaubte nicht, dass sie dabei weitere Zähne verlor.

Jedenfalls nicht, bis sie zu Boden fiel und seitlich mit dem Kopf aufschlug. Da brach ein halber Backenzahn ab.

Damit verließ sie der Kampfgeist zwar immer noch nicht, doch als sich Fletcher über sie kauerte und die Hände um ihren Hals legte, war sie nicht mehr sicher, ob das noch eine Rolle spielte.

Boyd ging langsam auf die Eindringlinge in seinem Haus zu, obwohl man vermutlich sagen konnte, dass *er* im Augenblick den Eindringling verkörperte. Niemand sonst befand sich im Kinosaal. Maddox und Heck rührten sich nicht, als Boyd die zweite Reihe betrat. Sie schienen ihn auch nicht zu bemerken, als er direkt hinter sie schlich.

Konnte es wirklich so einfach sein?

Die Psychos befanden sich an zwei Orten gleichzeitig, aber vielleicht weilte ihr Bewusstsein nur in der realen Welt. Hätte er eine Waffe gehabt, er hätte jedem einen schnellen Stich ins Genick verpassen und die Sache beenden können. Den Dritten sah er nicht. Wenn es auf der anderen Seite gut lief, würde Fletcher mittlerweile womöglich zwei Meter unter der Erde gefangen sein.

Klarträume. Das hier war wie ein Klartraum. Wenn er in einem Klartraum eine Waffe wollte, konnte er eine erschaffen. Im Augenblick wollte er eine große, glänzende Axt. So scharf, dass sie die Schädel der beiden mit einem Hieb spalten würde.

Und er hielt eine Waffe. Sie erschien nicht in seiner Hand, es war eher so, als hätte er sie von Anfang an gehabt.

Allerdings keine große, glänzende Axt. Ein kleines, rostiges Beil. Boyd fuhr mit dem Finger die Klinge entlang. Ungefähr so scharf wie der Rand eines Silberdollars. Er würde also keine Schädel mit einem einzigen Hieb spalten. Trotzdem könnte er mit Sicherheit zwei komatöse Kinobesucher erledigen.

Keine Zeit zu verlieren. Er holte mit dem Beil über Hecks Kopf aus, dann ließ er es mit aller Kraft niedersausen. Die Klinge sank tief ein, wesentlich tiefer, als Boyd erwartet hatte. Beinahe so, als dränge sie durch Kerzenwachs statt durch Knochen.

Das Beil flutschte Boyd aus der Hand, als Heck aufstand.

»Hast du's lustig gefunden, mir beim Ersticken zuzusehen?«, fragte Fletcher, während er versuchte, Adeline den Kehlkopf zu zerquetschen. »Hattest du mächtig Spaß dabei? Hm?«

Adeline hatte keinerlei Belustigung über seine Notlage als Geist zum Ausdruck gebracht. Tatsächlich hatte sie das eher verstörend gefunden. Aber wenn Fletcher glaubte, sie hätten sich alle auf seine Kosten bestens amüsiert, würde es ihr wahrscheinlich nicht gelingen, ihn vom Gegenteil zu überzeugen.

Sie konnte nicht atmen.

Fletchers Augen waren weit aufgerissen und wirkten irre. Man musste wohl auch wahnsinnig sein, um zu versuchen, jemanden mit einer völlig ruinierten Hand zu erwürgen.

Sie wollte ihm das Knie in den Schritt rammen, allerdings befand er sich dafür nicht in der richtigen Position. Ihre Schläge gegen seine Seiten fielen schwach und völlig wirkungslos aus.

Fletcher verstärkte den Druck um ihren Hals. Ein weiterer Fingerknochen brach.

Er vermittelte nicht den Eindruck, als ob es ihn interessierte.

Obwohl Adelines Psyche nach wie vor die Gesinnung der Mutter hochhielt, mit der man sich besser nicht anlegte, verließ ihren Körper rasch die Kraft.

Heck ließ das Beil in seinem Hinterkopf stecken, als er sich zu Boyd umdrehte. Er schlug mit einer krallenartigen Hand nach Boyd, schlitzte ihm die Brust auf und entfernte einen riesigen Fleischlappen so mühelos wie die Haut von einer Suppe, die man zu lange stehen gelassen hatte.

Die oberste Schicht von Boyds Brust baumelte von Hecks Klauen. Heck schüttelte sie sich von der Hand.

Boyd selbst blickte nicht einmal hinab. Er wollte nicht wissen, wie seine Brust ohne Haut aussah.

Heck grinste. »Oh, das ist ja mal schräg.«

Da konnte sich Boyd nicht mehr zurückhalten. Er blickte doch hinab. Blutige Fischköpfe, mindestens ein Dutzend, ragten aus seiner hautlosen Brust. Die Mäuler öffneten und schlossen sich.

Boyd hätte sich am liebsten übergeben. Aber er sollte sich in all das fügen. Den Surrealismus begrüßen. Ihn wie einen kranken Witz behandeln.

Er packte einen der Köpfe und hatte vor, ihn aus seiner Brust zu ziehen und sich ihn in den Mund zu stecken. Allerdings konnte er ihn nicht richtig greifen, er erwies sich als zu schleimig. Seine Hand rutschte immer wieder ab, sogar als er versuchte, die Finger in eines der Mäuler zu bohren.

»Was zum Teufel hast du vor?«, wollte Heck wissen.

Boyd spannte die Brustmuskeln in der Hoffnung an, die Fische würden dann wie abgefeuerte Patronen aus seinem Körper flutschen.

Taten sie nicht.

Heck hielt eine Gartenschere hoch. Die schwarzen Metallklingen wirkten lang genug, um eine ausgewachsene

Eiche durchzuschneiden. Er öffnete die Schere. Boyds mittlerweile buchstäblich am Boden festgenagelte Füße rührten sich nicht von der Stelle.

Begrüß es …

Seelenruhig stand er da.

Heck ließ die Schere vorwärtsschnellen und zuschnappen. Er trennte Boyds Kopf sauber ab.

Der Kopf holperte über den Boden des Kinosaals, der sich als klebrig vor verschütteter Limonade, gebuttertem Popcorn und Süßigkeiten erwies.

Irgendwie fiel es schwer, das zu begrüßen.

Adeline wurde vor Sauerstoffmangel benommen. Sie versuchte zwar weiterhin, sich zur Wehr zu setzen, doch es half nichts. Vielleicht war es an der Zeit zu beten, dass es Boyd, Paige und Naomi ohne sie schaffen würden, aus diesem Albtraum zu entkommen.

Tatsächlich konnte sie Paige verschwommen sehen.

Sie hielt etwas.

Glas zerbarst.

Fletchers Griff um Adelines Hals lockerte sich. Sein Gesicht wurde jäh schärfer. Blut lief ihm über die Stirn. Paige hielt den Hals einer zerbrochenen Flasche Olivenöl.

Sie kniete sich hin und rammte ihm den scharfkantigen Hals in den Rücken.

Adeline zog sich unter ihm hervor. Paige zerrte den Glashals heraus und setzte dazu an, erneut auf ihn einzustechen.

»Nein!«, rief Adeline.

Paige zögerte. »Aber er …«

»Geh zurück zu Naomi.«

Paige schüttelte den Kopf. »Er wollte dich umbringen.«

»Ich weiß, Schatz. Und ich kümmere mich darum. Aber ich will nicht, dass du es siehst oder daran beteiligt bist. Pass auf deine Schwester auf. Ich bin gleich bei euch.«

Adeline versuchte aufzustehen, schaffte es jedoch nicht recht. Paige half ihr auf die Beine. Fletcher blieb stöhnend auf dem Boden.

»Geh«, sagte Adeline. Ihre Kinder würden zwar ohnehin jeden Therapeuten der Welt brauchen, wenn das alles vorbei wäre, trotzdem wollte sie es nicht zusätzlich verschlimmern. Diesen Anblick würden sie nie aus ihren geistigen Augen bekommen.

Zögerlich kehrte Paige in den Flur zu Naomi zurück.

»Sieht nicht zu«, sagte Adeline. »Und lass auch Naomi nicht zusehen. Geht ins Wohnzimmer. Ich komme gleich nach.«

Paige ergriff Naomis Hand und führte ihre kleine Schwester außer Sicht. Adeline öffnete einen Schrank und holte den Schongarer heraus. War ein Geschenk ihrer Eltern vor ungefähr fünf Jahren gewesen. Adeline benutzte ihn selten, und er wäre beinahe bei den Habseligkeiten gelandet, die es nicht aus der Wohnung ins Haus geschafft hatten. Was sie damit vorhatte, würde eindeutig nicht dem beabsichtigten Zweck des Geschenks entsprechen.

Fletcher wischte sich Blut vom Kopf. »Du musst das nicht tun«, sagte er.

Adeline ließ den Schongarer auf seinen Schädel niedersausen.

Fletchers gesamter Körper verkrampfte sich.

Sie drosch ein zweites Mal auf ihn ein. Der keramische Innenteil fiel heraus, brach entzwei.

Adeline schlug ihn mit dem Edelstahlgehäuse erneut.

Danach war sein Schädel verbeult genug, dass er nie wieder sprechen oder atmen würde. Da Adeline nicht in völlige Barbarei verfallen wollte, hieb sie nur noch zweimal auf ihn ein und verspritzte den Inhalt seines Schädels über das gut gemeinte Geschenk.

Im Leben der Familie Gardner verblieben noch etliche Probleme, aber zumindest Cliff Fletcher zählte nicht mehr dazu.

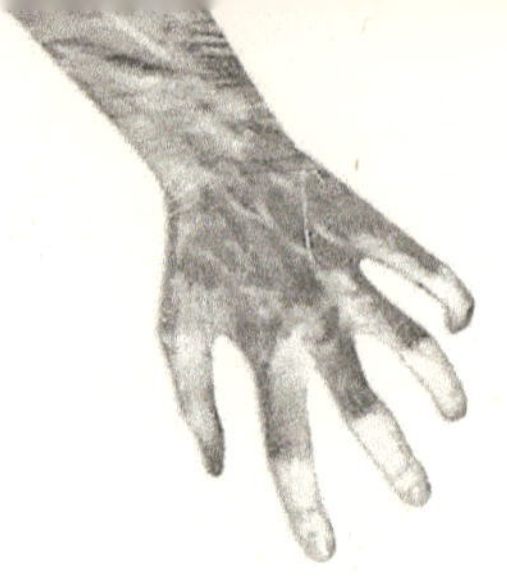

28

Begrüß es.

Alles war gut.

Geradezu ideal.

Viele Menschen hätten nur zu gern einen abgetrennten Kopf. Weniger Verantwortung. Niemand mehr, der ihnen sagte, sie sollten abnehmen. Keine aus der Brust ragenden Fischköpfe mehr. Natürlich gestaltete es sich so schwieriger, eine Kinoleinwand zu sehen, wie sich gerade herausstellte. Aber man konnte sich nicht nur die Rosinen herauspicken.

Heck kletterte über den Sitz. Das Beil steckte immer noch in seinem Schädel. »Doch nicht so einfach, wie du gedacht hast, was?«, fragte er.

Begrüß es.

Mit der richtigen Einstellung konnte die Hölle ein Heidenspaß sein.

Boyd wollte sagen: »Ich mag Herausforderungen.« Allerdings brachte er keinen Ton heraus. Lag wohl daran, dass er keine Lunge mehr hatte. Ein merkwürdiger Zeitpunkt dafür, dass die Logik der Biologie eine Rolle spielte.

Wahrscheinlich sollte Boyd versuchen, sich einen neuen Körper zu besorgen.

Und schon befand sich sein Kopf auf einem neuen Körper.

Er hätte sich einen überzeichnet muskulösen Körper gewünscht oder einen Drachenkörper oder einen sinnlichen Frauenkörper, irgendetwas Lustiges oder Mächtiges. Stattdessen war sein Kopf – mit etwas, das sich wie Klebeband anfühlte – an einem Körper befestigt, der aussah, als wäre er nur eine verpasste Mahlzeit vom Verhungern entfernt. Die Art ausgemergelter Körper, wie man sie bei Werbespots sah, in denen zu großzügigen Spenden aufgerufen wurde.

Heck fasste nach hinten und zerrte das Beil aus seinem Schädel. »Das brauch ich nicht mal, um dich in zwei Hälften zu schneiden«, sagte Heck. »Ich könnte einfach meinen Fingernagel benutzen.«

Neuer Körper. Boyd brauchte einen neuen Körper.

Sein nächster Körper hatte rote, rissige Haut, die so stark juckte, dass er sich nicht davon abhalten konnte, sich wild zu kratzen. Nicht mal als sich die Haut in Brocken löste.

Er empfand es als Erleichterung, sich das Fleisch bis zum Knochen vom Körper zu kratzen.

Neuer Körper.

Von Pusteln übersät. Der Juckreiz hatte nicht aufgehört, obwohl sich Boyd nun fühlte, als hätte er jede sexuell übertragbare Krankheit, mit der die Menschheit jemals geschlagen worden war. Pusteln auf seiner Zunge platzten, als er sich damit über den Gaumen fuhr.

Neuer Körper.

Nein. Funktionierte nicht. Derselbe von Pusteln übersäte Körper.

»Was hast du eigentlich gehofft, hier zu erreichen?«, fragte Heck.

Boyd hatte zu viel Eiter im Mund, um ihm zu antworten.

Begrüß es.

Klartraum.

Kranker Witz.

Boyd befand sich nicht in einem Land ewiger Qualen. Er befand sich auf einem zappendusteren, bizarren Spielplatz. Er konnte tun, was immer er wollte. Er konnte eine Armee von Skeletten befehligen. Er konnte auf einem schwarzen Hengst mit glühenden Augen reiten, der Feuer spie.

Das Jucken war dermaßen unerträglich, dass er sich mit den Fingernägeln die gesamte Brust hinabfuhr. *Plopp. Plopp. Plopp.*

Heck streckte Zeigefinger, Mittelfinger und Daumen aus und stieß sie Boyd ins Gesicht. Sie versanken bis zum zweiten Knöchel darin. Als er sie herauszog, hinterließ er Löcher in Boyds Stirn und am Nasenrücken.

»Nicht was ich vorhatte«, gestand Heck. »Hab auf die Augen gezielt. Wollte dich als Bowlingkugel benutzen.«

Neuer Körper.

Nein. Wieder der von Pusteln verseuchte. Buchstäblich alles wäre ihm lieber als das, sogar der abgetrennte Kopf auf dem klebrigen Boden.

Visionen von Paige begannen durch den Kinosaal zu schweben, hundert Zusatzleinwände mit unterschiedlichem Inhalt. Auf einer schlitzte sie sich die Pulsadern auf. Auf einer anderen schluckte sie eine ganze Flasche voll Pillen. Auf wieder einer anderen steckte sie sich einen Revolver in den Mund. Lief vor einen fahrenden

Bus. Legte sich eine Schlinge um den Hals. Sprang von einer Brücke.

»Du bist am Verlieren«, sagte Heck.

Neuer Körper.

Alter Körper. Sein realer Körper.

Nicht sein realer Körper. Sein realer Körper verblutete gerade im Keller. Boyd steckte in seinem Körper, wie er vor der Ankunft der Geister ausgesehen hatte.

Um ihn herum starb Paige wieder und wieder. In Gedanken lobte Boyd ihre Entschlossenheit für die Sache und ihren Einfallsreichtum. Auf einer Leinwand versuchte sie, sich mit einer Bohrmaschine umzubringen. Wie viele 13-Jährige würden mit einer Bohrmaschine Selbstmord begehen? Bestimmt nicht viele. Oder vielleicht versuchte sie in jener Vision gar nicht, sich umzubringen. Vielleicht versuchte sie vielmehr, sich selbst eine Lobotomie zu verpassen. Führte man eine Umfrage unter tausend 13-jährigen Mädchen durch, in der man fragte, wie man sich selbst einer Lobotomie unterzog, würden es vielleicht zwei richtig beantworten. Und eine davon würde eine durchgeknallte Göre sein, die vorhatte, ihren Feinden eine Lobotomie angedeihen zu lassen.

Er war stolz auf seine Tochter.

Nein, er …

Doch, war er. Der stolzeste Vater der Welt. Sehe sich nur einer an, wie die Klumpen der Gehirnmasse aus dem Hinterkopf explodierten und abstrakte Kunst an die Wand hinter ihr zeichneten. Das nannte er mal Talent.

Dem Kind gehörte eine Medaille umgehängt. Dann könnte sie die Auszeichnung verwenden, um ihr Gehirn damit einzusammeln.

Die Bilder verschwanden.

Klarträume. Begrüßen. Genießen. Achterbahnfahrt. Jahrmarkt. Geisterbahn – der lustigen Art.

Eine völlig neue Abfolge von Bildern erschien. Unheimliche Clowns. Clowns, die Kindern verschlagen zuwinkten. Clowns mit Messern. Clowns mit Reißzähnen.

Boyd hatte keine Angst vor Clowns. Nie gehabt. Er fand ihre Possen herrlich amüsant, wie sie es beabsichtigten.

Die Clowns verschwanden.

Boyd schlug Heck ins Gesicht. Seine Faust ging geradewegs durch den Schädel. Er zog die Hand zurück, dann leckte er sich die rote Grütze von den Fingern, denn mittlerweile genoss er die Achterbahnfahrt.

Hecks Gesicht rekonstruierte sich.

Boyd schlug ihn erneut. Er wünschte, er könnte Heck das Gaumenzäpfchen herausreißen und es vor seinem Gesicht baumeln lassen, aber das funktionierte nicht.

Hecks Gesicht rekonstruierte sich um Boyds Faust herum. Sie wieder herauszuziehen, gestaltete sich schwierig, aber es gelang ihm.

Heck schlug mit Krallen nach ihm, die auf eine Länge von anderthalb Metern angewachsen waren. Boyd duckte sich aus dem Weg.

Nein, halt. Nicht ganz. Die Schädeldecke rutschte ihm davon.

Neuer Kopf.

Boyd griff sich einen Plastikbecher aus einem der Getränkehalter der Sitze. Er zerquetschte den Becher und spritzte Heck ein colafarbenes, kohlensäurehaltiges Getränk ins Gesicht. Das prompt anfing zu brutzeln und zu qualmen.

Indes sah sich Maddox weiter regungslos den Film an.

Boyd packte den schreienden Heck am Kragen und schleifte ihn hinüber zur Wand. Dort drosch ihn Boyd dagegen, zermatschte seinen Schädel zu Schleim.

Dann befand sich Heck auf der anderen Seite des Saals, wieder normal. Wie sollte es einen Sieger in einem Kampf geben, in dem beide immer wieder ins Leben zurückkehrten?

Vielleicht gar nicht. Vielleicht war er dazu verdammt, ewig so weiterzumachen.

Nein. Klartraum. Achterbahn. Kranker Witz.

Sie befanden sich an Bord eines Schiffes.

Heck wirkte verwirrt. Bestimmt war er daran gewöhnt, wie es hier ablief. Dennoch schien ihn dieser Schauplatzwechsel völlig zu überraschen.

»Magst du kein Wasser?«, fragte Boyd.

»Du hättest nicht herkommen sollen.«

»Auf das Schiff?«

»*Hierher.* In die Hölle.«

»Mir hat man gesagt, das sei nicht ganz die Hölle.«

»Du hast den bescheuertsten Fehler begangen, den je jemand gemacht hat. Ich meine, aller Zeiten. In der gesamten Geschichte der Menschheit. Du wirst hier für immer festsitzen und bis zum Ende des Universums, jede Sekunde jedes Tages, leiden. Ich hingegen werd in deinen Keller zurückkehren, um deine Frau und deine Töchter umzubringen, und danach bin ich befreit. Vielleicht spür ich auch noch deine Eltern auf und mach sie alle. Und deine Freunde.«

»Ich glaub nicht, dass du weißt, wie du zurückkannst.«

»Das finde ich schon raus. Haben wir beim ersten Mal auch.«

»Beim ersten Mal warst du nicht davon abgelenkt, dass ich dich wieder und wieder umbringe.«

Heck lächelte. »Vielleicht wird die Hölle gar nicht so schlimm, wenn ich dich in Endlosschleife töten kann. Das ist ja eher wie im Himmel, findest du nicht auch?«

»Was meinst du, wer den anderen öfter töten kann?«

»Sollen wir mitzählen?«

»Nein«, erwiderte Boyd. »Dich töten zu wollen, war ein Griff ins Klo meinerseits. Du kannst hier nicht sterben. Damit hab ich nur Zeit vergeudet. Ich muss bloß dafür sorgen, dass du nicht wieder hinüberwechselst.«

Klarträume.

Achterbahnfahrt.

Kranker Witz.

Gäbe es eine grausamere Pointe, als Heck in denselben Zustand dauerhaften Ertrinkens zu versetzen, den Fletcher erlitten hatte?

Plötzlich verwandelte sich Hecks Körper – alles bis auf den Kopf – in Eisen. Sein Lächeln verwelkte.

Das Holz unter ihm begann knarrend nachzugeben.

»Das ist nicht …«, setzte Heck an, konnte den Satz jedoch nicht beenden, bevor er durch die Decks des Schiffes brach und ins Meer eintauchte.

Boyd spähte durch das entstandene Loch. Das Wasser war zu dunkel, um zu sehen, wie Heck in die Tiefe sank, also musste es sich Boyd einfach vorstellen. Wie lange würde es wohl dauern, bis er den Meeresboden erreichte? Hatte ein Meer in der Hölle überhaupt einen Boden?

Boyd war nicht der Typ Mensch, der zu Schadenfreude neigte. Und jemanden zu ewigem Ersticken zu verurteilen, war nichts, das man feiern sollte, nicht mal wenn es sich um ein Stück Scheiße handelte, das versucht hatte, seiner Familie wehzutun. Er musste zurück und Maddox' Schicksal besiegeln.

Prompt war er wieder im Kinosaal. Das war einfach.

Die Leinwand zeigte immer noch seinen Körper.

Daneben platschten einige Tropfen Blut auf den Boden.

Das kam Boyd merkwürdig vor. Was ging da vor sich?

Boyd schlug die Augen auf. Die Qualen der Hölle wurden von den früheren Schmerzen all seiner Verletzungen in der realen Welt abgelöst.

Weitere Blutstropfen fielen auf den Boden.

Maddox hielt Gina fest. Seine gebrochenen Rippen steckten tief in ihrer Brust.

Als er sie von sich stieß, brach sie zusammen. Ihre gesamte Vorderseite bot ein Bild grässlicher Verwüstung.

»Oh, tut mir leid«, sagte Maddox zu Boyd. *»Hab ich deinen kleinen Ausflug unterbrochen?«*

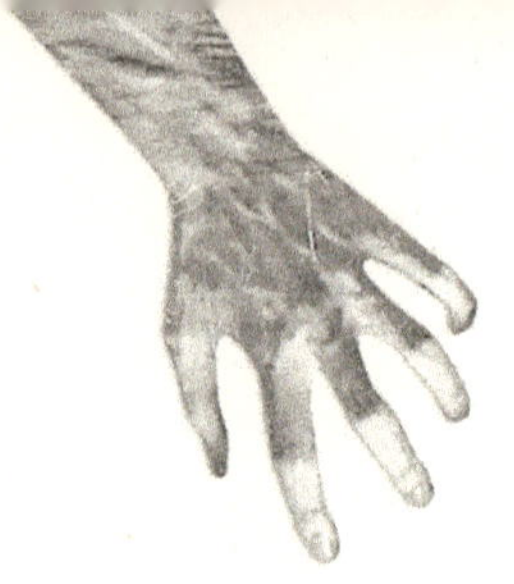

29

»Ohne jemanden, der dich anleitet, kannst du nicht viel tun, was?«, fragte Maddox. Seine Rippenknochen zogen sich in die Brust zurück. *»Tja, kannst dabei zusehen, wie die Schlampe stirbt. Ich glaub, ein paar Sekunden hat sie noch.«*

Boyd versuchte, sich aufzurappeln, doch ihm fehlte die Kraft. Ironischerweise war es ihm in der Hölle besser ergangen.

»Zu deinem Glück bist du zu schwer verletzt, als dass ich dich herumschleifen könnte, um dich zusehen zu lassen, wie deine Frau und Kinder sterben. Ich würde sie ja hier runterbringen und vor deinen Augen allemachen. Bin mir aber nicht sicher, ob du's noch so lange machst. Außerdem würd ich den Scheiß jetzt gern beenden.«

Die Küchentür schwang auf und knallte gegen die Wand. Adeline wirbelte herum und erblickte Polizisten – oder FBI-Agenten – mit einer Ramme.

Das schwarze Zeug strömte herab. Die Männer, die wohl aus dem tragischen Schicksal des anderen Polizisten gelernt hatten, standen nicht im Eingang. Innerhalb von Sekunden hatte der Schleim die Tür versiegelt, und Adelines kurzzeitige Hoffnung, Fletchers Tod könnte ihr Problem gelöst haben, verpuffte jäh.

Niemand von draußen würde sie retten. Na schön. Sie brauchten keine Polizei, kein FBI, kein Militär oder was auch immer. Sie hatten eine Hexe. Adeline war zuversichtlich. Bestimmt würde sie bei der Rückkehr in den Keller feststellen, dass sich Boyd um die anderen zwei Geister gekümmert hatte. Dann könnten sie endlich aus dem Haus und zu diesem sagenhaften Burger-Lokal, um dort zu schlemmen.

»Bleibt hier oben, bis ich euch rufe«, sagte Adeline zu den Mädchen. Da Paige ihr das Leben gerettet hatte, war es aus taktischer Sicht vielleicht nicht die beste Entscheidung, sie oben zu lassen. Aber Adeline konnte ihren Drang, ihre Kinder von Gefahr fernzuhalten, nicht einfach abschalten.

Als sie die Treppe hinunterblickte, schnappte sie scharf nach Luft.

Gina lag blutüberströmt auf dem Boden. Boyd lag auch auf dem Boden, fast an derselben Stelle, wo sie ihn zurückgelassen hatte, mittlerweile wach. Der Geist mit den blauen Flecken stand zwischen ihnen. Er bemerkte Adeline oben an der Treppe und winkte ihr verspielt zu.

»Komm ruhig runter und schließ dich uns an.«

»Dein Freund ist tot. Hab ihn umgebracht.«

»Kannst du's beweisen?«

»Ja.«

»Ich vertrau dir. Ist nicht nötig, ihm den Kopf abzuschneiden oder so. Fletcher war ganz okay, aber er hatte kein Problem damit, uns im Stich zu lassen. Von daher: Applaus, dass du ihn umgelegt hast. Ich hoffe, es war heftig.«

»War es.«

»Gut. Ihr könnt nicht aus dem Haus, bis mein Ritual abgeschlossen ist. Und mein Ritual ist erst dann abgeschlossen, wenn ihr tot seid. Dieser Logik folgend könnt ihr nie *aus dem Haus entkommen. Du kannst also hier runterkommen und mir einfach die Kehle zum Aufschlitzen anbieten, damit wir's hinter uns haben, oder ich kann dir hinterherrennen, bis du die Besinnung verlierst. Deine Entscheidung.«*

Gina war nicht tot.

Adeline hatte keine Ahnung, woher sie das wusste. Die Frau sah tot aus. Sie lag zweifellos im Sterben. Aber die Helligkeit aus der Küche reichte gerade aus, um die grausigen Wunden zu erkennen, nicht jedoch, ob sie atmete oder nicht.

Noch war Gina eindeutig nicht tot. Sie *sprach* nicht wirklich mit Adeline – es war nicht so, als könnte sie Ginas Stimme im Kopf hören –, trotzdem verstand sie die vermittelte Botschaft so klar, als wären es ihre eigenen Gedanken.

Hätte Gina ihnen nicht erzählt, wie sie die Eindringlinge mental manipuliert und wie Marionetten gelenkt hatte, Adeline hätte vielleicht geglaubt, es *wären* ihre eigenen Gedanken.

Maddox wusste nicht, dass er bereits gewonnen hatte.

Adeline, Boyd, Paige und Naomi zu ermorden, würde das Ritual tatsächlich vollenden. Sie lebten in dem Haus, und es war ihre Energie, die es den Geistern ermöglicht hatte, die Grenze ins Diesseits zu überqueren. Wenn sie alle tot auf dem Boden lägen, würde Maddox in seiner menschlichen Gestalt zurückkehren und aus diesem Gefängnis fliehen können.

Aber dasselbe würde er damit erreichen, Gina zu töten.

War das gut? Wenn Maddox sie nicht alle töten musste, um zu bekommen, was er wollte, bedeutete das, ihr Albtraum war fast vorbei?

Adeline belustigte die Frage. Na ja, nein, Belustigung war es nicht, auch wenn es sich so anfühlte. Sie spürte Ginas Belustigung, als wäre es ihre eigene.

Nein. Ihr Albtraum begann erst so richtig.

Maddox konnte nicht aus dem Haus. Sie konnten nicht aus dem Haus.

Sie waren ohne Fluchtmöglichkeit gefangen.

Sie würden verhungern.

Sie würden entscheiden müssen, ob sie die Toten aßen, um ihr Leben um ein paar Tage zu verlängern.

Könnte sie Maddox nicht einfach töten? Ihn mit demselben Schongarer erschlagen, mit dem sie Fletcher das Licht ausgeblasen hatte?

Leider nein. Das wäre zwar schön, nur funktionierte es so nicht. Maddox musste nicht zur Tür hinausgehen. Er konnte sich überallhin versetzen, wo er wollte. Gleich nach Ginas Tod könnte er sich an einem karibischen Strand entspannen, einen erfrischenden Cocktail aus einer Ananas schlürfen und über den langsamen, elenden Tod der Familie Gardner schmunzeln.

Maddox wusste nicht, dass er gewonnen hatte.

Das war sie – die Möglichkeit, ihn zu besiegen.

Adeline ging die Treppe hinunter, bewegte sich dabei langsam, aber nicht *zu* langsam. Das Timing musste perfekt sein, und sie wusste nicht genau, wann Gina ihren letzten Atemzug tun würde.

»So kann ich nicht sterben«, meinte Adeline zu Maddox. »Wenn's kein Happy End geben kann, dann töte mich einfach sofort. Wenn du versprichst, dass es schnell geht, dann wehre ich mich auch nicht.«

»Ich mag Gegenwehr.«

»Paige! Naomi! Kommt runter!« Wenn Adeline jemanden spielen wollte, der restlos aufgegeben hatte, musste sie glaubhaft rüberkommen. Sie würde sich nicht von Maddox töten lassen und ihre Töchter oben zurücklassen, damit er sie später jagen konnte.

Adeline erreichte die unterste Stufe.

Gina hielt noch durch. Sie klammerte sich bewusst ans Leben. Wusste sie, was Adeline durch den Kopf ging?

»Schwör mir, dass es schnell geht«, verlangte Adeline.

»Na schön«, lenkte Maddox ein. *»Für die Kleinen mach ich's relativ kurz und schmerzlos. Deinen Mann und dich … Tja, euch würd ich schon gern ein bisschen leiden lassen.«*

»Das reicht mir nicht.«

»Nimm es oder lass es.«

Adeline hob die Arme, um ihm anzuzeigen, dass sie ihm nichts tun wollte. »Ich werd keinen Widerstand leisten. Gib mir eine deiner Spezialumarmungen.«

Sie ging auf ihn zu.

»Ich liebe dich, Boyd«, sagte sie.

»Tu das nicht«, erwiderte Boyd. Er klang zerknirscht und spielte eindeutig nicht mit. »Es muss eine andere Möglichkeit geben.«

»Gibt es nicht. Für uns ist es vorbei. Warum also sollen wir es rauszögern?«

Sie blieb stehen. Das Timing stimmte nicht.

»Muffensausen?«, fragte Maddox.

Gina war bereit loszulassen. Sie fürchtete sich nicht vor dem Tod.

Adeline ging weiter auf Maddox zu. Sie streckte die Arme zur Umarmung aus. Maddox' gebrochene Rippenknochen schossen aus dem Brustkorb hervor.

»Ich sag dir was: Ich werd's doch schneller machen«, meinte er zu ihr. Spitze Knochen schnellten aus seinen Armen. *»Drück Daddy ganz fest.«*

Gina starb.

Maddox' Körper veränderte sich. Die blauen Flecken verblassten. Sein Leib verlor seine gespenstische Transparenz, bestand wieder aus Fleisch und Blut. Zuerst schaute er überrascht drein, dann begeistert, beinahe euphorisch, als ihm dämmerte, was gerade passierte.

Das Ritual war abgeschlossen.

Er war zurückgekehrt, war wieder menschlich.

Und seine Rippen befanden sich außerhalb der Brust.

Er krallte sich in die Knochen, als sein Blut floss. Sah aus, als versuchte er, sie zurück in den Körper zu schieben. Seine Augen weiteten sich panisch. Er starrte Adeline an und öffnete den Mund. Wohl um etwas zu sagen wie: *Du verficktes Miststück*. Allerdings brachte er es nicht heraus, bevor er umkippte.

Adeline hätte ihm mühelos den Todesstoß versetzen können. Aber nein, sie fand es völlig in Ordnung, ihn einfach verbluten zu lassen.

»Hast du Fletcher wirklich umgebracht?«, fragte Boyd.

»Ja.«

»Ich hab Heck auf den Grund eines Meeres in der Hölle verbannt.«

»Ausgezeichnet.«

»Ich glaube, sobald Maddox verblutet ist, war's das.«

»Und ich glaube, damit hast du recht.«

Einige Augenblicke lang beobachteten sie Maddox. Seine Augen wurden glasig, seine Atmung setzte aus.

»Verschwinden wir von hier«, sagte Adeline und half Boyd auf die Beine. »Bitte stirb jetzt nicht, wo wir der Freiheit so nah sind.«

»Ich glaube, ein paar Stunden hab ich noch in mir.«

Adeline küsste ihn.

Paige und Naomi standen oben an der Treppe. »Paige, du musst mir vielleicht helfen«, sagte Adeline.

»Sind sie alle tot?«

»Ja, Liebes.«

»Na ja, nein, einer ist am Meeresgrund gefangen«, stellte Boyd richtig. »Er hat die Arschkarte gezogen. Aber sie werden uns nichts mehr tun.«

Adeline setzte den Fuß auf die erste Stufe. Sie brach durch. Das Holz war verrottet.

Vorsichtig drückte Paige mit dem Fuß auf die oberste Stufe. »Ich glaube nicht, dass uns die Treppe aushält.«

»Schon gut. Bleib oben. Wir überlegen uns was.«

Die Farbe sämtlicher Stufen änderte sich. In der Mitte bog sich eine durch, als bestünde sie aus Lehm. Adeline schaute auf und stellte fest, dass auch die Decke durchzuhängen begann.

»Lauft irgendwohin, wo's sicher ist!«, brüllte sie. »Schnell!«

Paige und Naomi rannten los.

Ein Brett fiel von der Decke und landete mit der Kante voraus auf Maddox' totem Gesicht. Weitere Bretter folgten.

Adeline widerstrebte es zutiefst, Gina zurückzulassen. Es fühlte sich respektlos an, ein Haus über jemandem einstürzen zu lassen, der sich für sie geopfert hatte. Aber sie mussten dringend ein sicheres Plätzchen finden, an dem sie sich verstecken konnten.

Eine bräunlich-schwarze Flüssigkeit begann, zwischen den Brettern durchzusickern.

Wo sollten sie sich verstecken, wenn das gesamte Haus in sich zusammenfiel? Hier unten gab es keine große Kühltruhe, in der sie sich einschließen und auf das Beste hoffen konnten.

Ein langes, dickes Brett landete direkt vor ihnen. Allerdings spritzte es beim Aufprall ein wenig. Ein Tropfen der Flüssigkeit traf Adeline am Kopf. Sie schrie.

Aber es folgte kein Brennen. Fühlte sich nur nass an. Es handelte sich nicht um den Schleim, der den Polizisten getötet hatte.

Die Bretter klatschten auf den Kellerboden wie nasse Pappe. Der Geruch war so unsagbar scheußlich, er spülte jedes Triumphgefühl weg, das Adeline sonst vielleicht empfunden hätte.

Ein riesiger Teil der Decke stürzte ein. Der Esszimmertisch kam mit den Trümmern herunter. Eine Sekunde danach fiel die Couch krachend auf den Boden. Paige und Naomi saßen darauf.

Ein Brocken aus größtenteils verflüssigtem Holz traf Boyd am Kopf.

Auch der Tischtennistisch verwandelte sich in Glibber.

Die Metallregale verrosteten.

Die Couch verrottete unter Paige und Naomi. Hastig sprangen sie herunter, so erschüttert, wie es bei zwei jungen Mädchen zu erwarten war, die gerade auf einem Sofa durch den Boden in den Keller gefallen waren.

Auch der Herd landete im Keller und zersplitterte in rostfarbene kleine Teile, gefolgt vom Kühlschrank und dem Spülbecken.

Alles verflüssigte sich so schnell, dass sie nichts mehr tun konnten, um zu entkommen. Adeline, Boyd, Paige und Naomi hielten sich gegenseitig fest, während sich rings um sie der stinkende Schleim verteilte.

Im Nu standen sie bis zur Taille darin, und der Pegel stieg unaufhaltsam weiter.

Heilige Scheiße – sie würden darin ertrinken!

Boyd war nicht in der Verfassung, ein Kind auf den Schultern zu tragen, also bückte sich Adeline und hievte sich Naomi auf den Rücken. Der Schleim stieg ihnen bis zur Brust. Man konnte sich darin kaum bewegen. Schwimmen wäre ganz und gar unmöglich. Der obere Teil des Hauses war fast vollständig verschwunden.

Und schließlich war es vorbei.

Adeline und Paige standen bis zum Hals in der Grütze, aber es war nichts mehr übrig, das ihren unerwünschten Swimmingpool auffüllen konnte. Zu viert verharrten sie in einem riesigen Loch im Boden in dem schwarzen Glibber.

Ein Hubschrauber flog über sie hinweg.

Langsam bewegten sie sich auf den Rand zu. Nach und nach tauchten Polizisten, Feuerwehrleute und Militärpersonal auf, die in das Loch spähten. Jemand mit einem Megafon forderte die Zivilbevölkerung auf, zurückzubleiben.

Zwei Männer in Schutzanzügen senkten ein dickes Seil in das Loch. Sie zogen erst Naomi heraus, dann Paige.

Boyd drängte Adeline, als Nächste zu gehen. Und obwohl er dringender ärztlich versorgt werden musste als sie, beschloss sie, ihm seinen Stolz zu lassen.

Als sie aus dem Loch kam, erblickte sie Polizeiautos, Feuerwehrfahrzeuge, Übertragungswagen von Fernsehsendern und buchstäblich Hunderte Schaulustige, die alle mit ihren Handys zu filmen schienen.

Würde nicht einfach werden, die Sache zu erklären.

EPILOG

Sie verbrachten mehrere Tage in Quarantäne. Bis zum Hals in reiner Fäulnis zu stehen, war alles andere als ideal, wenn man mit offenen Wunden übersät war. Aber sie wurden von einem hervorragenden medizinischen Team betreut, das Entzündungen ihrer zahlreichen Schnitte und Kratzer verhindern konnte.

Da sie eine Achtjährige hatten, die nicht mal glaubwürdig leugnen konnte, eine Süßigkeit aus dem Schrank stibitzt zu haben, beschlossen sie, größtenteils bei der Wahrheit zu bleiben. Und da Hunderte Menschen beobachtet hatten, wie ihr Haus im Wesentlichen zu schwarzem Glibber geschmolzen war – ganz zu schweigen von den Millionen, die es online mitverfolgt hatten –, kamen sie sich nicht lächerlich vor, als sie die absurderen Teile ihrer Erlebnisse schilderten.

Boyd entschied, nicht über den Ort zu sprechen, der nicht ganz die Hölle war. Stattdessen behauptete er, eine Zeit lang weggetreten gewesen zu sein und sich nicht erinnern zu können. Trotz allem, was passiert war, fühlte es sich an, als könnte er durch die Preisgabe dieses Teils in der Klapsmühle landen.

Sie bemühten sich bestmöglich, die Aufmerksamkeit der Öffentlichkeit zu meiden. Irgendwie hatten sie es geschafft, diese Tortur zu überstehen, ohne dass Paige und Naomi in einen katatonischen Zustand verfallen waren. Nun war es wichtig, sie wieder in ein möglichst normales Leben zurückzuführen. Das bedeutete nicht, dass Boyd und Adeline nicht über die ihnen angebotenen Buchverträge, Fernsehproduktionen oder sonstigen Arten von Lohn für ihre unerwünschte Bekanntheit nachdenken würden. Aber zumindest eine Zeit lang wollten sie unter den Radar tauchen. Lange genug, um mental und körperlich zu genesen. Und sich eine Zukunft für die Zeit zu überlegen, in der nicht mehr mindestens einer von ihnen jede Nacht schreiend aufwachen würde.

Mehrere Monate später lebten sie in einem bescheidenen Haus, in dem Paige und Naomi wieder eigene Zimmer hatten, obwohl sie nachts in der Regel im selben schliefen.

Sie hatten eine köstliche Pizza mit Zimtstangen als Nachtisch genossen, und es war an der Zeit, die Brettspiele herauszuholen – Naomi durfte an diesem Abend aussuchen –, als es an der Tür klingelte.

Als Boyd öffnete, standen vier Männer auf der Veranda.

»Hallo, Mr. Gardner«, sagte der in der Mitte. Er sah wie etwa 60 aus, hatte einen gepflegt gestutzten grauen Bart und dichte Augenbrauen.

»Kann ich Ihnen helfen?«

»Wir sind wegen eines Geschäftsangebots hier.«

»Tut mir leid«, erwiderte Boyd. »Das läuft alles über meinen Agenten. Ich kann Ihnen seine Karte geben.«

Der Mann richtete einen Revolver auf Boyds Gesicht. »Wir können auch gleich darüber reden. Bitte gehen Sie ins Haus und bleiben Sie ruhig.«

Boyd trat zurück ins Wohnzimmer. Die vier Männer folgten ihm und schlossen die Tür hinter sich. Der Mann mit der Waffe nickte, die drei anderen gingen an Boyd vorbei.

»Wenn Sie meine Familie anrühren …«

»Ich habe Sie ersucht, nicht zu reden«, fiel ihm der Bewaffnete ins Wort. »Sie haben viel durchgemacht. Wäre eine Schande, wenn ihnen nach all dem einfach ins Gesicht geschossen wird.«

Die Männer gingen schnell und effizient vor. Nach den Geräuschen eines kurzen Kampfs kehrten sie mit Adeline, Paige und Naomi, die alle eine schwarze Haube über dem Kopf hatten, ins Wohnzimmer zurück. Die Männer zwangen sie auf die Knie.

»Ich will das nicht lange hinziehen«, sagte der Mann mit der Pistole. »Wir sind hier, um erst Ihre Frau und Ihre Töchter hinzurichten, dann Sie. Bitte verstehen Sie, dass es nicht Ihre Schuld ist. Sie haben lediglich das falsche Haus gemietet.«

»Sie begehen gerade einen Fehler«, warnte Boyd.

»Wir haben eine Handvoll Männer angeheuert, um eine wahrhaft abscheuliche Tat zu begehen. Sie kennen diese drei Männer sehr gut. Ich muss ihre Namen nicht nennen, oder?«

»Ich weiß, von wem Sie reden.«

»Die Männer haben ihren Auftrag erledigt, und ich hätte dadurch eine Menge Macht erlangen sollen. Sie würden nicht gutheißen, wie ich diese Macht nutzen wollte. Menschen wie Sie können sehr voreingenommen sein.«

»Sie kennen mich doch gar nicht.«

»Ich weiß genug über Sie. Ich hatte reichlich Zeit für Nachforschungen, während wir auf diese Gelegenheit gewartet haben. Sie sind ein populärer Mann, Mr. Gardner.«

»Sehr populär. Also sollten Sie meine Familie und mich vielleicht besser nicht ermorden.«

»Sie sind außerdem sehr vertraut mit einer Frau namens Gina, die sich eingemischt und mir alles verdorben hat. Ich kann ihr nicht verübeln, dass sie wegen der Sache mit ihrer Schwester wütend war. An ihrer Stelle hätte ich dasselbe getan.«

»Gina ist mittlerweile tot.«

»Offensichtlich weiß ich das. Hätte ich gewusst, dass Gina verantwortlich war, hätte ich ihr Blut verwenden können, um zurückzuerlangen, was sie mir genommen hat. Aber leider ist sie in Ihrem Haus gestorben. Ich glaube jedoch, dass Sie, Ihre Frau und Ihre Töchter denselben Zweck erfüllen können. Es ist ein hässlicher Kreislauf des Todes. Ich wünschte, es gäbe eine andere Möglichkeit.«

»Sie müssen gehen«, sagte Boyd.

»Noch nicht.«

»Doch, sofort. Sie müssen Ihre Handlanger mitnehmen und auf der Stelle mein Haus verlassen.«

Der Mann lächelte, wirkte dabei jedoch verunsichert. »Ich habe das Gefühl, Ihnen ist nicht klar, wie wenig Macht Sie besitzen, mich einzuschüchtern.«

»Ich versuche gar nicht, Sie einzuschüchtern. Ich versuche, Sie zu warnen.«

»Wovor?«

»Ich bin in der Hölle gewesen. Na ja, fast jedenfalls.«

»Tatsächlich?«

»Lassen Sie mich Ihnen etwas darüber erzählen, wie es ist, der Hölle einen Besuch abzustatten. Etwas, wovor ich damals nicht gewarnt wurde. Es gibt dabei Nebenwirkungen. Man bringt etwas mit zurück. Etwas, das einem schreckliche, beängstigende Macht verleiht. Etwas, womit ich für den Rest meines Lebens klarkommen muss. Ich will es nicht missbrauchen. Lassen Sie mich das umformulieren: Ich werde es *nie* missbrauchen. Aber glauben Sie bloß nicht, ich würde nicht alles tun, um meine Familie zu beschützen. Ich ersuche Sie also noch einmal, mein Haus zu verlassen.«

Der Mann sah Boyd eindringlich in die Augen, als versuchte er zu entscheiden, ob er die Wahrheit sagte. Schließlich ließ er die Waffe sinken.

»Ich entschuldige mich für die Störung. Wir gehen jetzt.«

»Ich glaube allerdings, Sie werden zurückkommen. Und das kann ich nicht zulassen.«

Einer der Männer krallte sich in sein Gesicht, als Blut aus seiner Nase, seinem Mund und seinen Augen schoss. Die beiden anderen Männer taten es ihm gleich. Das Blut verbrannte ihre Haut, als es über ihre Gesichter strömte, beinahe so, als stammte es aus einem siedenden Kessel.

Als der erste Mann versuchte, die Pistole wieder zu heben, schoss an mehreren Stellen Blut aus seinem Arm, als hätte er sich spontan in ein leckes Rohr verwandelt.

»Lasst die Hauben auf«, wandte sich Boyd an seine Familie. »Nehmt sie nicht ab.«

Bald spritzte bei allen vier Männern aus willkürlichen Stellen Blut aus den Körpern – Blut, das zischte, als es auf dem Boden landete.

Es dauerte nicht lange, bis sie starben.

Boyd hielt sich die Hand vor den Mund, bis sich der Drang legte, sich zu übergeben. Er betete, dass er das nie wieder tun musste.

»Alles gut«, sagte er. »Behaltet alle die Hauben auf. Ich führe euch ins andere Zimmer. Ihr müsst das nicht sehen.«

»Ich hab Angst«, sagte Naomi.

»Musst du nicht haben«, gab Boyd zurück. »Es ist alles gut, versprochen. Daddy muss nur ein paar Leichen entsorgen.«

DANKSAGUNG

Danke an Tod Clark, Donna Fitzpatrick, Paul Goblirsch, Leigh Haig, Lynne Hansen, Xtina Marie, Michael McBride, Jim Morey, Becky Narron, Rhonda Rettig und Paul Synuria II für ihre *gruuuuuuuselige* Hilfe bei diesem Roman.

https://jeffstrand.wordpress.com

Jeff Strand (geboren 1970) ist Amerikaner. Er hat viele Romane und Kurzgeschichten geschrieben, aber auch Drehbücher und Sketche für Comedy-Shows.
Seine Werke sind geprägt durch einen eigenwilligen makabren Humor. Als Einflüsse auf sein eigenes Schreiben nennt er Autoren wie Douglas Adams, Richard Laymon, Dave Barry oder Jack Ketchum.

Jeff Strand bei FESTA:
Der Zyklop – Lass und töten – Blister – Geisterhaus

Infos, Leseproben & eBooks:
www.Festa-Verlag.de

Zuletzt erschienen in der Reihe HORROR & THRILLER:

131 N. Sansbury Smith: *The Extinction Cycle 5: Von der Erde getilgt*
132 Richard Laymon: *Unerbittliche Geschichten*
133 N. Sansbury Smith: *The Extinction Cycle 6: Metamorphose*
134 Brian Keene: *Der Satyr*
135 N. Sansbury Smith: *The Extinction Cycle 7: Am Ende bleibt nur Finsternis*
136 Edward Lorn: *Der Klang brechender Rippen*
137 Kristopher Rufty: *Pillowface*
138 Richard Laymon: *Der verrückte Stan*
139 Graham Masterton: *Katie Maguire: Racheengel*
140 N. Sansbury Smith: *Trackers – Buch Eins*
141 Edward Lee: *Monstrosity – Die Kreatur*
142 Wrath James White: *Geopfert*
143 N. Sansbury Smith: *Trackers – Buch Zwei*
144 Bryan Smith: *Reborn*
145 Darcy Coates: *Der Fluch von Carrow House*
146 N. Sansbury Smith: *Trackers – Buch Drei*
147 Ania Ahlborn: *Wo das Böse lauert*
148 N. Sansbury Smith: *Trackers – Buch Vier*
149 Jonathan Janz: *Im Spukhaus*
150 Hunter Shea: *Die Kreatur*
151 Jeff Strand: *Der Zyklop*
152 Jeff Menapace: *Durch Schlamm und Blut*
153 Jeff Strand: *Lass uns töten*
154 Ambrose Ibsen: *Der Spuk von Beacon Hill*
155 Jeff Strand: *Blister*
156 Edward Lee: *Succubus*
157 Caitlin Starling: *Die leuchtenden Toten*
158 Jeff Strand: *Geisterhaus*

Festa: If you don't mind sex and violence and lots of action

Niemand veröffentlicht härtere Thriller als Festa. Werke, die keine Chance haben, in großen Verlagen veröffentlicht zu werden, weil sie zu gewagt sind, zu neuartig, zu extrem.

Statt der üblichen Matt- oder Glanzfolie haben die Bücher von Festa eine raue, lederartige Kaschierung. Sie symbolisiert die Härte und sexuelle Gewagtheit unseres Programms. Diese »Bücher im Ledermantel« sind auch sehr widerstandsfähig – die Bücher wirken nach dem Lesen noch wie neu.

Unsere erfolgreichsten Buchreihen:

HORROR & THRILLER – Moderne Meister des Genres

FESTA ACTION – Blockbuster zum Lesen

MUST READ – Große Erzähler. Muss man gelesen haben

FESTA EXTREM – Wenn Lesen zur Mutprobe wird ...

Wegen der brutalen und pornografischen Inhalte erscheinen die Titel ohne ISBN und werden nur ab 18 Jahre verkauft. Sie können nur direkt beim Verlag bestellt werden.

Festa steht beim Thema harte Spannung für viele Jahre bewährte Qualität. Darauf geben wir sogar eine Zufriedenheitsgarantie. Dieser Service ist für einen Buchverlag einzigartig.

Warum tun wir das?

Frank Festa: »Wir wollen, dass die Leser unsere Bücher lieben. Das geht nur mit Qualität. Und als Spezialist für Horror und Thriller aus Amerika können wir in dem Bereich diese Qualität garantieren – so einfach ist das.«